너에게 묻는다

너에게
묻는다

정용준
장편소설

안

차례

1부_ 불꽃과 얼음 _7

2부_ 함정 _141

3부_ 질문들 _255

작가의 말 _346

1부

불꽃과 얼음

1

차가운 바람이 부는 11월 마지막 주 아침. 새벽 조깅을 마치고 집으로 돌아가던 김진희(가명) 씨는 골목 끝에서 희미한 형체를 발견합니다. 처음에는 자신의 눈을 의심했습니다. 커다란 검은색 캐리어에서 무언가가 기어나오고 있었던 겁니다.

"헛것을 봤나 했어요. 추운 날 어린아이가 얇은 잠옷 차림으로 캐리어에서…… 놀랐죠. 무섭기도 했고요."

작은 키와 삐쩍 마른 몸. 누가 봐도 미취학 아동으로 보이는 아이는 열 살이었습니다. 목에 손으로 누른 듯한 붉은 자국이 있고 온몸에 피부병처럼 울긋불긋 멍이 번져 있는 아이는 추위에 몸을 떨면서도 울지 않았습니다. 그렇게 승빈이는 세상에 나타났습니다.

정지 버튼을 누르고 모니터를 봤다. 화면엔 잎이 다 떨어진 은행나무가 서 있고 그 뒤로 낡은 연립주택이 보인다. 그다음 무슨 장면이 나올지 알고 있다. 스크립트를 작성하기 위해 보고 또 봐야 했던 23킬로그램 남자아이의 몸. 너무 많이 봐서 눈 감고도 떠올릴 수 있는 그 모습. 더는 보고 싶지 않았다.

옆구리를 많이 다친 것은 아마도 손을 들게 하고 때렸기 때문일 테고, 가슴과 등에 퍼진 멍의 크기와 색깔이 다른 것은 멍이 생긴 시기가 달라서다. 부러진 늑골만 열한 개. 종아리는 까맣게 변색됐고 너무 맞아 왼쪽 엉덩이는 딱딱해졌다. 유희진은 흘러내린 머리카락을 고무줄로 묶은 뒤 주먹으로 어깨를 두드리며 다 식은 커피를 한 모금 마셨다.

아이 아빠는 먹고 자는 시간 외에는 컴퓨터 앞에서 게임만 했다. 그러다 게임이 잘 되지 않거나 수틀리면 승빈이를 괴롭혔다. 울음과 비명이 새어나가지 않게 겨울 이불 세 채를 바닥에 깔고는 그 안에 아이를 집어넣고 밟았다. 얼굴에 흔적을 남기지 않으려 머리는 이불 밖으로 꺼내놓는 치밀함을 보였다. 그는 승빈이보다 한 살 어린 동생 승준이는 때리지 않았다. 형을 감시하게 했고 형의 잘못을 일러바치게 했다. 그렇게 하지 않으면 형이 맞을 매를 대신 맞게 될 거라고 겁을 줬다. 반면 콩이, 라는 이름의 반려견은 끔찍하게 아꼈다. 큰아들은 먹을 자격이 없다며 굶겼지만 콩이에게는 수제로 만든 비싼 간식까지 사 먹였다.

 승빈이를 본 외부인은 여섯. 그중 학대를 의심하거나 문제를 포착한 어른은 없었다. 의심 신고가 접수된 적은 있었지만 경찰은 아무것도 발견하지 못했다. 아빠는 숨기거나 감추지 않고 순순히 문을 열어줬다. 아이가 왜소한 이유를 편식이 심하다고 했고 멍과 흉터는 아토피 때문이라 했다. 빨리 낫지 않아 걱정이라며 처방받은 약을 보여줬다. 가끔 이런 오해를 받는 것이 슬프고 억울하다며 눈물을 흘리기도 했다. 듣고 보니 그럴듯했다. 자식을 가장 사랑하고 걱정하는 사람이 부모 아니겠느냐는, 틀려서는 안 되는 그 말을 경찰은 믿었다. 믿을 수밖에 없었겠지. 그 말은 틀릴 수 없는 진실이어야 하니까. 엄마는 보고도 모른 척했다. 심리학자는 엄마의 팔과 옆구리에 남은 멍을 이야기하며 그녀 역시 피해자라고 했다. 모른 척한 것도 있지만 모른 척할 수밖에 없었다는 것. 괴롭지만 자신도 폭력에 희생당하고 있기에 저항하거나 막아설 수 없었을 거라는 설명이었다. 유희진은 그 말에 고개를 끄덕이면서도 마음으로는 동의하지 않았다. 자식이 그렇게 되는 것을 내버려둔 엄마를 이해하려는 그 어떤 논리와 심리도 받아들일 수 없었다. 복잡하게 생각할 필요 없다. 더 약한 희생양을 방패 삼아 자신에게 오는 폭력이 줄어들게 한 것일 뿐. 죽어가는 아들의 손을 잡고 울고 또 울던 엄마. 모든 질문의 답을 과도하게 어깨를 들썩이며 흐느끼는 것으로 대신한 사람.

"죽일 년입니다. 제가 미친년이에요."

자기를 비하하고 비난하는 것으로 죄를 사함받으려는 비극의 주인공. 승빈이는 결국 병원 침대에서 눈을 감았다. '제가 잘못했어요. 맞을 만했어요. 엄마 아빠는 아무 잘못이 없어요.' 마지막까지 부모를 두둔하며.

유희진은 뻐근해진 눈을 검지로 꾹 눌러 비비고 의자를 뒤로 젖혔다. 숨을 깊이 마시고 천천히 내뱉었다. '끊기지 않는 고리'라는 제목으로 방영될 이번 프로그램은 학대받은 승빈이에게 초점을 맞추면서도 이렇게 조명을 많이 받아도 아동 학대 사건이 줄어들지 않는 것을 문제삼고 있다. 프로그램의 자기모순과 한계를 정직하게 드러내면서 동시에 한 걸음이라도 나아간 대안과 희망을 제시해야 한다. 그러나 유희진의 마음엔 조금의 기대도 없었다. 분노의 불길은 옆으로 번져나가지 않고 사그라들 것이다. 미디어를 통한 충격은 일상을 흔들지만 균열을 일으킬 정도로 강하지 않고 뉴스는 뉴스로 덮일 것이다. 파도를 덮는 파도. 바람을 밀어내는 바람. 흉터 위에 다시 생기는 상처. 유희진은 메모장을 열어 영상에 대한 의견을 남겼다.

'전체적으로 채도가 높고 음영이 짙음. 효과음의 볼륨이 크고 날카로워 자극적임. 카메라 흔들림이 과하고 숨소리와 외부 소음이 적나라하게 담겨 선정적임. 누아르 영화를 보는 것 같음. 가해 부모의 음성을 변조한 톤이 달라졌으면 좋겠음. 지금으로선 기계적이고 전형적인 악인처럼 느껴짐.'

의견을 남긴들 변화는 없을 것이다. 학대는 더 끔찍하게, 피해는 더 슬프게, 가해는 더 잔인하게 느끼도록 입혀진 효과들이니까. 슬로모션이 걸린 장면은 시청자에게 속삭인다. '이 부분을 집중해서 봐주세요.' '여기에서 뭔가를 느끼셔야 합니다.' '분노하세요.' '충격으로 입을 틀어막으세요.' 그때 탁자 위 휴대전화가 진동했다. 액정 화면에 뜬 발신자는 황 피디. 유희진은 5초쯤 가만히 있다가 수신 버튼을 누르고 스피커폰으로 받았다.

"좀 알아봤어?"

불꽃과 얼음　13

몇 번이고 말했다. 목적어를 먼저 말해달라고. 하지만 황 피디는 늘 목적어를 뺀다. 알아봤어? 갔다 왔어? 전화했어? 뭘요, 어딜요, 누구요, 라고 일일이 되묻는 것도 힘들다. 그걸 굳이 말해야 아느냐며 짜증 낼 것을 알기 때문에. 황 피디는 짜증 섞인 한숨을 내쉰 뒤 질문을 완성했다.

"그, 있잖아. 아동 학대 가해자들 지금 어떻게 지내는지 알아보라고 했잖아."

"특별한 제보는 없었고 취재하는 중이에요. 그런데 쉽지가 않네요. 연락 두절된 사람들이 좀 있어서."

"전화만 해보지 말고 직접 찾아가서 알아봐. 서 작가 보내면 되잖아."

"전화만 해본 건 아니고요. 직접 찾아간 집도 있었는데. 행적을 찾을 수 없었다고요. 실종된 사람만 둘이에요."

"실종은 무슨. 어디 짱박혀 있거나 연락 피하고 숨은 거겠지."

어디에서 언제 묻은 걸까? 검지와 엄지에 잉크가 묻어 있었다. 비아냥대는 말이 비릿하게 느껴져 유희진은 입술을 힘주어 다물며 손가락에 묻은 볼펜의 끈적한 잉크를 닦아냈다. 닦아낼수록 잉크는 넓게 번졌다.

"어쨌든 당장은 뭐가 없다 이거지?"

"지금으로서는 그래요."

"우리 비축본 뭐뭐 있지? 지역 의료 붕괴. 그리고 또."

"공무원 해외 연수."

"아, 약한데…… 이번에 승빈이 방영하고 후속으로 바로 가해자 솜방망이 처벌 나와주면 딱인데. 가해자들이 멀쩡히 잘 살고 있는 거 보여주면 그림이 될 것도 같은데. 으음. 시간이 없다. 시간이 없어. 일단 가해자 쪽 근황 계속 알아보고 야마 안 나오면 피해 아이들과 아동 학대 방지 활동가들 쪽 스토리로 만들어봐야겠어. 시간될 때 HTC 관계자들 인터뷰 좀 자세히 따보고."

"그런데 피디님, 묘하긴 해요."

"뭐가."

"실종이 아니라고 하기엔 이상한 점이 많아요. 의정부 사는 주싱혁 씨. 목동 오산미 씨. 다 행적이 묘연해요. 목동은 서 작가가 가봤고 의정부는 제가 가봤는데요. 취재를 피한다거나 뒤로 뭔가를 감추는 느낌이 아니었어요. 처음엔 여행을 갔다, 잠시 자리를 비웠다, 둘러대다가 자세히 물어보니 대답을 못 하더라고요. 그냥 갑자기 사라졌대요. 어딜 간다는 말도 없이요. 심지어 오산미 씨는 근처 마트에 장을 보러 간다고 나갔다가 집에 들어오지 않았고요. 주변인들한테도 물어봤는데 비슷하게 말하고."

"딸한테 락스 먹이고 형제들끼리 실명될 때까지 서로 얼굴을 때리게 했으니 대낮에 뒤에서 칼 맞는다 해도 이상할 게 없지만……. 이상하긴 하네. 실종? 납치? 유 작가는 그렇게 보고 있는 거야?"

"그렇게까지 생각하는 건 아니고 그냥 좀 이상하다는 거죠."

"진짜 실종됐다면 가족들이 경찰에 신고했겠지."

"못하죠. 가족들은. 겨우 잊혔는데 시끄럽게 주목받는 거 죽기보다 싫을 거예요."

황 피디는 음, 소리를 내며 뜸을 들이다 목소리에서 장난기를 살짝 덜어내고 조심스럽게 물었다.

"그, 혹시 안 목사 쪽도 알아봤어?"

"그 사람도 집에 없어요. 기도원 갔다고 하는데 언제 갔는지 언제 오는지 그런 자세한 이야기는 못 들었어요."

"그건 이상하네. 티브이 나오고 말하기 좋아하는 사람이라 연락을 피할 캐릭터가 아니잖아. 직접 물어본 거야?"

"아뇨. 주은 엄마하고 통화했어요."

"알았어. 일단 그건 나중에 알아보기로 하고 안 목사 쪽은 자기가 하지 말자. 서 작가 시킬게."

"아니요. 조만간 또 찾아가보려고요. 딸들과도 연락 중이에요.

"유 작가 괜찮겠어?…… 알겠어. 급하게 다룰 일 아니니까 깊이 들어가지는 말고. 이번엔 흥분, 과몰입하지 말고."

황 피디는 영상에 특별히 피드백할 게 있느냐고 물었고 유희진은 메모한 것을 말할까 잠깐 고민하다가 덧붙일 의견 없다고 대답했다. 평소였으면 반영되지 않더라도 의견을 피력했을 텐데 어째서인지 몸과 마음에 힘이 없었다. 어차피 힘만 빠질 대화는 하고 싶지 않았고 '글은 작가, 영상은 피디, 각자 맡은 일 잘하자'는, 입버릇처럼 읊어대는 그 말을 또 듣고 싶지 않았다.

왜일까? 답답하다. 황 피디와의 통화에서 무엇이 감정을 건드린 걸까? 그만. 생각의 끈을 길게 내리지 말자. 유희진은 의식적으로 고개를 흔들며 휴대전화를 확인했다. '잘 지내고 있니?'라는 인사에 김하은은 말이 없다. 녹취록과 사진 등 결정적인 증거를 내놓고 용감하게 진술했던, 이제 열아홉이 됐을 안 목사의 첫째 딸. 김하은은 아버지를 증오했지만 무서워했고 순종하면서도 복수를 꿈꿨다. 동생이 자신과 같은 일을 겪는 것은 견디지 못하면서도 아버지와 하나님이 알게 될까 두려웠다. 유희진을 신뢰했지만 방송국 사람들이 순진한 자신을 회유한 건

불꽃과 얼음

아닐까? 자신 때문에 가족이 다 불행해지면 어떡하나? 하는 죄책감을 느끼며 염려했다. 유희진은 김하은의 손이 떨릴 때 잡아줬고 울 때 안아주며 용기를 줬다. 때문에 안 목사가 가석방됐다는 소식을 듣고 유희진이 가장 먼저 떠올린 건 김하은이었다. 계속 연락을 시도했고 찾아가기도 했다. 하지만 김하은은 한 줄의 문자를 끝으로 모든 만남을 거부했다.

- 언니를 믿지 말았어야 했어요.

유희진은 얼굴에 열이 오르는 게 느껴져 손으로 뺨을 어루만지다가 두 손으로 얼굴을 가렸다. 어둠 속에서 얼굴이 하나씩 떠올랐다. 안 목사, 한 사모, 김하은, 학대받던 안주은. 모진 학대 속에서도 부모님과 함께 살고 싶다던 여덟 살 아이. 잘못 만들어진 질그릇은 깨야 하고 놋그릇은 용광로에 집어넣어 쓸모 있는 새 그릇으로 다시 만들어야 한다고 했던, 그것이 신의 섭리고 그것이 올바른 부모의 권리라 믿던, 미친 아빠와 그를 두둔하던 엄마.

고개를 들었을 때 모니터 화면이 보였다. 블러 처리되어 실루엣이 희미하게 뭉개진 승빈이 아빠가 고개를 푹 숙이고 있다. 화면은 한 줄의 멘트와 함께 멈춰 있었다.

- 저는요. 정말로…… 승빈이를 사랑했습니다.

그 앞에 앉아 있던 유희진은 똑똑히 보고 들었다. 그 눈빛. 그 말투. 짜증과 분노로 떨리는 눈동자에 서린 증오심. 거기엔 아이의 죽음으로 인한 슬픔도, 아이를 죽음에 이르게 한 후회도 깃들어 있지 않았다. 유희진은 침을 뱉 듯 한마디 뱉고 모니터 전원을 눌러 껐다.

"개새끼."

창문을 열고 창틀에 몸을 기대 바깥을 바라봤다. 늦은 오후의 흐린 빛이 고운 모래처럼 부서져 허공에 떠다니고 있었다. 맞은편 빌라 창가의 검은 고양이 한 마리가 창밖을 보다가 유희진과 눈이 마주쳤다. 둘은 서로를 염탐하 듯 얼굴을 마주하고 있었다. 고양이는 길게 하품을 하고 고개를 돌려 보던 것을 계속 봤다. 유희진은 다른 층 다른 창문도 봤다. 창가에 앉아 바깥을 보는 고양이가 세 마리 더 있었다. 다들 고요하다. 평온해 보인다. 아니, 따분할지도 몰라. 엄마도 이렇게 창가에 앉아 웃고 있었지. 부드러운 미소로 이웃들과 손을 흔들며 인사했었지. 유희진은 창문을 닫았다.

2

 HTC 사무실은 경사가 높은 수유동 주택단지 허름한 상가 건물 3층에 있었다. 〈진실의 탐구〉 팀은 노란 시트지 위에 파란색 글꼴로 'Help The Children'이라고 써 붙인 현관을 열었다. 전단지가 담긴 상자가 통로를 막고 있어 문은 활짝 열리지 않았다. 좁은 틈으로 황 피디가 먼저 들어갔고 촬영팀이 뒤따랐다. 서지우와 유희진은 현관과 계단 사진을 찍은 뒤 천천히 안으로 들어갔다.

 유성. 영호. 지아. 별희. 성인. 준수. 유희진은 정수기 옆 코르크보드에 압정으로 누른 이름 카드를 입술에 올려 불러봤다. 적게는 세 살, 많아 봐야 열 살인 아이들은 환하게 웃고 있었다. 딸기가 그려진 여름 원피스 밑에 숨은

명. 야구 모자가 감춘 상처와 혹. 강아지 인형을 껴안은 두 손의 떨림은 사진에 담기지 않았다. 입식 화이트보드에는 연도별로 정리된 사건들의 개요가 적혀 있었다. 엄마가 없을 때마다 골프채로 아들을 폭행한 창원의 한 계부. 낮잠을 안 잔다는 이유로 CCTV가 없는 창고에 가두고 소리를 질러댄 성남의 어린이집 원장. 자신은 고도비만이면서 딸에게는 제대로 된 식사를 주지 않아 영양실조로 쓰러지게 했던 엄마. 보고 또 봐서 이제는 이름과 나이, 사는 곳까지 외울 수 있을 것 같지만 유희진은 여전히 밝은 얼굴들이 낯설었다. 유희진이 서지우에게 말했다.

"지우 씨. 내가 협회 활동이랑 내부 사정을 파악할게. 협회원들 개인 활동이나 이 일을 하게 된 동기나 고충 같은 스토리 취재 좀 해줘. 예전에 보육원 자원봉사로 화제됐던 장선기 씨 이야기 좀 많이 따놓고."

"장선기 씨는 협회 고소 건으로 변호사 만나고 오느라 좀 늦을 거라던데요?"

"그럼 장선기 씨는 이따 내가 만날게. 자기는 간사님하고 얘기 좀 해봐."

사무실은 분주했다. 간사는 전단지를 접어 봉투에 넣으

불꽃과 얼음

며 걸려오는 전화를 받았고 주임은 SNS에 올릴 게시물과 유튜브에 업로드할 영상을 편집했다. 서지우는 준비한 비타민 음료를 내려놓으며 간사 맞은편에 앉아 전단지 작업을 도왔다. 유희진은 흘러내린 앞머리를 핀으로 고정하고 빈 의자를 들고 주임에게 다가가 곁에 앉았다. 그는 '학대와 통제는 다릅니다'라는 메시지로 카드뉴스를 만들고 있었다. 주임은 곁눈으로 유희진을 보고 살짝 미소를 지었다. 유희진은 카드뉴스에 삽입하기 좋은 이미지가 많은 사이트를 추천했고 텍스트의 위치를 자동으로 조정해주는 단축키를 알려줬다. 주임은 이렇게 편한 방법이 있는 줄 몰랐다며 손뼉을 치며 좋아했다. 주임은 모니터에 시선을 고정한 채로 유희진의 질문에 친절하게 답했다.

"가정 폭력이나 아동 학대 사건은 여성청소년계가 담당해요. 이게 문제죠. 아동은 원래 보건복지부 담당인데 가정 내 문제는 또 여성가족부가 맡게 되는 거예요. 언뜻 생각하면 두 부서에서 모두 관심을 가질 것 같지만 아니에요. 그 반대죠. 서로 업무를 미루거나 막상 중요한 결정을 해야 할 때 혼란이 생겨요. 때문에 경찰 내에서도 아동 학대는 기피하는 경향이 있어요."

그때 문이 열리며 한 남자가 들어왔다. 장선기였다. 그는 따뜻한 아메리카노와 아이스 아메리카노가 든 캐리어를 들고 고개를 푹 숙여 인사했다. 중키에 왜소한 체격. 한 치수 커 보이는 갈색 재킷. 왼쪽 어깨에 멘 낡은 가죽 숄더백. 자신감 없음을 친절함으로 위장하는 순한 사람. 폭력과 위해와는 상관없는 사람처럼 느껴지는 묽은 피를 가진 약한 남자. 유희진은 한눈에 그의 캐릭터를 분석했다. 유희진은 커피를 한 모금 마시고 장선기에게 감사를 표한 뒤 명함을 건넸다. 장선기는 명함 양 끝을 양손 엄지와 검지로 잡고 한참 들여다봤다. 오른쪽 엄지손톱에 피가 몰려 생긴 까만 반점이 있었다. 그는 들릴락 말락 한 소리로 유희진, 유희진, 이름을 되뇌었다.

"그 작가님이시군요."

유희진은 자신을 아는 듯한 장선기의 말에 의아함을 느꼈다.

"토기장이와 그릇. 기억나네요. 대본이 인상적이었어요."

"스크립트를 기억해주시는 분은 거의 없는데……."

"일부러 찾아봤어요. 그게 화제가 되고 사람들이 관심을 보인 건 여러 이유가 있겠지만 대본의 힘이 컸다고 생각합니다."

어떻게 답해야 할지 몰라 유희진은 미소만 지었다. 보통 프로그램을 칭찬할 땐 영상이나 피디의 연출을 언급하지 스크립트를 딱 집어 말하는 경우는 거의 없다.

"시청자를 자극해서 분노를 일으키는 대본은 많이 봤는데 토기장이 에피소드는 달랐어요. 뭐랄까, 분노는 분노인데 보편적이고 사회적인 분노가 아닌 사적인 것으로 다가왔달까. 격한 감정에 휩싸여 있지만 그래도 평정심을 잃지 않고 차분하고 논리적으로 말하려 꾹꾹 누르는 게 느껴지더군요. 불꽃을 감싸고 있는 얼음이랄까. 표현하기가 쉽지 않은데……. 아무튼 좋았습니다."

유희진은 그 말이 좋으면서도 이렇게 말하는 남자의 저의를 의심했다. 동시에 이런 작은 칭찬 하나 순수하게 받아들이지 못하고 의구심을 품는 스스로에게 짜증이 났다. 유희진은 살짝 고개를 숙여 고마움을 표했다.

황 피디는 곧 방영될 '끊기지 않는 고리' 편의 스크립트와 편집되지 않은 몇 개의 영상을 회원들과 공유했다. 대표는 진지한 표정으로 황 피디의 말을 듣고 중간중간 영상을 멈춰 노트에 메모를 했다. 영상을 보지 않는 사람은 장선기뿐이었다. 그는 영상을 마주하는 것이 괴로운지 고개를 숙이고 피멍이 맺힌 엄지손톱을 매만졌다.

"승빈이는 몇 개월 전 HTC에 신고가 접수된 적이 있는 아이예요. 곧바로 경찰에 연락했고 담당자와 승빈이 집에 갔는데 당시 승빈이 아버지가 워낙 그럴듯하게 말을 잘하고 승빈이와도 말을 다 맞춰놔서 그냥 돌아올 수밖에 없었어요……. 결국 이렇게 되고 말았네요."

대표는 승빈이의 마지막이 담긴 병원 영상에서는 결국 눈물을 쏟고 말았다. 황 피디는 제작하려는 프로그램의 취지를 설명했다.

"그동안 아동 학대 문제가 언론을 통해 적지 않게 다루어졌음에도 해결할 실질적인 대책이 없는 상황이에요. 그래서 〈진실의 탐구〉 팀은 고발하고 재현하는 것에만 그치는 것이 아니라 문제 해결을 위해 전면에 나서서 노력하고 애쓰는 분들의 활동과 생각을 담아보려 합니다."

당연한 말을 그럴싸하게 하는 황 피디를 보며 유희진은 억지 미소를 지었다. 대표는 진지한 표정으로 황 피디의 말에 집중하며 말끝마다 고개를 끄덕였다.

"우선 HTC가 무슨 활동을 하는지 알려주시고 대표님께서 하시는 일, 왜 이 일을 시작하셨는지도……."

애매하게 말을 마무리하는 황 피디의 말버릇에 대표는 멍하게 있다가 시작하라는 수신호를 받고 말을 시작했다.

"기본적으로는 학대 피해 아동의 신체, 정신, 인권을 보호하고 지원하고 교육하는 단체입니다. 최근엔 제도 개선을 촉구하고 관련 공판이 있는 날에는 법원에 직접 가서 메시지를 전달하기도 합니다."

"네. 대표님께서는 왜 이 일을 하시는지, 그것도……."

대표는 잠시 말을 멈추고 고개를 돌려 창밖을 바라봤다. 카메라는 대표의 얼굴을 클로즈업했다.

"처음엔 그냥 울기만 했어요. 어떻게 저 어리고 작은 아이에게 부모라는 자들이……. 분노하고 실망하기만 했죠. 하지만 그러는 사이에도 아이들은 계속 아프고 심지어 죽기도 해요. 가만히 있을 수 없다. 뭐라도 하자. 생각했죠."

황 피디는 대표가 하고 싶은 말을 마음껏 하도록 독려하면서도 프로그램에 담기면 좋을 만한 말이 나오도록 유도했다. 시급하게 해결되고 바뀌어야 할 문제와 제도가 많겠지만 지금 시점에서 가장 중요하고 강조하고 싶은 부분이 무엇이냐는 질문에 대표는 이렇게 말했다.

"처벌이 약해요. 그렇게 판단하는 법원의 입장도 이해가 됩니다. 천륜을 끊을 수 없으니까. 부모와 자식은 결국 한 지붕 아래 모여야 한다는 논리겠죠. 그래서 그 나중을 위해 신상 공개도 하지 않는 거예요. 그런데요. 아이에게 나중은 없어요. 부디 양형위원회에서 결심하고 합의해서 처벌이 강화되길 바랍니다."

잠자코 듣고만 있던 유희진이 대표에게 물었다.

"아동 학대 가해자들을 직접 만나거나 접촉하는 경우

도 있나요?"

대표는 무슨 말인지 모르겠다는 눈으로 유희진을 봤고 황 피디는 무슨 말을 하고 있는 거냐고 묻는 듯한 눈으로 유희진을 봤다.

"김민수 씨, HTC에서 활동하시죠?"

김민수, 라는 이름이 등장하자 운영진은 당황했다. 대표는 민망한 표정을 감추지 못해 커피를 마셨고 간사는 전단지 작업을 멈추고 의자에서 일어났다. 주임 역시 키보드 위에 손을 올려놓은 채 고개를 돌려 유희진을 주시했다. 대답을 한 건 장선기였다.

"자원활동가 중 한 명입니다. 협회 내에서 역할이 있다거나 실질적인 활동을 하시는 분은 아니에요. 시위가 있거나 협회 공동의 목소리를 내야 할 때 몇 번 도와주셨죠."

"그 일은 협회 내에서도 예견할 수는 없었겠죠?"

장선기는 미소를 띤 채 고개를 저었다.

"협회는 어떤 종류의 폭력도 용인하지 않아요."

간사가 접은 전단지를 탁, 소리 나게 탁자에 올려놓으며 말했다.

"저는 김민수 씨 마음도 이해가 돼요. 기억 안 나요? 목사라는 사람이 했던 말? 아이가 무슨 물건이에요? 그릇

만드는 사람이 사용할 그릇을 마음대로 만들 수 있는 거라고요? 하나님이 인간을 창조했듯 부모도 아이를 창조했으니 자기의 뜻대로 할 수 있는 권한이 있는 거라고요? 저도 하나님 믿어요. 하나님은 그런 분이 아니에요. 사이비 목사 하나가 교회 이미지를 다 망치고 있는 게 분통이 터져요. 아이는 어른의 소유물이 아니에요. 하나의 인격체예요. 그딴 말을 죄책감이나 반성도 없이. 뭐 잘 했다고 눈 똑바로 뜨고 기자 앞에서 함부로 지껄여대고."

간사는 호흡이 불안정했고 말이 빨라졌다. 커피를 한 모금 급하게 마셨다.

"작년에 가석방된 거 알고 있어요? 그런 짓을 저지르고도 법원이 판결을 그 따위로 하니까."

황 피디가 가볍게 손뼉을 치면서 화제를 돌렸다.

"자. 오늘은 HTC가 아이들을 위해 얼마나 노력하고 있는지, 그래서 이 사회가 얼마나 더 좋아졌는지, 거기에만 집중해봅시다."

얼마나, 를 강조할 때 유희진을 쏘아봤다. 유희진은 별 뜻 없이 물어본 거라며 말끝을 흐리고는 시선을 돌렸다.

장선기는 유희진과 대각선 방향, 시선은 마주치지 않으면서 서로를 관찰할 수 있는 위치에 앉아 있었다. 유희진은 그가 자신의 작업을 칭찬해준 것이 좋으면서도 그가 말한 '사적인 분노'가 마음에 걸렸다. 심리와 그 의도를 알고 있다는 메시지처럼 느껴졌다. 원래는 장선기를 만나면 취재하고 싶은 것이 있었다. 그는 몇 년 전 방영된 다큐멘터리에 출연한 적이 있다. '천사 약사'라는 별명을 얻을 정도로 보육원 아이들을 진심으로 대했다. 18세가 되어 퇴소해도 사회에 적응하고 자립할 수 있도록 애를 썼다. 그의 도움으로 직장을 얻거나 대학에 진학한 친구들은 장선기를 형, 선생님, 아버지, 천사라고 표현했다. 그런 사람이 지금 HTC에서 활동을 하고 있다는 것. 과거의 일과 현재의 활동이 적절하게 연결되고 사회적 약자를 위해 애쓰는 약사라는 소스가 괜찮은 서사를 짜기에 딱 좋았다. 그런데 막상 그를 만났을때 유희진은 불편함을 느꼈다. 짧게 봤고 몇 마디 나눈 것이 전부이기에 그냥 느낌일 뿐이지만 쉽지 않은 사람 같았다. 겹이 많고 복잡한, 단순한 감정조차 몇 개의 감정으로 뒤섞여 있는 모호한 사람, '불꽃을 감싸는 얼음'이라는 표현은 어쩌면 스스로를 설명하는 게 아닐까? 아무리 복잡해도 그 안에 들어가려면 말문을 열어야 하는 법이지. 유희진은 장선기에게 잠깐 인터뷰를 할 수 있겠느냐 물었고 장선기는 바로 답하지 않고 사무실을 둘러봤다. 좁은 공간에 사람들이 모여 각자 대화를 하고 있어서 집중하기 쉽지 않았다. 장선기가 말했다.

"답답하네요. 옥상에서 이야기할까요?"

길게 걸린 빨랫줄에 빛바랜 빨간 플라스틱 집게가 매달려 있는 옥상은 휑했다. 녹슨 에어컨 실외기 옆에 등받이 없는 의자가 두 개 놓여 있고 담배꽁초가 담긴 영업용 참치캔이 있었다. 처음 두 사람의 대화는 HTC의 활동에 집중되었다가 서서히 아동 학대 전반으로 화제가 옮겨갔다. 유희진은 답답함을 느꼈다. 장선기는 매뉴얼대로만 답했다. 협회 홈페이지에 들어가면 누구나 볼 수 있는 정보를 기계적으로 읽고 있는 것 같았다.

"저는 선생님의 개인적인 생각과 판단이 듣고 싶어요."

장선기는 담배를 꺼내 피워도 되겠느냐는 동의를 말없이 구했고 유희진은 고개를 끄덕였다. 둘은 나란히 서서 가을로 깊어가는 11월 중순의 풍경을 바라봤다. 가깝게는 국립재활원이, 멀리는 북한산이 보이는 제법 운치 있는 뷰였다. 유희진은 풍경이 참 좋다, 고 했고 장선기는 그런가요, 라고 답했다. 그는 재킷 안에 올리브색 셔츠를 입었는데 단추를 목까지 잠갔다. 고개를 돌리거나 몸을 움직일 때마다 왼쪽 목에 칼로 그은 듯한 깊고 오래된 상흔이 보였고 그것이 그의 고요한 태도와 더불어 기묘한 긴장을 더했다. 유희진은 그가 스스로 말할 때까지 잠자코 기다렸다.

"처벌을 강화해야 한다, 그래서 법원 앞에서 엄벌을 촉구하는 시위를 하고 기자회견도 하는 거겠죠. 작가님 생각은 어떠세요?"

유희진은 이 사람이 무슨 말을 하려나 싶어 글쎄요, 라고 뜸을 들이며 답을 미뤘다.

"대표님은 대중들이 관심을 갖길, 사건과 사안에 많이 반응해주길 원합니다. 하지만 저는 사람들의 반응을 믿지 않아요. 관심. 분노. 슬픔. 그것처럼 빨리 사그라드는 불도 없죠. 아무것도 태우지 못하고 누구에게도 열을 전하지 못한 채 폭죽처럼 터지고 끝납니다. 매캐한 냄새만 남을 뿐이에요."

차분하지만 건조한 목소리. 꼭 감정이 느껴져야 하는 것은 아니다. 하지만 그가 마음 쓰고 활동하는 일들은 감정이 이끌지 않으면 해내기 어려운 일이다. 무슨 말이든 꺼내서 대화를 이어나가야 하는데 냉담한 그의 말투 탓에 적당한 말이 떠오르지 않았다. 장선기가 유희진의 옆모습을 빤히 쳐다보며 물었다.

"이런 프로그램 만드시니까 누구보다 잘 알 것 같은데

요. 진실을 알리고 호소하고 캠페인을 벌인다고 달라지던가요? 시청자들이 분노하고, 그래서 사회에 공분이 일어나게 연출되고 세팅된 한 시간짜리 프로그램으로 세상이 바뀌던가요?"

연출되고 세팅된. 그 말은 유희진에게 모욕적으로 들렸다. 하지만 장선기의 어투에 그런 의도는 없었다.

"효과가 없다고는 할 수 없죠. 실제로 많은 법이 언론의 보도나 기사, 시사 다큐를 통해 바뀌었으니까요. 실제로 아동 학대 관련 특집이 방영될 때마다 사람들의 인식이나 제도 같은 것들이 달라져요. HTC 활동을 하시면서 그렇게 말씀하시니 제가 어떻게 생각해야 할지 모르겠네요."

유희진은 마지막 부분에서 어색하게 웃었고 장선기는 미소를 지었다.

"변화 자체를 부정하는 것은 아니에요. 달라지지 않는 것들이 많아 답답할 뿐이죠. 한번 관심을 가진 이후에는 그 사건이 어떻게 마무리됐는지. 그 사람이, 그 집구석이, 어떻게 됐는지. 아무도 몰라요. 아이는 다시 집에 돌아가고 아이를 때렸던 부모도 다시 집으로 돌아갑니다. 구속되고 형이 집행된 사람들도 눈물을 찍어 써 내려간 탄원서 몇 장에 출소하는 경우가 허다하죠. 요란스럽게 불을 지르면요, 둔한 벌레 몇 마리는 잡을 수 있겠지만 대다수의 벌레들은 더 좁고 더 깊은 곳으로 숨어들어요. 그땐 진짜 못 잡습니다. 뭘 하는지 누굴 갉아먹고 무엇을 빨아먹는지 아무도 모른다고요."

아동 학대를 두 번 다뤘다. '누가 거짓말을 하는가' 편에서는 입양한 아들을 제대로 설 수 없을 정도로 때리고 밥을 주지 않아 영양실조 상태에 빠뜨린 엄마를 조명했다. 엄마는 자신을 버리고 다른 여자에게 간 남편에 대한 분노를 아들에게 풀었다. 무슨 말을 해도 거짓말하지 말라고 소리를 질렀다. 말을 하지 않으면 마음의 소리를 들었다. '지금 엄마 욕하고 있지? 내가 모를 것 같아?' 어떻게든 아들을 거짓말쟁이로 만들어 학대했다. 유치원 원장의 신고로 경찰이 줄농했을 때 이이는 화장실에 갇혀 젖은 바닥에 누워 있었다. 정신이 무너져 제대로 된 문장을 만들 수 없는 지경이었는데 며칠이 지나 겨우 말할 수 있게 된 아이는 자기가 잘못했고 엄마는 나쁘지 않다고 했다.

'토기장이와 그릇' 편은 여덟 살 딸을 육체적 정서적으로 학대한 목사 부부에 대한 내용이었다. 목사는 마지막까지도 자신의 행동을 학대라고 생각하지 않았다. 잘못된 것을 바로잡는 올바른 아버지라고 자신을 정당화하기까지 했다. 그는 창조자와 피조물의 관계를 부모와 자식에게 그대로 대입했다. 해괴하고 가학적인 논리 중에서도 특히 유희진을 괴롭혔던 건 성경에 나오는 토기장이 비유였다. 토기장이가 그릇을 만들 때 자기 마음대로 만들 권한이 있다는 것. 그릇은 토기장이에게 '왜 나를 이렇게 만들었느냐', '왜 나를 이렇게 쓰는 것이냐' 따질 수 없다는 것. 목사는 이 해석을 진심으로 믿었고 성난 이들을 설득하려고 했다. 유희진은 그와 인터뷰를 할 때 이성을 잃을 뻔했다. 프로그램이 방영되자 사람들은 분노했다. 사건은 사흘간 뉴스 상단에 자리했고 언론에서는 특집을 마련해 아동 폭력의 심각성을 말하고 또 말했다. 그러나 열기는 한 주만에 사그라들었다. 끔찍한 사건 뒤에 더 끔찍한 사건이 발생했다. 나쁜 사람 뒤에 더 나쁜 사람이 나타났다.

분노는, 유희진이 생각하기에 세상에서 가장 절망적인 구덩이다. 빠져나오고 싶지만 빠져나오지 못한다. 가해자는 선처를 받고 집으로 돌아가 아이를 만나고 그들은 다시 가족이 된다. 자신의 결함을 끊임없이 아이 탓으로 돌리는 부모를 아이는 좋은 엄마 착한 아빠라고 믿으며 그들을 두둔하고 편든다. 엄마 아빠는 잘못 없고 자기가 다 잘못했다고 울며 비는 아이를 볼 때마다 유희진은 미칠 것 같았다.

유희진은 탄원서 몇 장에 출소가 가능하다는 그 말에 마음 근육이 움직이는 게 느껴졌다. 하지만 회의적인 사람의 의견에 동조하면 얻을 게 없다는 것을 잘 알기에 꾹 참았다. 장선기는 잠시 말을 멈췄다가 다시 이었다.

"일어날 일을 막기는 어렵더군요. 예방에는 큰 관심이 없어요. 기대도 없고요. 나쁜 사건이 일어나면 우는 아이, 슬픈 아이, 그 아이들이 더는 울지 않고 슬프지 않게 해주는 것. 협회에서 제 자리는 거기에 있어요."

장선기의 재킷 호주머니에서 휴대전화의 진동음이 들렸다. 장선기는 발신자를 확인하고 거절 버튼을 눌렀다. 들고 있던 꽁초를 손가락으로 꾹 눌러 반으로 접은 뒤 숄더백에서 알루미늄 케이스를 꺼내 집어넣었다.

"이제 내려가봐야겠어요."

"네. 오늘 말씀 감사했습니다."

장선기는 유희진의 눈을 쳐다봤다. 유희진은 그 눈이 어쩌다 마주친 게 아니라 뭔가를 빤히 바라보는 눈이라는 걸 느꼈다. 유희진은 눈을 내리깔고 신발을 쳐다본 뒤 다시 고개를 들었다. 하지만 여전히 장선기의 두 눈은 자신을 보고 있었다. 불편함을 느낀 유희진이 어색하게 웃으며 말했다.

"제 얼굴에 뭐 묻었나요?"

"왼쪽 눈꺼풀. 떨리네요."

유희진은 왼손으로 왼쪽 눈을 비볐다.

"아, 요즘 조금 피곤해서요. 마그네슘 먹으려고요."

"마그네슘 부족일 수 있지만 정상적으로 식사하고 있다면 결핍되는 경우는 많지 않아요. 스트레스와 피로가 누적되면 체내에 젖산이 쌓여 근육 경련이 많이 일어나요. 아니면, 커피 많이 마시죠?"

"아무래도 그렇죠. 커피는, 늘 마실 수밖에 없죠."

"카페인 섭취가 과다해서 일시적으로 그럴 수도 있어요. 카페인이 안면신경을 자극하고 흥분성 신경전달물질 분비를 촉진하거든요. 아, 죄송합니다. 아는 척했네요."

"아니에요. 같은 말이라도 약사시니까 더 신뢰가 가네요. 스트레스. 만성 피로. 해결해보겠습니다."

"그럼 다행이고요. '토기장이와 그릇' 편에서 이런 멘트가 있었죠. '주은이는 그릇이 아닙니다. 눈이 있어 볼 수 있고, 입이 있어서 말할 수 있고, 머리가 있어 생각할 수 있고, 그래서 기억할 수 있어요. 아프면 그냥 깨지는 것이 아니라 통증을 느끼고 비명을 지를 수 있는 사람입니다.' 알고 계시겠죠? 자기 딸이 그릇이라고 믿는 자가 지금 딸과 함께 집에 있습니다."

장선기 음성 밑바닥에 긴 시간 쌓여 단단해진 절망이 있었다. 그는 고개를 푹 숙여 인사했고 옥상을 느리게 가로질러 계단을 내려갔다. 유희진은 미세하게 오른쪽으로 저는 뒷모습을 바라봤다.

촬영을 마치고 차에 타자마자 보조석에 앉은 황 피디는 뒤를 돌아보며 유희진에게 소리쳤다.
"뭐해? 거기서 김민수 이야기는 왜 꺼내는 건데. 협회에서 그 사람과 엮이는 거 불편해하는 거 몰라?"
"아니, 저는 다양한 이야기를 담아보면 좋을 것 같으니까."
"아니는 무슨. 감 하나 믿고 사는 사람이 눈치 없이 그런 말 했다고? 꿍꿍이가 뭐야. 나중에 사고 치지 말고 미리 말해."
"어떤 식으로든 김민수 씨는 다뤄야 해요. 아직도 HTC 검색하면 연관 단어가 벽돌이에요. 협회 입장에서는 그 일이 껄끄럽고 이미지가 손상된다고 생각할 수도 있지만 당시 여론은 '잘했다', '속 시원했다' 이런 긍정적인 반응도 꽤 있었으니까."
"아무리 그래도 폭력을 없애자는 단체에서 벽돌로 사람 뒤통수를 치는 게 말이 돼? 그렇게 연결되면 취지나

목적 자체가 희석돼. 잘 아는 사람이 왜 그래?"

"가만." 황 피디가 말을 멈추고 미간을 찌푸렸다.

"혹시 저번에 말했던 취재 그거 하려고 하는 거야?"

유희진은 무슨 말인지 모르겠다는 얼굴로 옆자리에 앉은 서지우를 봤다. 서지우는 어깨를 올렸다 내리며 웃기만 했다.

"설마 김민수의 복수라고 생각하는 거야? 자경단. 뭐, 그런 거?"

"앞서가시네. 별 뜻 없이 물어본 거예요. 그냥."

"그러니까. 앞서가지 말자고."

유희진은 대화를 하고 싶지 않다는 신호로 에어팟을 꺼내 귀에 꽂았다. 황 피디가 한숨을 내쉬고 몸을 돌려 정면을 봤다. 유희진은 유튜브로 예전 장선기가 출연했던 방송을 봤다. 보육원을 홍보하는 15분짜리 영상이었다. 흙먼지가 이는 분교 운동장에서 체육대회가 열리고 있었다. 부모 역할을 맡은 듯한 어른들이 유독 작고 까만 아이들과 짝을 이뤄 게임을 했다. 그중 장선기는 바로 눈에 띄었다. 다른 사람들에 비해 너무 열심이었다. 대충 하지 않았고 뭐든지 전력을 다했다. 얼굴은 붉었고 눈엔 결기가 있었다. 코끼리코를 하고 다섯 번 돌고 비틀거리면서 달렸고 밀가루로 얼굴이 하얗게 변해도 사탕을 찾으러

은박지 접시에 몇 번이고 코를 박았다. 아이의 손을 질끈 잡고 이인삼각을 했고 불편한 다리 탓에 중심이 흔들려도 달리고 또 달렸다. 우스꽝스럽게 넘어져도 벌떡 일어나 계속 달리는, 엉망이 된 뒷모습에 유희진은 살짝 뭉클하기까지 했다. 장선기는 재정적인 후원뿐만 아니라 독립을 앞둔 청소년들에게 지속적으로 과외를 시켰다. 주말마다 시간을 내서 아이들을 돕는 활동에 리포터가 대단하시다고 칭찬을 하자 장선기는 고개를 저으며 아니라고 했다. 왜 이런 봉사를 하시냐는 질문에 그는 말했다.

"생각을 바꿔주고 싶어요. 자기는 처음부터 태어나면 안 됐을 존재라는 생각 같은. 아이는 잘못이 없습니다. 그런 생각을 하게 만든 어른들이 문제죠."

장선기의 말에서 유희진은 미묘하게 어조의 차이를 느꼈다. 어른들의 잘못이라는 말을 할 때 순간적으로 목소리가 달라졌고 톤이 날카로워졌다. 아이를 도우려는 마음보다 어른을 증오하는 마음이 더 크게 느껴졌다. 그때와 지금은 4년의 간극이 있다 해도 영상 속 장선기와 방금 만난 장선기는 전혀 다른 사람처럼 느껴졌다. 감정, 음성, 표정, 눈빛, 전부 톤 다운된 느낌이었다. 가벼운 현기증을 느낀 유희진은 휴대전화를 끄고 창문을 내린 뒤 바깥을 봤다. 구름이 뒤덮은 하늘은 흐렸고 그 하늘을 반사하는 강은 더 흐렸다. '자기 딸이 그릇이라고 믿는 자가 지금 딸과 함께 집에 있습니다.' 그 말이 자꾸 생각났다. 눈가가 떨렸다. 유희진은 손으로 눈꺼풀을 가만히 누르고 있다가 두 눈을 감고 무거운 머리를 좌석에 기대며 생각했다. 안인수가 실종됐다고 말해줄 걸 그랬나.

3

한 사모는 눈에 띄게 살찐 모습으로 유희진을 반겼다. 처음 전화했을 땐 날카롭고 공격적이었는데 두 번째 통화에서는 갑자기 태세를 바꾸더니 만나겠다고 한 것이다. 유희진은 사모의 환대를 받으며 집 안으로 들어가 방석에 앉았다. 한 사모는 수다스러웠고 정신이 없었다. 집이 지저분하다. 드릴 게 없다. 요즘 날씨가 갑자기 추워졌다. 숨 가쁘게 이 말 저 말을 쏟아냈다. 유희진은 사모의 말에 고개를 끄덕이며 집 안을 훑어봤다. 어두웠다. 암막 커튼이 창문을 가리고 있고, 끝이 까맣게 타들어간 형광등 빛은 미약했다. 살짝 열린 커튼 틈으로 들어온 태양 광선이 거실 한편을 예리하게 갈랐고 먼지 입자들은 유영하는 플랑크톤처럼 빛 속을 떠다녔다. 청소를 했을 텐데 어수선했다. 온갖 잡동사니가 쌓여 있었다. 바지 위에 책이, 책 위에 베개가, 베개 위에 수건이 있었다. 오래된 음식과 건조되지 않은 채 방치된 섬유에서 나는 악취가 공기에 퍼져 있어 유희진은 인상을 찌푸리지 않으려 호흡을 골랐다. 벽에는 액자가 걸려 있었다. 하나의 선으로 그려진 유선형의 물고기와 그리스어 'ΙΧΘΥΣ(이크티스)'. 유희진은 시선을 주방으로 돌렸다. 양은 냄비에 담긴 카레가 약한 불 위에서 끓고 있었고 스탠드 옷걸이 옆엔 표정이 없는 작은 아이가 벽에 등을 기대고 앉아 티브이를 보고 있었다. 티브이에서는 고양이와 강아지 분장을 한 진행자 둘이 탁자에 앉아 슬라임을 만지고 놀며 제품 홍보를 하고 있었다. 아이의 얼굴은 티브이를 향해 있었지만 시선은 아니었다. 초점이 어느 곳에도 맞춰져 있지 않았다. 다른 곳을 보고 있거나 아무것도 보고 있지 않는 듯한 무신경한 눈. 대화를 나눠본 적은 없었지만 유희진은 주은이의 모습을 영상을 통해 수도 없이 보았다. 주은이의 갈색 눈동자. 쌍꺼풀 없는 왼쪽 눈꺼풀. 깊게 찢어진 상처가 남은 오른쪽 눈꺼풀. 웃을 때 반달 모양으로 예쁘게 접히는 눈꼬리. 작은 소리에도 흠칫 놀라던 주눅 든 표정. 불안할 때마다 머리카락을 뽑아 오른쪽 머리가 휑하던 것까지. 주은아, 주은아, 유희진은 바닥을 손가락으로 톡톡 두드리며 관심을 끌어보려 했지만 아이는 인형처럼 꼼짝도 하지 않았다.

한 사모는 앉은뱅이 탁자를 펼쳐 바닥에 놓고 그 위에 접시를 놓았다. 하얀 사기그릇에 한 덩어리의 밥과 카레가 담겨 있었다. 손톱 크기의 감자와 당근 조각이 황톳빛 카레에 잠겨 김을 내고 있었다. 당황스러웠다. 다과가 아닌 카레라니.

"좀 식으면 먹을게요."

한 사모는 억지로 만들어낸 미소를 유지한 채 집 안에 침입한 낯선 손님을 쳐다봤다. 유희진도 한 사모를 마주 봤다. '건강은 어떠세요.' 안부를 묻고 싶었는데 입 밖으로 나오지 않았다. 2년 전 한 사모를 인터뷰했을 때의 느낌이 서서히 올라오고 있었다. 고통의 가치를 조개 속의 진주로 비유했던 것. 남편의 행동에는 이유가 있고 그 깊은 뜻을 다 헤아릴 수는 없지만 의미가 있을 거라고 강조하던 것. 눈앞의 한 사모는 웃고 있지만 지금도 속으로 속삭이고 있는 것 같았다. '주은이는 결국 진주처럼 빛날 거예요. 더 귀한 그릇이 될 겁니다'. 먼저 말을 꺼낸 건 한 사모였다.

"무슨 말을 듣고 싶어 여기까지 오셨는지 모르겠지만

목사님은 기도원에 가셨어요."

 유희진은 대답 없이 고개를 끄덕인 뒤 물을 한 모금 마셨다. 한 사모는 앞니로 엄지손톱을 물고 뚝뚝 끊었다. 손톱 주위로 거스러미가 찢겨나간 상처가 많았고 더는 자를 수 없을 만큼 바짝 깎인 손톱 밑으로는 핏물이 맺혔다. 목소리는 차분했지만 두려움에 떠는 눈을 바라보며 유희진은 물었다.

"주은이, 하은이는 잘 지내고 있죠?"

"그럼요."

 내내 억지 미소를 짓던 한 사모가 돌연 표정을 바꾸며 말했다.

"당신들은 정의를 실현한다고 믿겠지? 쫓아오고 묻고 따지고 사진 찍고 몰래 녹음하면서 무슨 대단한 일들을 하셨다고……."

 한 사모는 과장되게 웃음을 터뜨렸다.

"믿고 싶겠죠. 하지만 그런 행동이야말로 세상 악한 일이라는 것을 알았으면 좋겠네요. 쟤 좀 봐요."

 한 사모는 검지로 주은이를 가리켰다.

"작가님 눈에는 어떻게 보여요? 전보다 나아 보여요?"

 나이에 비해 작고 야윈 몸. 체중이 20킬로그램도 채 안 될 것 같았다. 한눈에 봐도 주은이는 더 나빠져 보였다. 갑자기 한 사모는 흐느꼈고 화장지를 돌돌 말아 눈가를 눌렀다. 소리는 컸는데 눈물은 보이지 않았다. 한 사모는 충혈된 눈을 똑바로 떠서 유희진을 노려봤다.

"어때요? 신앙심을 지키며 신실하게 잘 살고 있던 가족을 망가뜨린 기분이?"

유희진은 봤다. 딸을 걱정하는 엄마의 냉담한 눈동자를. 아이도 매일 보겠지. 저 눈을. 눈치 보고 고개 숙이고 나중엔 안 보이는 척 멍하게 있겠지. 유희진은 한 사모의 말에 휘둘리지 않으려 천천히 깊게 호흡했다.

"찾아갈 생각은 아니고요. 통화만 하고 싶습니다. 방법이 있나요?"

"그럴 생각도 없지만 방법도 없네요."

한 사모는 날카롭게 대꾸한 뒤 벽을 보며 중얼거렸다. 코끝이 빨갰고 계속 코가 막혀 있었다 초점이 결여된 시선. 한 사모는 길을 잃은 노인처럼 횡설수설했다. 유희진은 그 모습이 연기가 아니라는 것을 알고 있다. 그를 처음 봤을 때도 그랬다. 말도 안 되는 자기 변명을 늘어놓다가 갑자기 공황에 빠져 제정신이 아닌 모습을 보였다. 끔찍한 엄마지만 그 역시 가정 폭력의 피해자였다. 한 사모의 말이 잦아들고 목소리가 작아지자 유희진은 느리고 정확하게 물었다.

"가석방. 석방과 다르다는 건. 아시겠죠. 가족을 부양해야 한다는 호소와 탄원서가 판사의 마음을 움직였을 겁니다. 하지만 그 판단이 잘못되었다는 몇 개의 보고와 의견에 판사의 마음이 다시 움직일 수 있다는 것도 아셔야 합니다. 그래서 저는."

유희진은 말을 멈추고 적개심이 실린 한 사모의 눈을 응시했다. 한 사모는 갑작스러운 정적에 시선을 돌렸다. 유희진은 부드러운 음성으로 말을 이었다.

"걱정되는 마음도 있고. 괜히 의심스러운 정황이 생기면 수상하게 여길 수도 있어서요. 사모님. 저는 경찰이 아니에요. 그냥 알아보는 거예요……. 주은이와 하은이를 위해서요."

한 사모는 주은이를 바라봤다. 유희진은 재촉하지 않고 그와 눈이 마주치길 잠자코 기다렸다. 다시 눈이 마주쳤을 때 한 사모의 눈은 처음보다 열려 있었다. 나는 너희들이 무섭지 않아, 라고 말하는 듯 보였지만 안쪽에는 두려움이 숨어 있었다. 한 사모는 두 손을 꽉 맞잡았다. 너무 강하게 쥐어 손마디가 하얗게 변할 정도로.

"정말이에요. 아마 분명히 기도원에 갔을 거예요. 자세히는 몰라요. 말도 없이 사라졌거든요. 원래 자기가 뭘 하는지 알려주는 사람이 아니에요."

꼬박. 꼬박. 목사님, 이라고 부르던 호칭을 사람, 이라고 부르는 것이 낯설었다. 떨리고 갈라지고 쉰 목소리는 슬픈 노래처럼 들렸다. 이 사람은 안인수를 믿고 있다. 하지만 그가 알려준 것 외에 함께 사는 사람에 대해 아는 것이 없다. 남편의 외도로 어린 딸과 홀로 남은 여자는 좌절했다. 모든 것이 두렵고 절망스러웠던 그 시절 교회에 나가 목사를 만나 말씀에 힘을 얻고 기도하며 한 줄기 빛을 발견했다. 목사를 존경하고 사랑하게 된 여자는 목사의 아내가 되었다. 둘 사이에 주님의 은혜라는 뜻의 예쁜 딸도 선물로 받았다. 여자는 목사를 믿고 존경하고 사랑했다. 그가 하는 말을 믿고 의지했고 따랐다. 피가 섞이지 않은 첫째 딸 영지의 이름도 주은이의 언니답게 하은이로 개명할 정도였다. 그러나 정작 여자는 목사에 대해 아는 것이 없었다. 그가 한 말 외에 그의 과거와 마음과 생각에 무엇이 있는지 몰랐다. 예전 인터뷰 때도 그랬다. 목사로서 남편은 알았지만 남편의 개인적인 취향이나 유년기의 일들에 관해서는 아는 것이 없었다. 안인수라는 사람에게 성경과 신앙 바깥에 다른 얼굴과 사연이 있을 수도 있다는 것을 상상조차 못 하는 것 같았다. 남편을 잃고 새로운 남편을 얻었지만 이 여자에게는 그때나 지금이나 제대로 된 남편은 없다. 유희진은 조심스럽게 주은이의 상태에 대해 물었고 평소 하은이가 집에서 어떻게 지내는지도 물었다. 한 사모는 닫힌 방문을 향해 '하은!' '김하은!' 불렀다. 방문은 열리지 않았다. 대답도 없었다.

"집에 있어도 없는 것과 똑같아. 걔는 말을 안 해요. 아예 아무 말도 안 해."

유희진은 조심스럽게 문을 열었다. 회색 후드티를 입은 뒷모습. 하은은 고개를 숙이고 앉아 텅 빈 책상을 보고 있었다. 유희진은 어색하게 웃으며 말했다.

"하은아."

아무 말도, 아무 움직임도 없는 등을 향해 유희진은 말하고 또 말한 뒤 문을 닫았다. 잘 지냈느냐고. 별일 없느냐고. 무슨 일 있으면 꼭 연락하라고.

한 사모는 고개를 왼쪽으로 숙이더니 물끄러미 바닥을 봤다. 시선이 닿는 곳에 땅콩 모양의 갈색 얼룩이 있었다. 그녀는 갑자기 웃었다. 몸에서 갑자기 바람이 빠지듯 훅, 꺼지는 웃음이었다.

"애가 귀신 같아. 무섭게."

유희진은 말해주고 싶었다. 말하지 않는 것. 그것은 상처받은 아이들이 할 수 있는 유일한 저항이라고. 울게 할 수 있고 때려서 비명을 지르게 할 수도 있지만 의지를 갖고 굳게 걸어 잠근 입술은 열리지 않을 거라고. 한 사모는 어울리지 않는 미소를 입술에 걸고 말했다.

"작가님, 결혼하셨나요? 아이는 없죠?"

유희진은 가만히 있었다.

"엄마는 그래요. 자식이 가장 중요하죠. 내 목숨보다 더 소중해. 내 고통은 감당할 수 있지만 자식에게 일이 생기는 건 견딜 수 없는 게 엄마거든요. 하지만 모든 엄마가 강한 건 아니에요. 가난한 엄마가 있고 아픈 엄마가 있고 약한 엄마도 있어요. 그래서 어떤 동물은 새끼를 키울 수 없는 상황이 오면 이 세계에 새끼를 홀로 남겨두지 않아요. 엄마의 본능이랄까. 내 소중한 새끼가 사나운 동물에게 유린당하고 살해당할까 두려운 거죠. 새끼를 먼저 보내고 그 뒤를 따라가는 어미의 마음이 이해가 되나요? 그 곱고 작은 몸이 포악한 이빨과 발톱에 찢기는 것을 견딜 수 없는 거죠. 내 새끼가 어미 없이 살 수 있을까? 사랑받을 수 있을까? 멸시와 천대를 받지 않을까? 굶고 울고 외롭고 슬프고 그러다 마침내…… 끔찍한 상상은 엄마로 하여금 무서운 선택을 하게 해요. 소중한 내 새끼. 울지 마라. 아프지 말거라. 어미 품에 안겨 있다면 숨이 막혀도 포옹이라고 생각하겠지. 잠과 죽음을 구분하지 못하겠지."

한 사모는 말을 멈추고 엄지와 검지의 거스러미를 뜯어 냈다. 손가락에 금세 핏물이 맺혔다.

"남의 집 사정은 아무도 모르는 거예요. 겉모습만 보고 판단하지 말아주세요. 저는요. 진짜로요. 내 새끼들 사랑해요. 제 목숨보다 더요."

유희진은 한 사모가 '내 새끼'라고 말할 때마다 전류가 통하는 것처럼 몸이 움찔거리는 게 느껴졌다. 그 자극은 진찰용 고무망치로 무릎을 때리면 발이 튀어나오는 것처럼 무엇인가를 작동하게 했다. 유희진은 그것의 정체를 모른 채 스스로에게 두려움을 느꼈다. 욕을 하는 것도 주먹을 휘두르는 것도 아닌 마음 깊은 곳에서 눈을 뜬 새까만 눈동자. 유희진은 손에 고인 땀을 바지에 닦고 가방을 열어 티슈를 꺼내 한 사모에게 내밀었다. 한 사모는 손가락에 묻은 피를 닦아내며 말했다.

"그러니까 작가 선생님, 하은이에게 말 좀 해주세요. 엄마에게 마음 좀 열라고. 엄마가 이렇게 노력하는데 그러면 안 된다고."

딸 가진 엄마들은 어떻게 이렇게 똑같을까. 사랑한다는 말을 앞뒤에 놓으면 아무 말이나 해도 된다고 생각한다. 온갖 감정을 딸에게 쏟아부으면서 아침이 되고 오후가 되면 아무렇지도 않게 팔짱을 끼고 수다를 떨며 말하곤 한다. '미안해.' '속상해.' '넌 이해하지?' '그래도 엄마 사랑하지?' '딸 때문에 엄마가 산다.' '너 없었으면 난 못 살았을 거야.' 훌쩍이는 저 엄마에게 욕하고 싶다. 위선적이고 무책임한 그 생각을 잔인한 말로 휘젓고 싶다. 유희진은 호흡을 고르며 숟가락을 들어 카레와 밥을 몇 번 뒤섞고는 그대로 숟가락을 놓고 일어섰다. 과몰입하지 말라던 황피디의 말이 생각났다.

"나중에 목사님 오시면 연락 달라고 전해주세요."

신발을 신고 현관문을 열기 직전 유희진의 팔을 한 사모가 붙잡았다.

"혹시 만약에 그 사람 집에 못 돌아올 수도 있나요?"

유희진은 그 말이 정확히 무엇을 뜻하는지 알 수 없어 한 사모의 다음 말을 기다렸다.

"아니에요. 살펴 가세요."

4

 기억한다. 취하면 웃던 엄마를. 그 미소가 서서히 내 목을 죄던 것을. 숨이 막혔지만 재채기조차 하지 못했다. 그때의 엄마는 어떤 말에도 날카롭게 반응하는 사람이었으니까. 웃지 않고 울지 않으려 했지만 웃으면 화냈고 울어도 화냈다. 침묵조차 복수로 받아들인 엄마. 기억나지 않는다. 그때의 내 얼굴. 내 표정.

 기억한다. 엄마의 질문. '지금 속으로 엄마 욕하고 있지?' 아니라고 했다. 고개를 저으며 부정했다. '속일 생각하지 마.' 아니, 라고 했다. 엄마는 소리를 질렀다. '거짓말하지 마.' 흐느낌과 오열이 지나가고 다시 고요해진 엄마는 미소 지었다. '딸. 사랑하는 내 딸. 미안해. 엄마가 이렇

게 거지 같아서…… 부끄럽네.'

 기억한다. 너무도 듣기 싫었던 그 말.

 "희진. 넌 엄마가 살았으면 좋겠니, 죽었으면 좋겠니."

 "희진. 너 때문에 사는 거야. 알겠어? 내가 너 때문에 안 죽고 사는 거라고."

 기억한다. 이상한 자세로 허공에 누워 있던 엄마를. 나를 바라보던 그 눈동자를. 핑크색으로 물들어가던 주차장. 웅크리고 모로 누워 눈 감은 평화로운 그 모습.

 기억한다. 그날을.

 키보드 위에 얹은 손가락을 더는 움직이지 못했다. 깜빡이는 커서를 멍하니 바라보다 눈을 감았다. 심장박동이 빨라졌다. 기억을 못 하는 걸까? 기억은 났지만 그것을 어떻게 표현해야 할지 모르는 걸까? 내가 쓰면 내가 본다. 내가 보면 내가 안다. 그게 두려워서? 유희진은 주먹을 쥐고 명치를 꾹 눌렀다. 그렇게 하면 심박을 늦출 수 있다는 듯이.

 '이 글자들의 무더기는 사실이 아니야. 기억이길 원하는, 표현일 뿐이지.'

글은 썼지만 중요한 것은 하나도 전하지 못했다는 자괴감. 다 쓰지 않은 일들과 이름들. 죽음에 이른 사연들과 경험들. 끔찍한 일들을 진짜처럼 보이기 위해 축소시키고 소거해야 했던 사건과 표현들. 결국은 하나도 제대로 써 내려가지 못했다는 후회와 절망. 생생하게 되살리는 어떤 상황이 그것을 겪은 이에게 더 큰 상처가 될까 걱정하는 날들. 한계를 느끼고 모순을 견디는 일상에 진저리를 치는 날들. 유희진은 쓴 것을 삭제하고 싶은 충동을 간신히 누르고 파일을 저장한 뒤 문서창을 닫았다. 눈꺼풀이 떨렸다. 뒷목이 뻣뻣하게 굳었다. 지긋지긋한 통증. 이제 곧 관자놀이를 누르고 눈동자를 찌르고 근육을 조여오겠지. 유희진은 자리에서 일어났다. 트레이닝복으로 갈아입고 새벽의 거리로 나섰다.

 강변을 달렸다. 머리 위로 성산대교가 지나갔고 양화대교도 지나갔다. 짙은 밤안개 속으로 노란빛의 가로등과 자동차의 브레이크등이 뒤섞였다. 강에서 부는 강풍이 몸을 뒤로 밀어내 평소보다 훨씬 힘이 들었다. 걷는 이를 추월하고 자전거에 추월당하며 캄캄하게 열린 트랙을 계속 달렸다. 좁아지는 소실점을 향해. 가까워질수록 멀어지는 저 끝에 다가가며. 유희진은 발바닥에 닿는 단단한 바닥이 몸을 때리는 진동을 느꼈다. 심장이 빠르게 뛰며 피가 솟는 박동이 귓가를 툭툭 울렸다. 가쁜 숨과 함께 서서히 오르는 열기가 어떤 충동을 태운다. 조금씩 줄어드는 한 덩어리의 얼음.

 안인수 목사를 인터뷰한 날. 처음으로 달리기 시작했다. 그동안 겪어보지 못한 감정. 생물을 억지로 삼킨 것처럼 토할 것 같은 심정. 약하고 부드러운 무언가를 해한 것 같은 모종의 죄책감. 그 끔찍함. 가만히 있다가는 큰일이 날 것 같았다. 몸속에서 불꽃이 일어 스스로 불탄 사람이 있다지. 지독한 감정에 장기가 녹아 죽음에 이른 사람도 있다지. 이 느낌을 견딜 수 없어 사랑하는 이에게 상처 주고 화를 쏟아붓는 사람이 있다지. 유희진은 몸속에서 정말 화기를 느꼈다. 물을 마시고 샤워하는 것으로는 꺼지지 않는 근본적인 문제. 달렸다. 그러나 500미터도 못 가 멈추고 말았다. 튀어나올 듯 심장이 뛰었다. 기침이 멎지 않고 입에서는 피맛이 났다. 하지만 계속 나아갔다. 힘들면 걷고 힘이 생기면 다시 뛰기를 반복했다. 몇 계절이 흐르는 동안 4킬로미터, 5킬로미터, 6킬로미터, 7킬로미터까지 거리를 늘렸다. 아무리 힘들어도 달리면 이겨낼 수 있다고 믿었다. 한 걸음에 하나씩 감정을 버리자. 들었던 더러운 말. 말에 상처받고 붉게 변한 자국들. 숨 한 번에 한 모금씩 빠져나간다. 유희진은 믿기로 했다. 그 믿음이 나를 지킨다고 생각하며.

안인수에게 물었다.
"깨뜨릴 토기를 만드는 토기장이. 구원하지 않을 존재를 창조하는 창조자. 그런데 그 토기장이와 창조자는 선하다. 신앙심이 없는 평범한 사람은 이것을 어떻게 이해하면 될까요?"
"그냥 그대로 받아들이면 됩니다. 이해하는 게 아니라."
안인수는 대화 중 자주 눈을 비볐다. 대화 도중 손을 들어 양해를 구한 뒤 안경을 벗어 무릎 위에 놓고 두 손으로 눈 주위를 오래도록 비볐다. 미세하게 소리도 냈는데 눈물을 참는 것 같기도 웃음을 참는 것 같기도 했다. 그동안 프로그램을 제작하면서 많은 범죄자를 만났고 그들의 말을 들어왔다. 그중 아이를 학대하고 자식을 괴롭힌 부모도 있었다. 하지만 유희진은 그들 때문에 마음이 휘둘린 적은 없었다. 피해자에게 이입되고 한 명의 시민으로서 분노하긴 했지만 그 감정들은 통제된 것들이었다. 하지만 자식을 학대하고 그것을 신의 뜻이라 합리화하며 자신을 신과 같은 자리에 올려놓은 뒤 자기 행동을 정당화하는 것은 참기 어려웠다. 피조물은 창조자의 것이다. 같은 이치로 자식은 부모의 것이다, 라는 논리. 부모는 자식을 잘 가르치고 양육할 책임이 있기에 학대가 아닌 훈계였다는 주장.

"때문에 고행은 계단입니다. 한 발 한 발 올라가면 그분께 닿을 수 있죠. 고통이 필요합니다. 흘리는 눈물의 양만큼 마음이 씻겨지는 법. 더 많은 눈물. 더 많은 고통. 거룩하고 깨끗한 그릇이 되어가는 과정입니다. 나는 딸에게 그것을 가르치고 있는 겁니다."

태연하게 말하는 안인수를 보고 유희진은 분노를 넘어 무력감을 느꼈다. 그를 비난하고 욕하고 싶어 혀를 물어야 할 정도였다.

"그릇 입장에서는 억울하지 않겠어요? 만들어달라고 한 적도 없는데 마음내로 만들어놓고 자기가 만들었으니 내 맘이다?"

"인간 관점에서 보면 그럴 수 있죠. 우리 입장에서는 괴로울 수 있다, 인정해요. 가끔 하나님은 너무할 때가 있으시니까. 하지만 어쩌겠어요. 그게 바로 신성인데."

안인수는 셔츠에 안경알을 닦으며 웃었다. 유희진은 웃지 않았다. 미소조차 짓지 않았다. 계속 질문했다. 프로그램을 위한 질문이 아니었다. 이 사람이 누구고 어떤 생각을 하는지 알아보려는 대화도 아니었다. 어느 순간부터 유희진은 질문을 가장한 비난을 퍼부었다. 안인수는 눈을 가늘게 뜨고 지도에서 작은 마을을 찾듯 가만히 유희진의 얼굴을 바라봤다. 고개를 돌려 벽에 붙은 시곗바늘의 움직임을 눈길 한번 떼지 않고 지켜보다 중얼거렸다.

"화가 났군요."

그리고 천천히 유희진의 눈을 마주했다. 안쪽 깊은 곳에 도사리고 있는 불과 얼음. 안인수는 말을 이었다.

"내 딸 때문이 아니야. 누가 생각나는 거죠? 과거에 누가 큰 상처를 줬나 보군요. 알겠어요. 아버지가 때렸나요? 어머니로부터 상처를 받았나요?

카메라 바깥에서 인터뷰를 지켜만 보던 황 피디가 손뼉을 짝짝 치며 개입했다.

"네. 인터뷰는 뭐, 이 정도면 된 것 같네요."

하지만 유희진은 그 말이 들리지 않는 듯 안인수를 노려봤다. 안인수는 편하게 그 시선을 받아내며 마저 말했다.

"아닌데……. 그런 것 때문에 생긴 상처가 아니야. 알겠다. 알겠어. 생각이군. 부모가 나를 사랑하지 않는다. 부모는 나를 원하지 않았다. 나는 사랑받지 못했다. 버림받았다. 그럴 만해. 나는 그런 존재니까. 자매님의 영혼은 이런 생각으로 무너져 있는 거야. 맞죠?"

유희진은 의자에서 일어섰다. 황 피디가 손을 붙잡지 않았다면 들고 있던 샤프로 안인수의 눈동자를 찔렀을지도 모른다.

그 생각이 왜 다시 떠오른 걸까. 유희진은 숨을 뱉고 마시며 생각을 응시했다. 캄캄한 허공 속에 선명히 빛을 내는 장면 몇 개가 나타났다. 2년 전 한 사모는 남편을 진심으로 믿고 있었다.

"믿고 싶어서가 아니라 믿어져서 믿는 거예요. 진짜로요."

여유 있는 척, 걱정 없는 척, 억지 미소를 짓고 있는 한 사모는 엄마라기보다는 엄마의 껍질을 뒤집어쓴 어떤 유기체 같았다. 표정과 정신이 결여된 육체는 이미 인간의 것이 아니었다. 그들의 말과 행동을 어떻게 받아들여야 할까? 신앙심. 유희진은 그렇게 단순하게 정리하기로 했다. 하지만 이번에 만난 한 사모는 그때와는 달랐다. 여전히 비이성적이고 아이의 입장과 마음을 헤아리지 않는 그릇된 양육 방식을 고집하고 있지만 흔들리고 있었다. 복잡해 보였고 괴로워 보였다. 무엇보다 한 사모는 안인수를 목사님이 아닌 '그 사람'이라 부르며 거리를 뒀고 은근히 그의 부재를 반기는 것 같았다. 가족에게 거리를 둔

건 안인수였다. 그는 아내를 항상 한 사모, 라고 불렀다. 실수로도 아내 혹은 애 엄마라고 부르지 않았다. 한 사모의 변화한 태도는 무엇을 의미할까? 유희진은 골똘히 생각했다. 그때 문자 메시지가 왔다. 유희진은 달리는 속도를 늦추며 왼팔 포켓에 든 휴대전화를 꺼내 확인했다. 서지우였다.

 주무세요?

유희진은 달리기를 멈추고 강으로 내려가는 계단에 앉아 시간을 확인했다. 새벽 2시였다.

 아직. 지우 씨는?

 곧 자요. 연락 두절된 사람들이요. 실종 맞는 것 같아요.

유희진은 통화 버튼을 눌렀다. 서지우는 바로 받았다. 주변이 시끄러웠다. 집은 아닌 듯했다.

"어디야? 집 아닌데?"

"친구 만나고 있어요. 그러는 선배도 집 아닌 것 같은데요."

"밖이야. 답답해서 바람 쐬러. 그냥 통화하자. 새로운 거 있어?"

"아, 별건 아닌데. 내일 잊어버릴까 봐 문자로 남겨놓으려 했어요. 오산미 씨 있죠. 남편에게 제보가 왔어요. 마트 갔다가 사라졌다고 했잖아요."

"그랬지."

"남의 차에 탔대요."

"납치야?"

"그게 좀 이상해요. 어떤 남자가 태웠다는데 억지로 탄 것 같지는 않다고 했어요."

"그럼 그게 문제가 돼?"

"남편은 누가 아내를 잡아간 것 같대요. 실종 전에 좀 이상했었다네요. 누구랑 몰래 연락하는 것 같고 말도 없이 나가는데 어디 가느냐고 물어도 제대로 설명도 안 해 줬대요. 사라진 날. 전화를 안 받더니 나중엔 전원이 꺼졌고 지금까지 연락 두절."

"이상하긴 하네. 그런데 황 피디는 신경도 안 쓸 거야. 눈 맞아 바람났다고 해도 말이 되는 정황이야. 그리고 가해자를 피해자처럼 대하는 프로그램도 부담될 거고. 전에 크게 데인 적 있어서 더 예민하겠지."

"알아요. 그렇지 않아도 이거 좀 알아보려고 하니까 쓸데없는 데 신경 쓸 시간 없다고 하던데요."

"괜히 말 나올까 봐 그러는 거지. 천안 데이트폭력 때 연인 관계에서 특정 행동이나 사건을 무조건 폭력이라 규정하는 것은 조심할 필요가 있다는 식으로 풀어나갔다가

〈진탐〉 게시판 난리 난 적 있잖아."

"골치 아팠죠. 그런데 그것만 이상한 게 아니에요."

그 순간 전화기 너머 시끄럽게 떠드는 소리가 들렸다.

"아, 중요한 건 아니니까. 키워드만 문자로 공유할게요. 자세한 건 나중에 만나서 이야기해요."

술 적당히 마시라고 말하려 했는데 전화는 끊겼다. 곧 문자가 수신됐다.

- 김민수. 현재 퀵서비스 기사. 오산미 실종 당일 목동에 갔다는 기록 있음.

5

 파일을 저장하고 인쇄 버튼을 눌렀다. 문서를 가지런히 모아 스테이플러를 찍고 휴대전화 화면을 터치해 확인한 시간은 저녁 9시 34분. 8시에 만나기로 한 황 피디는 사무실에 나타나지 않았다. 지친다. 눈꺼풀은 무겁고 안구는 뜨겁다. 파티션을 넘어 들려오는 키보드 타이핑 소리가 유독 거슬린다. 자신도 키보드를 사용해 글을 쓰고 있으면서 그것을 불편하게 느낀다는 것이 잘못됐다는 것을 알지만 곤두선 신경은 쉬이 가라앉지 않는다. 유희진은 눈을 감고 검지로 눈가를 비비며 자리에서 일어나 뒷목을 주무르며 탕비실로 걸어갔다. 커피머신에 캡슐을 넣고 하얀 머그컵을 배출구 아래에 받쳤다. 커피를 기다리는 동안 비타민C를 탄산수와 함께 입에 털어 넣었다. 혀와 입천장을 때리는 탄산이 일시적으로 정신을 맑게 해주는 것 같다. '끊기지 않는 고리' 편 방영 이후 시청자들 후기와 주요 커뮤니티 반응을 정리했다. 언론사 기사와 여론의 방향을 알 수 있게 반응별로 정리했다. 잘못된 정보를 담은 보도는 따로 체크해뒀다. 정확한 자료와 통계에 기반한 반박용 보도자료도 두 개 작성했다. 유희진은 현재 황 피디가 어떤 상태일지 예상했고 절로 한숨이 나왔다. 기대에 못 미치는 미지근한 시청자 반응과 잠잠한 여론에 실망했을 것이다. 사회적 공분이 들불처럼 번지지 않은 것에 서운해하다가 나중엔 작가를 탓하고 편집을 문제 삼고 기어이 방송국을 욕할 거다. 빤하게 예상되는 일련의 과정을 상상만 했는데도 이미 피곤해진 유희진은 뜨거운 커피를 한 모금 마셨다.

  황 피디는 유산균 스틱 두 개를 손에 들고 사무실에 나타났다. 유희진은 황 피디가 건넨 유산균을 받아 볼펜 옆에 두고 고개를 돌려 벽에 걸린 시계를 봤다. 황 피디는 이 핑계 저 핑계를 댔다. 자신이 늦을 수밖에 없던 이유를 설명했고 요즘 일이 많아 정신이 없고 힘들다며 징징대다 나중엔 스스로에게 화를 냈다. 유희진은 물끄러미 황 피디를 쳐다본 뒤 인쇄한 문서를 내밀었다.

  "촬영 구성안 짰어요. 관공서에 공문 보냈고 보도자료

도 두 개 만들었어요."

"편집 구성안도 살짝 짜주는 건 무리겠지?"

유희진은 고요히 황 피디를 봤다. 농담이지, 농담. 황 피디는 크게 소리 내 웃으며 어색한 미소를 지었다.

"그건 그렇고 공문을 왜 유 작가가 보내? 서 작가한테 시켜."

"뭘 시켜요. 손댄 김에 그냥 했어요."

황 피디는 봉지 끝을 뜯어 유산균 가루를 입에 털어 넣고는 유희진의 표정을 살피며 구성안을 봤다.

"요즘 못 자? 컨디션 안 좋아 보이는데."

"괜찮아요."

황 피디는 눈으로는 구성안을 보면서 입으로는 '끊기지 않는 고리' 편에 관해 말했다. 대중들의 관심이 미비한 것에 분통을 터뜨렸고 최근 뉴스와 이슈를 모두 빨아먹는 경찰청장의 원정 성매매 사건에 짜증을 냈다. 제대로 된 뉴스가 생성되지 않으니 받아서 퍼뜨릴 원소스가 없었고 당연히 SNS에서도 반향이 없었다. 무엇보다 9개월 전 이미 유사한 사건이 크게 이슈를 만든 적이 있어 사건을 퍼 나르며 돈을 버는 이들에게 승빈이의 죽음은 매력적인 소재가 아니었다. 슬픔에 동참한다는 의미로 유명인 몇몇이 흑백의 이미지를 게시해 애도를 표했다. 15분으로 압

축 편집된 영상의 조회수도 한창 관심이 높았던 '토기장이와 그릇' 파생 영상에 비해 10분의 1 수준으로 떨어졌다.

"사람들 무섭다. 얼마 전까지 '끝까지 싸우겠다' 외치던 이들이 보이질 않네. 애가 맞아 죽었는데 왜 분노들을 안 하지? 다들 왜 이렇게 조용하냐고. 성질나게. 토기장이에 비해 더하면 더했지 약하지 않잖아. 그런데 반응이 뭐 이래? 승빈이 아버지 캐릭터를 더 세게 만들었어야 했어. 그때 안 목사는 장난 아니었잖아. 고개 빳빳하게 쳐들고 제가 한 행동은 사랑입니다, 이 지랄을 했잖아. 완전 또라이 새끼. 그러니 돌로 머리를 처맞지."

기억한다. 마지막으로 하고 싶은 말이 없느냐는 질문에 카메라를 똑바로 쳐다보면서 했던 말. '좌우를 구분 못 하는 아이들. 내버려두는 건 사랑이 아닙니다. 의로 교육하십시오. 빛으로 어둠을 씻기십시오.'

"그때 시청자들. 주은이보다 안 목사에게 관심이 더 많았잖아. 고통받는 아이보다 고통을 가하는 어른에 흥미를 느낀 거야. 반응이 이렇게 시원찮은데 이번 기획 진행해도 될지 모르겠네. 다 엎고 다른 거 할까?"

"스케줄 다 짰고요. HTC 활동가들 인터뷰도 반 이상 진행했어요. 어떻게 엎어요? 비축분도 없는데."

"그러니까 답답하다고. 뾰족한 수가 없으니까. 유 작가,

이런 건 어때?"

황 피디는 의자를 당겨 유희진에게 가깝게 다가갔다. 유희진은 허리를 꼿꼿이 폈다.

"프로그램 방영 이후 제작진들이 비하인드를 푸는 방송을 별도로 제작하는 거야. 시사 예능처럼 우리 팀이 패널로 앉아 사안에 대해 논하고 영상에 미처 담지 못했던, 차마 담을 수 없던, 썰도 풀어보는 거지."

경쟁 프로그램 피디가 반년 전부터 하고 있는 콘텐츠를 자기 아이디어인 것처럼 말하는 것이 뻔뻔하고 황당했지만 유희진은 그 부분은 언급하지 않았다.

"황 피디님 유튜브에서 이미 하고 있잖아요."

"그렇게 말고 다 같이 해보자는 거지. 제대로. 아무래도 나 혼자만 말하니까 개인 방송 같고. 뭐, 신선하지도 않고. 양 작가님은 물어볼 필요도 없이 당연히 안 하실 거고 유 작가나 서 작가가 같이 해주면 시청자들도 좋아할 것 같은데."

"됐고. 일이나 줄여줘요."

"그럼 어떡해? 프로그램 살려야 할 것 아니야. 애써서 만들었는데 아무도 안 보고 영향력도 없으면 그 중요한 문제들 다 사장되잖아. 유 작가는 그거 괜찮아?"

"시청률이나 시청자 반응까지 작가 탓하는 건 너무하다

고 생각하지 않으세요?"

"탓하는 게 아니고 그냥 잘되면 좋다는 거지. 됐어. 기대도 안 했어."

유희진은 짧게 한숨을 쉬며 말했다.

"서브작가는 구하고 계세요?"

내내 떠들어대던 황 피디는 갑자기 말을 멈추고 자료를 살폈다.

"말씀드렸듯이 서브작가 구할 때까지만 하겠다고 했어요. 프로그램 한두 개 예상했는데 벌써 세 번째 회의잖아요."

"구하고 있지. 근데 마땅한 사람이 없는 걸 어떡해. 알겠지만 요즘 작가들이 데일리랑 예능 쪽으로 다 빠졌잖아."

"무슨 소리예요. 찾으려면 금방 찾지. 소개해드려요?"

"아니야."

황 피디는 문서에서 눈길을 거두고 인상을 찌푸리며 말했다.

"그냥 유 작가가 하자. 지금 우리 팀 힘들어. 서브작가가 있느냐 없느냐 문제가 아니고 근본적으로 문제가 있다고. 소재나 아이디어도 문제지만 A팀에 비해 시청률이나 화제성에서 계속 밀리고 있어. 까놓고 말할게. 믿을 사람이 없어. 누굴 믿고 해야 할지 모르겠다고. 솔직히 서 작가도 시원찮아. 최종 자막 확인도 제대로 못 하는 게 말이 돼? 출소를 퇴소라고 그대로 내보냈다니까. 섭외력 좋고 구성력도 괜찮은데…… 글이 좀."

황 피디는 팔짱을 끼고 불만족스러운 표정을 지으며 고개를 저었다. 유희진이 말했다.

"그러니까 서브작가가 잠수 타죠. 제가 피디님하고 같은 편먹을 것 같아요? 들은 대로 전할 테니까 서 작가랑 계속 일하고 싶으면 솔직하게 말하지 마세요. 서 작가 괜찮아요. 말 자막 쓰는 거 보면 감각도 좋고. 이상한 말 해서 괜히 또 좋은 사람 놓치지 말고."

"말이 그렇다는 거지. 왜 이리 예민해? 가만 보면 유 작가 여유가 아예 없는 것 같아. 요즘 힘들어? 잠은 좀 자? 안색도 안 좋고 눈 밑도 까매가지고. 도대체 일을 몇 개나 받아서 하는 기야. 넷? 다섯?"

넷일 때도 있고 다섯일 때도 있다. 웹소설을 시나리오로 바꿨고 영화를 리뷰하는 유튜브의 스크립트를 썼다. 한동안 광고회사 쪽에서 주는 일을 닥치는 대로 받기도 했다. 하지만 유희진은 사실대로 말하지 않았다. 아니라고, 했다. 괜찮다고, 했다. 표정 없이 감정 없이 그렇게만 말했다. 황 피디는 상대의 표정 안쪽을 살피지 않고 하고 싶은 말만 계속했다.

"양 작가님도 그래."

황 피디는 잠시 말을 멈추고 사무실을 둘러보며 눈치를 살핀 뒤 목소리를 낮춰 말했다.

"최근 연락한 적 있어?"

유희진은 대답 없이 고개만 저었다.

"그렇지. 연락하기 좀 그렇겠지."

황 피디는 앞머리를 신경질적으로 넘기며 이마를 매만졌다.

"진짜 머리 아프다. 이번 기획도 무슨 인간극장처럼 쓰고 있더라고. 이걸 그렇게 풀면 되겠어? 까놓고 말해보자고. 두 팀 간 차이가 계속 벌어지는데 내 입장에서 대책을 마련해야지. 안 그래? 프로그램 나 혼자 만들어? 피디는 좆 빠지게 이리 뛰고 저리 뛰는데 메인작가라는 사람이 문제의식도 없고 의견을 내도 다 쌩까고. 양 작가도 좀 분발해야 돼. 유 작가도 솔직히 느끼지? 양 작가 피디 출신이라 그런지 글이 좀 그렇잖아. 예능과 다큐 쪽에 있던 양반이라 모 아니면 도. 극단적인 면이 있어. 공포 아니면 충격. 잔잔한 것과 진지한 것도 구분이 안 되고 이도 저도 아니면 그냥 신파로 처리하고. 시대가 바뀐 걸 모르는 거지. 팀을 잘 이끄는 것도 아니고. 메인이면 서브랑 막내. 잘 컨트롤해야 할 텐데 자기보다 조금만 더 나은 것 같으면 시기하고 괴롭히고. 끌어줄 생각을 해야지 자기가 후배 길을 다 막고 있잖아. 유 작가도 솔직하게 말해봐. 맞는 말이잖아. 양 작가 아팠을 때 딱 한 번 유 작가가 프로그램 짠 거 우리 팀에서 그거보다 잘된 거 있어? 아직까지도 〈진탐〉에서 '토기장이와 그릇' 편 시청률이 최고야. 유튜브 조회수도 높고. 상식적으로 그러면 선배가 돼서 후배 잘했다고 칭찬하고 추켜세워줘야 하는 거 아니야? 내가 작가들 세계는 잘 모르겠지만."

유희진은 이성으로는 그의 말을 이해했지만 감정으로는 받아들일 수 없었다. 짧은 멘트 몇 개가 크고 복잡한 사안을 단순하고 뻔하게 만들었다. 황 피디는 입도 가리지 않고 하품을 했다. 금니가 반짝였다. 무대에 선 배우처럼 시종일관 자신감 있는 표정으로 목소리를 높이지만 몹시 고단해 보였다.

"피디님."

유희진이 말을 끊었다.

"작가들은 작가들이 알아서 잘할 테니까."

피디님은 피디님 일이나 잘하세요, 라고 말하고 싶은 걸 참았다. 생각 같아선 그게 왜 작가 문제인지. A팀의 박 피디에 비해 B팀의 황 피디가 무능해서 그럴 거라고는 조금도 생각해본 적 없는지 따져 묻고 싶었다. 비린 음식을 삼키듯 유희진은 마른침을 삼켰다.

"제 건강이 걱정되시면 회의 빨리 끝내고 일찍 퇴근이나 시켜주세요. 그리고 작가 구하세요. 진짜로 이번 회차까지만 할 거니까."

새벽 2시 반. 집으로 돌아오는 길. 속이 텅 빈 듯 허했다. 출출했고 마음도 적적했다. 유희진은 불을 밝히고 있는 만둣집 문을 열고 안으로 들어갔다. 만두를 주문한 뒤 손거울을 꺼내 상태를 살폈다. 눈 밑으로 그늘이 졌고 건조한 입술은 갈라져 한가운데 희미하게 핏물이 고였다. 유희진은 광대뼈에 붙은 속눈썹을 떼어내고 갈라진 앞머리를 손으로 매만졌다. 사람들은 양 작가의 텃세를 견디지 못했다고 했지만 아니다. 가끔 무리한 부탁을 하고 귀찮은 잔심부름을 시키긴 했지만 그런 일로 그만둘 만큼 무르지 않다. 물론 견디기 힘들 때도 있었다. 일부러 살려서 쓴 표현이나 문장을 지적하고 누가 봐도 더 나은 구성인데도 치기 어린 실험이니, 예술이니, 은근히 조롱할 땐 표정 관리가 쉽지 않았다. 하지만 그것 역시 이 판에서 긴 시간 굴러온 메인작가의 권리고 노하우라고 인정하고 받아들일 수 있었다. 유희진이 〈진실의 탐구〉 팀에서 빠진 건 '토기장이와 그릇' 이후 달라진 자기 자신 때문이었다. 사건에 흡착된 마음이 프로그램이 끝나도 떨어지지 않았다. 피해자와 가해자에게 이입된 감정에서 빠져나오지 못해 어떤 날은 분노로 또 어떤 날은 수치로 몸이 달아올랐다. 작가로서 거리 두기가 되지 않았고 자꾸 피해자의 가족이나 사건의 담당 형사처럼 구는 스스로가 위협적으로 느껴졌다. 그랬는데, 그래서 그렇게 나온 것인데, 왜 다시 이 팀에 들어온 걸까. 왜 황 피디의 부탁을 들어준 것일까. 사정이 딱해 어쩔 수 없이 부탁을 들어주는 척했지만 실은 안 목사가 가석방됐다는 소식을 들은 뒤부터 멀리 했던 그 세계와 이야기에 눈과 귀가 갔고 가까이 닿고 싶은 욕망을 구체적으로 느꼈다. 그동안 사건의 내막과 이면을 살피고 피해자와 가해자의 속사정을 헤아리는 일은, 특히 아동 학대 관련 사건에는 일부러라도 등을 돌리고 귀를 막아왔지만 마음과 감정은 철가루가 자석을 향해 머리를 돌리듯 그 힘에 이끌리고 있었다. 알고 싶은 걸까? 관여하고 싶은 걸까? 잘못된 일. 억울한 일. 바로잡고 싶은 걸까. 모르겠다. 내 마음을 내가 모르겠어. 눈가가 다시 떨렸다. 유희진은 차가운 물이 든 물통을 들어 눈꺼풀에 댔다. 냉기가 피부 밑의 신경과 근육을 일시적으로 마비시켰다. 찜통 뚜껑이 열렸다. 허공으로 퍼지는 증기가 물감을 뿌린 듯 눈앞을 하얗게 만들었다. 유희진은 증기가 사라지고 눈앞이 다시 선명해지는 것을 멍하게 지켜봤다. 뜨거운 만두가 네 알 담긴 초록색 접시가 탁자에 놓였다. 맛있게 드세요, 라는 인사에 고개를 꾸벅 숙이며 감사합니다, 라고 했다.

유희진은 젓가락으로 만두를 반으로 쪼개 한쪽을 간장에 찍어 단무지와 함께 입에 넣었다. 부드럽고 쫀득한 만두피와 후추에 버무린 고기맛이 입안에 가득 찼다. 어금니로 단무지를 씹을 때 아삭아삭 느껴지는 절삭감에 피로가 뚝뚝 끊기는 듯 기분이 나아졌다. 유희진은 길게 숨을 내쉬며 까만 밤을 향해 열려 있는 창문을 바라봤다. 고개를 숙이고 남은 한쪽을 마저 입에 넣었다. 요양병원에서 걸려온 부재중 전화 두 통. 유희진은 받지 못했거나 받지 않았다. 문자 메시지를 확인했다.

 - 환자분. 피부가 건조해졌고 오돌토돌하게 물집이 잡히고 있어요. 로션을 바르고 보습을 강화해도 아물지 않아서 관련 약을 쓰고 치료를 하겠습니다.

 - 그동안 밥 잘 드셨는데 저번 주부터 식사를 거부하셔서 아무래도 당분간 포도당 수액을 투여해야 할 것 같아요. 추가 비용 발생되는데 괜찮을지요.

유희진은 오전 9시에 발신되도록 문자 메시지를 예약

했다.

- 그렇게 해주세요.

유희진은 멸치맛이 진하게 느껴지는 국물을 한 모금 마신 뒤 첨부된 동영상을 확인했다. 온종일 죽은 듯 침대에 누워 있는 사람. 천장에 붙은 CCTV가 바라보는 환자는 이불에 그려진 그림 같았다. 모로 누워 웅크린 채로 움직임이 거의 없었다. 그리고 15분 전에 수신된 메시지 하나.

- 통화할 수 있어요?

젓가락을 접시에 놓고 물로 입안을 행구고 숨을 길게 내쉰 뒤 통화 버튼을 눌렀다. 긴 연결음이 끊어지려 할 때 김하은은 전화를 받았다. 유희진은 애써 밝은 목소리로 안부를 물었다. 돌아오는 답은 거의 없었지만 침묵이 생기지 않도록 계속 말했다. 잘 지내는지. 별일은 없는지. 전화 잘했어. 뭐하고 있니. 마침 나도 잠이 안 왔어. 네. 네. 대답하는 김하은의 목소리는 차갑고 건조했다.

"언니."

김하은은 유희진을 부르고는 잠시 가만히 있었다. 유희진은 알 수 없는 긴장으로 얼굴이 달아오르기 시작했다.

"그 사람, 찾았어요?"

"아니, 아직. 찾으려고 노력 중이야."

유희진은 느꼈다. 김하은의 말투는 호전적이었지만 기저에 두려움이 깔려 있다는 것을.

김하은은 무서운 귀신에 대해 말하듯 소리 죽여 말했다. 유희진이 뭐라고 답해야 할지 몰라 말을 고르고 있는데 김하은은 답을 듣지 않고 한마디 남기고 전화를 끊었다.

"고마워요."

유희진은 감정이 비치지 않는 표정으로 물끄러미 휴대전화를 보다가 사이드에 있는 전원 버튼을 눌렀다. 까맣게 변한 화면 속에 유희진을 바라보는 유희진이 있었다.

6

 유희진은 한 걸음 뒤에서 장선기를 따라갔다. 추모객들이 앞질러 갈 정도로 그의 보폭은 좁았고 걸음은 느렸다. 구름 낀 하늘. 축축하게 불어오는 찬 바람. 금방이라도 진눈깨비가 흩날릴 것 같은 저기압. 유희진은 걸음을 멈추고 뒤돌아 수목장을 봤다 다갈색의 늦가을 산은 어둡고 고요했다. 느리게 찍히는 장선기의 투명한 발자국에 자신의 발자국을 겹쳐 걷는 동안 유희진은 몇 날 밤 떠올렸던 장선기의 말을 생각했다. 푸념처럼 작은 소리로 중얼거린 그 말은 유희진에게 달라붙어 지금까지 사라지지 않았다. 우는 아이들이 더는 울지 않게, 슬픈 아이들이 더는 슬프지 않게, 자신은 거기에만 관심이 있다는 말. 어쩌면 너무도 순수하고 좋은 마음에서 우러나온 그 좋은 말이 왜 그렇게 서늘하게 느껴졌던 걸까.

 나쁜 사건이 일어나면 그 일은 한 권의 이야기가 된다. 사람들은 자극적인 상황에 몰입하고 전후 사정을 살피며 인물에 이입한다. 행동을 판단하고 옳고 그름에 대해 논쟁한다. 각각의 잣대로 심판하고 판단하며 이야기와 인물을 기호와 식성에 맞게 한 입씩 뜯어먹는다. 시간은 흐르고 아무리 긴 이야기도 결국 끝나는 법. 사람들은 탁, 소리 나게 책을 덮고 책꽂이에 책을 꽂는다. 그리고 다른 책을 집어 든다. 하지만 사건이 끝나도 인물의 삶은 이어진다. 나쁜 사람은 갑자기 착해지지 않고 슬픈 마음은 이유 없이 좋아지지 않는다. 좋은 것은 나빠지고 나쁜 것은 더 나빠진다. 덮어버린 책 속에, 책꽂이에 비석처럼 나란히 선 각각의 이야기 속에, 우는 아이가 있다. 슬픈 아이가 있다. 자기 자신을 미워하다가 마침내 스스로를 부정하는 아이가 있다.

 그래서일까. 유희진은 양평까지 내려온 자신이 낯설게 느껴졌다. 촬영 일정을 잡을 때 황 피디는 장선기 인터뷰를 서지우에게 시켰다. 그러나 유희진은 자기가 가겠다고 했다. 요즘 좀 답답해서 바람도 쐬고 싶고 장선기에게 물어보고 싶은 것도 있다고. 황 피디로서는 의아했다. 그는 전체 흐름상 중요한 인물이 아니었다. 학대로 죽은 아이가 수목장에 묻혀 있고 마침 장선기가 다녀올 계획이 있더라는 HTC 간사의 말을 듣고 즉흥적으로 계획한 일정이었다. 수목장의 풍경. 고인의 이름이 붙은 묘목. 그 앞에 앉아 상념에 젖어 애도하는 자의 뒷모습과 옆모습. 그리고 옛 기억 몇 개와 애통한 감정 하나. 일반적으로 이런 번거로운 일은 촬영팀 막내와 막내작가가 맡는 것이 자연스러운데 유희진이 가겠다고 하니 이상했던 거다. 하지만 내심 좋은 것도 있었다. 같은 날 까다로운 몇 개의 촬영 일정이 겹쳐 있었다. 오전에 변호사, 오후엔 아동 쉼터 운영자와 어린이집 원장도 만나야 한다. 여의도를 시작으로 일산에서 잠실까지 복잡하고 정신없는 일정이었나. 일단 유희진은 이동 내내 거의 말이 없을 거다. 붙임성 좋고 스몰토크를 잘하는 서지우와는 달라 인터뷰가 부드럽게 흐르지 않을 수도 있고 한 번씩 던지는 엉뚱한 말로 인터뷰이의 기분을 망치거나 대화의 분위기를 깨뜨릴 수도 있다. 유희진이 믿음직스러운 것도 있다. 촬영팀이 없어도 간단한 영상 정도는 혼자서 찍을 수 있을 정도로 이 바닥 경험이 탄탄했다. 카메라에 관한 이해도 깊고 짐벌도 능숙하게 다룰 줄 알았다. 고심하는 황 피디를 보며 유희진은 한마디 덧붙였고 황 피디는 고개를 끄덕였다.
"피디님도 저보다는 서 작가가 더 편하실 거고."

 완만한 언덕. 보이지 않는 선에 맞춰 규칙적으로 심겨진 키 작은 나무들. 밑둥마다 죽은 자의 뼛가루가 묻혀 있겠지만 묘지라는 느낌은 전혀 들지 않았고 조경이 잘된 예쁜 수목원처럼 느껴졌다. 묘목은 서로 비슷했지만 각각 다른 이야기를 품고 있었다. 가지에 목걸이처럼 걸어놓은 사진과 장신구들. 다양한 모습의 화병과 꽃을 장식하는 방법도 달랐다. 꼼꼼하게 관리한 고급 정원처럼 꾸민 나무도 있고 납작한 돌로 편지를 눌러놓거나 몇 권의 책을 가지런히 쌓아둔 나무도 있었다. 유희진은 카메라로 장선기의 뒷모습을 담고 알 수 없는 감정 속에 잠긴 얼굴을 천천히 줌인했다. 문제는 오디오였다. 장선기는 유독 말이 없었다. 평소 같았으면 걷는 동안 질문을 하거나 날씨나 풍경을 묘사하며 이런저런 수다로 채워 넣었을 텐데 유희진은 그러고 싶지 않았다. 나중에 따로 내레이션을 입히거나 바람 부는 소리와 발소리 같은 것들로도 충분할 것 같았다. 침묵도 일종의 언어이기에 그의 말을 끊고 무례하게 끼어들고 싶지 않았다.

장선기는 한 묘목 앞에서 이름표를 바라보며 우두커니 서 있었다. 일정한 거리를 두고 응시하는 깊은 눈과 고요한 얼굴. 그는 미술관의 관람객처럼 보였다. 묘목의 기록을 살펴봤다. 참나무. 이름은 이주연. 편지 한 장, 사진 한 장, 화병에 꽃 한 송이도 없다. 나무를 깎아 만든 주먹 크기의 토끼 인형이 놓여 있을 뿐이었다. 장선기는 나무에 시선을 고정한 채 말했다.

"똑똑한 아이였어요. 보육원 아이들 중에서도 금방 눈에 띄었죠. 집중력이 좋았고 눈동자엔 빛이 있었습니다. 수학을 잘했어요. 3학년이었는데 약분과 통분을 이해했고 원의 넓이까지 구할 수 있었죠. 주연이는 단순히 문제를 잘 푸는 게 아니라 개념과 원리에 호기심이 있었어요. 기특했죠. 가르치는 재미도 있었고. 그러던 어느 날 주연이는 보육원을 떠나게 됩니다. 다시 키우겠다며 엄마가 찾아왔거든요. 잘된 일이었죠. 보육원의 모든 아이가 밤마다 꾸는 꿈이죠. 엄마 그리고 집. 하지만 주연이는 두 달 뒤에 죽었습니다. 언론에 보도되지 않고 소리 소문 없이 처리된 작은 사건입니다. 엄마는 딸을 사랑했지만 딸을 때리는 남자친구도 사랑했죠. 엄마는 딸의 비명과 눈물은 참을 수 있었지만 애인의 비위가 상하고 표정이 어두워지는 건, 참지 못했습니다. 엄마와 남자 둘 다 지금 교도소에 있어요. 주연이는 여기 있고요."

장선기는 말을 멈추고 가지에 매달린 시든 잎을 매만졌다. 어떤 말을 참는 걸까. 아니면 감정을 다스리려는 걸까. 그는 코로 숨을 내쉬며 입술을 빨아들였다가 내놓았다가를 반복했다.

"궁금하네요. 그 사람들 교도소에서 잘 지내는지. 무슨 드라마를 시청하고 무슨 음식을 먹는지. 마음 맞는 수형자들을 사귀어 나름 재밌게 지내고 있는지. 종교는 생겼을지. 그래서 세례받고 구원받았을지. 다시 태어났다고 믿고 있을지. 가끔 봉사활동을 하러 오는 사람들이 주는 달달한 말씀과 과자를 맛보며 기쁨의 눈물을 흘릴지."

장선기는 고개를 돌려 카메라를 똑바로 쳐다봤다. 유희진은 갑작스럽게 자신을 응시하는 두 눈에 당황했다. 장선기는 한참 그렇게 있었다. 거울을 쳐다보며 자신의 모습에서 어떤 변화를 발견하려는 사람처럼. 유희진은 흐트러지지 않도록 호흡을 가다듬고 서서히 장선기의 얼굴을 줌인했다.

"그리고 생각해요. 이래도 되는 걸까?"

장선기는 가방에서 스테인리스 물통을 꺼내 작은 도자

기 찻잔에 담아 밑둥에 뿌렸다. 유희진은 카메라 뷰파인더에서 눈을 떼고 말했다.

"술을 뿌리는 게 나무에게 좋지 않대요. 괜히 산짐승을 부를 수도 있고. 실제로 멧돼지가 묘목을 파헤치는 일이 종종 발생한다고."

장선기는 잔을 채워 유희진에게 건넸다. 유희진은 잔에 입술을 대고 살짝 맛을 봤다. 녹차였다. 차고 맑은. 유희진은 민망한 듯 웃었다. 장선기는 토끼를 집어 들며 말했다.

"주연이는 녹차를 좋아했어요. 뜨거운 걸 유독 못 마셔서 차게 식혀주곤 했죠. 술은 틀렸지만 별걸 다 아시네요."

"방송작가로 살면 별걸 다 알게 돼요. 몇 년 전 수목장 관리인에 관한 프로그램 만들었을 때 막내였거든요. 일주일 내내 관리인 곁에서 하소연을 들어줘야 했어요."

장선기는 나무에 걸린 이름표를 멍하니 쳐다보며 토끼를 두 손으로 감싸 쥐었다.

"주연이한테 토끼 애착 인형이 있었는데 6학년 언니가 자꾸 젓가락으로 찔러서 솜이 삐져 나온다고 울며 슬퍼하더군요. 그래서 나무를 깎아 토끼를 만들어줬어요. 마지막 순간에 이걸 손에 쥐고 있었대요. 이럴 줄 알았으면 자기를 괴롭히는 사람의 머리를 이걸로 내리치라고 가르칠 걸 그랬어요. 인형은 절대 너를 지켜주지 못한단다. 솔직하게 알려줄 걸, 후회가 됩니다."

어딘가에서 수목원과 어울리지 않는 기계 소리가 들려왔다. 요란한 엔진 소리가 들렸고 나무나 돌 같은 것을 타격하는 소리가 쿵쿵 울렸다. 유희진이 말했다.

"아이에게 애착 인형은 보디가드 같은 게 아니에요. 오히려 아이는 인형을 지켜주고 싶었을 거예요."

유희진은 녹음기의 녹음을 정지했다. 카메라의 전원을 끄고 렌즈를 캡으로 막았다.

"제게도 토끼 인형 같은 게 있었어요. 얇은 홑이불이었는데 너무 많이 끌어안아 천이 해져 구멍이 뚫릴 정도였죠. 그런데 엄마가 나를 혼낼 때마다 그 이불을 들고 없애겠다고 협박했어요. 가끔은 그냥 장난칠 때도 있었죠. 그때마다 겁에 질리고 얼어붙었고 결국 울게 됐죠. 엄마는 그런 내가 귀여웠는지 재밌었는지 그저 웃기만 했어요. 한번은 묻더군요. '너는 엄마가 소중하니, 이불이 소중하니.' 저울 한쪽에 이불을 놓고 다른 쪽엔 자신이 앉아 내가 무엇을 선택하는지 지켜보는 거예요. 엄마는 알았어요. 내가 아무것도 선택하지 못하리라는 것을. 가장 잔인한 사람은 나를 모르는 타인이 아니에요. 나를 속까지 알고 들여다볼 수 있는 가장 가까운 사람이죠. 잘 알고 이해하는 만큼 무엇에 약하고 절박한지 아는 거예요."

유희진은 잠시 말을 멈췄고 장선기에게 손을 내밀었다. 장선기는 토끼를 유희진에게 건넸다. 유희진은 왼손바닥에 토끼를 올리고 오른손으로 머리와 등을 부드럽게 쓰다듬었다. 살아 있는 토끼를 만지듯.

"이걸로 사람을 때리라고 가르치지 않은 건 잘하신 거예요. 토끼에 피가 묻었거나 부서졌다면 그땐 진짜로 슬펐을 테니까."

유희진은 토끼를 묘목 밑에 조심히 내려놓았다. 장선기가 물었다.

"이불은 무사한가요?"

"제 손으로 찢었어요. 엄마가 버리지 못하게."

지는 해를 등지고 수목장을 내려갔다. 이런저런 이야기를 나눴다. 저번에 HTC 사무실에서 김민수에 관해 물었을 때 어색했던 것을 생각해서 일부러 말을 빙빙 돌렸는데 장선기는 순순히 김민수에 관해 답해줬다. 아무래도 우리 입장에서 그 사람 이야기를 자유롭게 할 수 없는 것을 이해해달라고 말하면서도 그가 요즘 어떻게 지내는지, 어디에 살고 무슨 일을 하는지, 거리낌 없이 알려줬다. 프로그램을 만드는 것과 무관하게 유희진은 장선기라는 사람에 관해 궁금증이 생겼고 몇 번이고 유년기와 부모님에 관해 물었지만 알아낸 것은 없었다. 이야기를 듣기 위해 자신의 민감한 과거와 엄마와의 관계에 대해서도 말했지만 장선기는 잘 들어주고 잘 이해해줄 뿐 들은 만큼 말해주진 않았다. 결과적으로는 유희진이 장선기에게 인터뷰를 당한 꼴이 됐다. 주차장에 도착할 무렵 장선기는 걸음을 멈추고 물었다.

"그런데 작가님, 김민수 씨에게 왜 이렇게 관심이 많은지 물어봐도 될까요? 그분은 프로그램에도 안 들어갈 것 같은데. 그걸 왜 궁금해하시는지."

장선기가 말을 멈추고 고개를 돌려 유희진을 쳐다봤다.

"저를 만나러 온 목적이 아무래도 인터뷰가 아닌 것 같은데 제 생각이 틀렸나요?"

유희진은 짧게 숨을 내쉬고 단도직입적으로 말했다.

"가석방된 안인수 목사. 행방이 묘연해요. 출소한 아동학대 가해자들도 몇 명 실종됐어요. 저는 그게 좀 이상했고."

"납치됐다. 그렇게 생각하시는 건가요?"

"모르겠어요. 모르겠어서 알아보고 싶은가 봐요."

"그러니까 김민수 씨가 안인수 목사에게 악감정이 있으니 의심스러운 거군요. 저를 통해 정보를 얻고 싶은 거고."

"그렇다기보다는…… 이 문제에 관해 대화를 나누고 싶었어요. 장선기 씨가 알려준 것들은 이미 알고 있어요. 그리고 실종자들의 실종 당일 상황과 김민수 씨의 행적이 겹치는 부분도 있어서 알아보려고 합니다."

"행적이 겹친다는 건?"

유희진은 김민수의 퀵서비스 배달 지역과 실종 지역이 겹친다는 말을 하려다 말았다.

"그건 아직 확인 중이에요."

"복수라고 생각하세요?"

"그렇게까지는 생각해본 적 없어요. 그런데 다른 이유는 또 생각이 나지 않네요."

장선기는 왼쪽 어깨에 걸고 있던 가방의 끈을 오른쪽 어깨로 옮겼다.

"김민수 씨는 그럴 사람이 아닙니다. 물론 전에 했던 그릇된 행동 때문에 제 말이 믿기 어려우시겠지만 그분의 마음은."

장선기는 적절한 표현을 생각하는지 입술을 꾹 다물고 음, 소리를 내며 뜸을 들였다.

"암석 같아요. 불은 없는 사람입니다. 그날은 어쩌다 돌이 부딪쳐 불꽃이 발생한 것뿐이에요."

"잘 아시네요."

"몇 번 대화를 나눠봤죠. 그게 다입니다."

장선기는 유희진의 옆모습을 빤히 쳐다봤다. 벽에 적힌 작은 글씨를 읽어내는 듯한 신중한 눈이었다.

"사라진 사람들이 걱정되나요? 혹시 나쁜 일을 당했을까 봐?"

유희진은 잠시 생각에 잠겼다. 김하은의 문자를 보여줄까 고민했으나 고개를 저었다.

"아니요. 모르겠어요."

"복수라고 치고, 그게 문제인가요? 물론 법적으로는 죄가 되겠지만."

장선기는 그 지점에서 숨을 들이쉬고 뜸을 들이며 말을 골랐다.

"죄에 비해 처벌이 약했어요. 형량도 가볍고요. 때론 불기소니 불구속이니 하며 죗값을 치르지조차 않았어요. 그랬을 때 누군가 그 부족한 부분을 채우는 것. 아니면 피해자가 직접 그 부분을 채워 넣는 것. 그게 잘못인가요?"

유희진은 바로 답하지 않고 장선기의 얼굴을 살폈다. 장난인지 진지하게 하는 말인지 구분하기 어려운 무표정.

"사적 복수는 용인될 수 없죠."

"공적 복수로는 가능할까요?"

장선기는 입술에 묘한 미소를 걸며 먼 산을 바라보다

고개를 돌려 다시 유희진을 봤다.

"아니죠. 그 말은 어폐가 있으니까. 공적인 복수는 성립 자체가 안 되거든요. 복수의 주체는 피해 당사자여야 하니까."

무엇이 그를 자극한 걸까. 내내 차분하던 장선기의 음성이 살짝 높아졌다.

"오프 더 레코드로 말해도 될까요?"

유희진은 꺼진 녹음기를 보여줬다.

"박준수, 라는 친구가 있습니다. 저소득층 아이들을 위해 무료 과외를 하는 봉사 동아리에서 만났었죠. 그 친구는 공부를 잘했습니다. 고등학교 3년 내내 반장이었다고 하더군요. 그런데 바보였어요. 할 줄 아는 건 참고서를 읽는 것. 글자를 뇌에 입력하는 것. 그게 다였어요. 자기 생각이라는 게 없었고 어떤 사건이 발생해도 결과로만 판단했죠. 왜 그런 일이 일어났는지 과정이나 사정을 고려할 줄 몰랐고 상상력도 부족했죠. 딱히 악의는 없었지만 타인을 공감하거나 배려하는 마음도 없는, 뭐랄까. 순한 이기주의자였어요. 원하는 대학 원하는 과에 무난하게 입학했고 수석으로 졸업하는 순간까지 한 번의 낙오나 방황도 없던 소위 엘리트 중의 엘리트였죠. 동아리 활동은 이력이 필요해서 한 것뿐이었어요. 아이들에 관한 관심도 배려도 없는 플라스틱 같은 무색무취의 인간이었습니다."

책을 읽듯 차분하게 말하던 장선기의 얼굴에서 순간적으로 짜증과 혐오의 감정이 드러났다.

"사랑해본 적 없고 받아본 적도 없는 지루하고 미지근한 사람이었습니다. 결혼조차 부모님이 정해준 사람과 했으니까요. 그 애는 결핍을 몰랐고 실패를 몰랐으며 비교와 차이에서 오는 절망과 고민의 밤도 없었습니다. 인간의 욕망이 무엇인지 욕구가 인간을 어떻게 변하게 하는지 몰라요. 누구와도 무엇과도 싸워본 적 없고 저항한 경험도 없습니다. 그 애를 겁에 질리게 한 유일한 공포는 아버지의 차가운 눈빛과 어머니의 독설이었습니다. 그자의 직업이 무엇인지 아십니까? 판사입니다. 우리가 신뢰하고 있는 법이라는 것. 정의라는 것이 막연하게 생각했을 땐 권위 있고 공정해 보이지만 실제로는 기껏 박준수 같은 사람이 이 판례 저 판례 뒤지며 내리는 판단에 불과합니다. 법은 법이 아닙니다. 사람일 뿐이죠. 경찰의 발과 변호사의 입. 검사의 손과 판사의 머리. 그렇게 조립된 인간이 정의롭고 공정하다고 생각하지 않아요. 현명하고 인간적이라고 생각하지도 않아요. 불기소와 불구속. 들어갈 땐 떠들썩해도 결국 집행유예로 조용히 풀려나는 죄인. 아무도 모르게 보석으로 풀려나 집으로 돌아가는 악인.

무수히 봤습니다. 법이라는 이름의 인간은 인간에 대해 몰라요. 관심도 없고요. 그런데 그가 판단한 것이 정의라고요? 그가 곧 법이니까?"

 동의를 구하는 걸까? 아니면 순수한 질문일까? 장선기가 작은 소리로 허공에 던진 마지막 물음이 유희진의 마음을 어지럽게 했다. 궤변이다. 그러나 그렇게 말할 수 없었다. 말하고 싶지도 않았고. 그 순간 장선기의 주머니에 있던 휴대전화가 진동했다. 장선기는 양해를 구하고 화장실 쪽으로 몇 걸음 걸어가 전화를 받았다. 그사이 유희진도 휴대전화의 메시지를 확인했다. 팀 단톡방에 몇 개의 공지사항과 함께 촬영 사진과 현장 분위기를 스케치한 짧은 영상이 올라왔다. 서지우가 따로 발신한 메시지도 있었다.

 ─ 이 사람 아는지 장선기에게 물어봐주세요.

 첨부된 사진을 확인했다. 모르는 남자였다. 스물넷. 많아야 일곱. 7 대 3 가르마에 다운펌. 깔끔하게 정리된 눈썹. 푹 들어간 쇄골과 펌핑된 윗가슴이 보이도록 깊게 파인 흰색 라운드 티셔츠. 평범한 얼굴이었지만 스스로 멋있다고 믿고 있는 사람 특유의 표정과 과잉된 자신감이 깃든 눈동자. 표현력을 높이기 위한 무의미한 손짓까지. 열정은 있지만 열정의 대상과 목적은 결여된 영락없는 젊은 남자애. '누구?'라고 문자를 보낸 뒤 장선기를 봤다. 통화를 하는 장선기는 다른 사람 같았다. 표정에 다양한 감정이 비쳐 보였다. 짧은 한숨을 자주 내뱉으며 짜증도 내는 것 같았다. 슬쩍 희진을 쳐다보고 옅게 웃으며 거리를 재는 것도 같았다. 불편한 왼쪽 다리를 살짝 틀어 중심을 오른쪽 다리로 잡고 있는 모습이 꽤 불량하게 느껴졌다. 홀로 있을 때 유약하고 패배적으로 보였던 것과는 다른 느낌이었다. 유희진은 묘한 위화감을 느끼며 통화가 끝나길 기다렸다.

"박기정입니다."
 장선기는 통화할 때 보였던 표정으로 한숨을 내쉬며 물었다.
"왜 작가님 폰에 이 친구 사진이 있는 거죠?"
"지금 서울에서도 촬영이 진행되고 있는데요. 막내작가가 보내줬어요. 장선기 씨는 알 거라면서."
"기정이가 연락을 했나 보네요. 원래 관심받는 걸 즐기는 아이라 앞에 나서고 말하는 걸 좋아합니다."
"두 분. 어떤 관계이신지······."
 장선기는 오른쪽 어깨 끝에 걸친 가방을 왼쪽 어깨로 바꿔 메고 주머니에서 차키를 꺼냈다.

"서울에서 만났다면서요. 아마 기정이가 다 말했을 겁니다. 저는 약국에 가봐야 합니다. 저녁에 받아야 할 물건이 있거든요. 아, 그리고 혹시나 하는 마음에…… 오늘 나눈 이야기들 괜히 협회 사람들에게 전하지 않았으면 좋겠어요. 늘 진심이고 근심이 많은 분들이라 괜히 앞선 걱정을 하실 것 같아서요. 오늘 감사했습니다."

"그건 저도 부탁드릴게요. 김민수 씨에 관한 내용은 잊어주세요. 촬영에 협조해주셔서 저야말로 감사드려요."

유희진은 미소를 지으며 악수를 청했다. 장선기는 잠시 망설이다가 손을 바지에 슥 닦고 유희진의 손을 잡았다. 장선기의 차는 휠이 크고 차체가 높은 산악용 픽업트럭이었다. 짐칸에 다양한 공구와 나무 장작이 있었다. 유희진은 내심 놀랐다. 왜소한 외양과 약사라는 직업으로 봤을 때 회색 소형 세단을 탈 것 같은 분위기였기 때문이다. 트럭 짐칸에 공기총이 있었고 기다란 철봉에 주사기도 달려 있었다. 유희진의 눈에서 의아함을 발견한 장선기는 출발하기 전 말했다.

"아, 마취총이에요. 작가님은 나중에라도 전원주택에서 살지 마세요. 조용히 살고 싶은 로망이 있었는데…… 현실은 아침부터 저녁까지 끝나지 않는 일지옥이네요. 약사인지 목수인지 헷갈릴 정돕니다. 급할 땐 수의사 노릇도

해야 해서요. 가끔 병든 소도 고치고 날뛰는 동물들을 진정시키기도 합니다. 숲에는 별게 다 사니까요. 아무튼 덕분에 주연이 만나는 날 외롭지 않았어요. 감사합니다."

 북한강을 넘는 다리를 건널 때 유희진은 차창을 열었다. 강 너머 보이는 산은 밤으로 까맣게 물들었지만 군청색 하늘엔 아직 붉은빛이 남아 있었다. 산바람과는 다른 느낌의 차고 축축한 강바람, 노곤해지던 정신이 또렷해졌다. 오른손바닥에 남은 느낌. 장선기의 손은 사포가 붙은 것처럼 단단하고 까슬까슬했다. '불. 참 좋아하시네. 저번에도 그러더니 이번에도.' 장선기는 오늘도 불에 빗대어 말했다. 불을 지르는 것. 불로 태우는 것. 그 후에 재만 남는 것. 유희진은 자신의 마음과 감정을 생각해봤다. 어둡고 고요한 창고 같은 곳. 빛도 열도 없이 오랫동안 방치된 버려진 공간. 버려진 돌멩이들과 쓸모없는 쇠붙이, 부러진 나무 조각 같은 것들. 거기에도 불이 있을까? 톨게이트를 통과하고 막 고속도로로 접어들 때 황 피디에게 전화가 왔다. 유희진은 통화 거절 버튼을 누른 뒤 라디오를 틀었다. 오래된 록음악이 소나기가 쏟아지듯 터져 나왔다. 드럼과 베이스가 쿵쿵쿵쿵 유희진의 심장을 두드리는 것 같았다.

"이래도 되는 걸까?"

유희진은 아까부터 마음속에서 맴돌던 그 말을 입 밖으로 꺼내 중얼거렸다. 장선기가 한 말이지만 오래전 고등학교 시절 오전 채플이 끝나고 복도를 걸으며 되뇌던 말이기도 했다. 신이 사랑하고 자랑했던 욥이라는 이름의 남자에 대해 들었다. 욥의 신실함을 증명하기 위해 의도적으로 고통과 고난을 주고 그가 배신을 하는지 안 하는지 사탄과 함께 지켜보는 신. 욥은 이유 없이 일곱 아들과 세 딸을 잃고 재산과 건강을 잃고도 신을 배반하지 않는다. 그리고 이렇게 고백했다고 한다. '나의 가는 길을 오직 그가 아시나니 그가 나를 단련하신 후에는 내가 정금같이 나오리라.' 교목은 순수한 금을 얻기 위해 가해지는 단련의 과정을 인생에 비유했다. 고통을 이겨낸 욥이 나중에 얻은 갑절의 은혜를 생각하면서 우리도 인내하고 참아야 한다고 말했다. 유희진은 설교 내내 의문을 품었고 나중에는 화가 났다. 신이라면서 어떻게 그럴 수 있지? 한 사람을 깨닫게 하기 위해 그런 무자비한 테스트를 진행한다고? 사탄에게 욥의 생명을 해하지 말라고 해놓고 그의 자녀들과 가축들은 아무렇지 않게 희생시킨다고? 신은 욥에게만 신일 뿐 욥의 자식들에게는 신이 아니었나? 그의 자식들과 동물들은 무슨 죄로 죽임을 당해야 한단 말인가. 나중에 곱절의 복을 받았으니 더 많은 축복을 받은 거라고? 열 명의 자녀를 다시 주셨다고? 죽은 아이들은? 열을 잃고 열을 다시 얻은 것이 아니다. 스무 명의 아이가 있었지만 그중 열을 잃어버린 것이다. 욥은 다시는 만질 수 없는 열 개의 얼굴과 다시는 부를 수 없는 열 개의 이름을 죽을 때까지 잊지 못할 것이다. 자기 때문에 허망하게 죽었다고 밤잠을 설치며 죄책감에 시달릴 것이다. 좋은 아버지였다면 분명 그랬을 것이다. 예배에 참석한 이들 대부분 은혜를 받고 감동을 받는 눈치였지만 유희진은 무서웠다. 정금같이 나온다는 그 문장을 들을 때마다 소름이 돋았다. 신이 두려웠다. 무서웠다. 그가 정말로 피조물을 생각하고 사랑한다는 것을 도저히 믿을 수 없었다. 그 역시 결국 인간을 닮은 존재 아닌가. 만들었을 뿐 책임지지는 않는. 심지어 괴롭히고 고통에 내던져버리는. 유희진은 신의 존재를 믿을 수는 있었지만 그가 선하다는 것은 믿을 수 없었다. 내 엄마가 나를 낳은 것은 믿겠지만 그가 나를 사랑하는 좋은 엄마라는 것을 도저히 믿을 수 없듯이. 여기까지 생각했을 때 유희진은 무거운 생각을 밖으로 꺼내듯 소리 내어 길게 숨을 내쉬었다. 이제 더는 해답 없는 고민에 갇혀 있지 않으리라, 수도 없이 다짐했었다. 유희진은 볼륨을 세 단계 올리고 커다란 음악이 생각과 감각을 마비시키도록 머리를 멍하게 만들었다. 핸들을 왼쪽으로 돌려 1차선으로 진입한 뒤 액셀을 깊이 밟았다.

7

 곤지암천이 흐르는 초월읍의 한 단독주택. 작고 허름한 집이었다. 시든 아이비가 들러붙은 담벼락은 사방으로 금이 갔고 곳곳이 부서져 작은 충격에도 무너질 것 같았다. 유희진은 담장 너머로 마당을 살펴봤다. 어수선했다. 용처를 알 수 없는 잡동사니들이 널려 있고 진흙이 묻은 외발수레와 페인트칠이 다 벗겨진 리어카가 부서진 채 방치되어 있었다. 축 처진 빨랫줄엔 색색의 수건들과 검은색 바지가 걸려 있었고 앞바퀴가 찌그러진 자전거는 방수포에 덮여 있었다. 커다란 종이상자에는 HTC를 소개하는 안내 책자와 직접 제작했을 것으로 보이는 조잡한 이미지의 전단지가 폐지처럼 쌓여 있었다. 유희진은 대문을 살짝 밀고 조용히 안으로 들어갔다. 묘하게 풍기는 표백제

냄새에 순간 호흡을 멈췄다. 목줄에 묶인 털북숭이 개 한 마리가 바닥에 배를 깔고 누워 유희진을 올려봤다. 가슴에 갈색 얼룩이 번져 있고, 발이 흰색인 것을 빼고는 온통 까맸다. 털은 엉겨 있고 발과 얼굴에 붉은 염증이 퍼져 있었다. 인기척이 느껴지지 않는 집은 고요했다. 그러나 처마 밑에 세 칸으로 쌓인 2리터 생수 묶음과 반쯤 찬 50리터 쓰레기봉투, 현관 앞 까만 플라스틱 신발장 위에 놓인 빨간 오토바이 헬멧을 봤을 때 누군가 살고 있었다. 유희진은 휴대전화를 들고 셔터 소리가 나지 않게 집 곳곳을 찍은 뒤 조용히 차로 돌아왔다.

흰색 다마스가 집 앞에 멈춰 섰다. 유희진은 고개를 숙여 몸을 작게 만들었다. 500밀리리터 생수병을 들고 운전석에서 내린 남자는 대문을 밀고 들어가려다 낯선 차를 발견하고 걸음을 멈췄다. 그는 조리개를 조이듯 눈을 가늘게 뜨고 운전석의 선팅된 까만 창을 유심히 쳐다봤다. 유희진은 숨을 크게 한 번 쉬고 운전석에서 내려 고개를 숙여 인사했다. 남자는 유희진이 건넨 명함을 뚫어지게 바라봤다. 유희진은 고개 숙인 남자를 사진 찍듯 빠르게 살폈다. 위아래로 검정 트레이닝복을 맞춰 입고 밴드형 이어폰을 목에 걸었다. 얼굴은 삼십대 초반으로 보였는데 체형은 오십대처럼 아랫배와 허리에 군살이 많았다. 손톱이 길었지만 손톱 밑에 때가 끼어 있지는 않았다. 태양에 그을린 손등은 까만 장갑을 낀 듯했다.

남자는 고개를 들어 두리번거리며 다른 사람이 더 있는지 주변을 살핀 뒤 의심스러운 표정으로 말했다.

"진짜 방송작가 맞아요?"

"네."

"카메라나 조명, 이런 것들이…… 있던데."

"촬영하러 온 건 아니고요. 간단한 인터뷰예요."

남자는 알겠다는 건지, 모르겠다는 건지, 파악하기 힘든 애매한 표정으로 입술을 꾹 다물었다. 느리고 어눌한 말투. 말이 끝날 때마다 아랫입술을 살짝 핥는 보랏빛 혀. 유희진은 자신을 의심하는 남자의 탁한 눈 한 쌍을 마주했다. 방송국에서는 이미 다녀갔다, 할 말은 다 했고 더 할 말도 없다며 남자는 고개를 돌렸다. 유희진은 미소를 지으며 대화를 시도했다. 〈진실의 탐구〉에서 다룬 사회 이슈들과 회자됐던 에피소드를 소개했다. 퀵 배달을 하면서 어려운 점은 없는지, 퀵서비스를 이용할 때마다 얼마나 편하고 감사한지, 남자의 입을 열기 위해 유희진은 필사적으로 말을 이었다. 그러나 어떤 말도 흡수되지 않았다. 남자는 질문에 '네', '아니요'로만 답했고 어떤 이슈에도 휘감기지 않았다. 유희진이 혼자 말하게 내버려둔 채 마당의 물건을 정리했고 노끈으로 종이상자를 묶었다. 기장이 긴 남자의 바지가 바닥에 끌리며 자꾸 신발에 밟혔다. 유희진은 불쑥 속에 있는 말을 꺼냈다.

"안인수 목사, 근황에 대해 알고 계세요?"

내내 유희진을 무시하던 남자가 고개를 돌려 유희진을 바로 봤다. 눈동자에 적개심이 비쳤다. 남자는 뚜껑을 열어 물을 한 모금 마신 뒤 페트병을 바닥에 내려놓았다. 손바닥으로 자신의 입을 닦고 어깨에 문질렀다. 머리를 좌우 앞뒤로 움직여 목 근육을 풀고 두 손을 바지 주머니에 꽂아 넣었다. 그렇게 있으니 무기를 숨기고 있는 것 같아 유희진은 조금 긴장했다. 남자가 작게 물었다.

"나한테 그 사람 이야기 왜 해요?"

유희진은 당황했다. 물어봤지만 왜 물어봤는지 스스로도 알 수 없었다. 계획에 없던 일이었다. 그냥 사는 곳을 확인하고 어떻게 사는지만 관찰하려 했다. 혹 대화를 나눌 기회가 생긴다면 HTC 활동이나 아동 학대 문제에 관심을 갖는 이유를 물으려 했다. 그런데 왜, 도대체 왜, 그 이름을 꺼낸 걸까? 유희진은 표정에서 감정이 드러나지 않도록 최대한 조심하며 말했다.

"이번에 진행하는 프로그램에서 HTC 협회원들을 인터

뷰하고 있거든요."

"활동 안 해요. 거기 나온 지 꽤 됐어요. 그때 그 사건 때문이라면 할 말 없습니다. 그동안 신물 나게 말했으니까."

"아니요. 그게 아니고."

유희진은 잠깐 뜸을 들이며 말을 골랐다.

"기획 단계이긴 한데 사건 이후에 대해 조명하고 싶어요. 가해자들이 적절한, 적법한, 처벌을 받았는지. 피해 아동들은 안전한 환경 속에서 보호받으며 건강하게 잘 지내는지. 지금은 사건 자체만 자극적으로 소비되고 있을 뿐 실질적인 해결이나 예방은 이루어지지 않고 있잖아요."

남자는 무슨 말을 하려다 말고 주머니에서 담뱃갑을 꺼냈다. 담배 한 개비를 꺼내 입에 물고 라이터로 불을 붙이며 길게 빨았다. 코와 입으로 연기를 뿜어내는 남자의 모습에서 유희진은 모종의 긴장을 느꼈다. 건조한 눈동자에서는 따뜻한 감정을 찾아볼 수 없었고 표정에서는 긴 시간에 걸쳐 다져졌을 단단한 증오심이 보였다. 몸 전체에서 스스로를 돌보지 않는 자 특유의 예측 불가한 위험성이 느껴졌다. 남자는 담배를 입에 문 채 상자를 뒤져 전단지 한 장을 꺼내 유희진에게 내밀었다. 눈 주위가 희미하게 모자이크 처리된 아이들 사진이 졸업앨범처럼 가득했다. 종이 한가운데에 가로로 길게 자상을 입힌 것처럼 빨간 글씨로 쓴 한 문장이 삽입되어 있었다. '자식 죽이는 부모에게 사형을!' 과격한 내용이 필기체 글꼴로 인쇄되어 있어 꼭 혈서처럼 보였다.

"하고 싶은 말은 여기 다 들어 있어요. 그리고."

남자는 후, 하고 연기를 길게 뱉어낸 뒤 담배를 바닥에 버리고 신발로 비벼 껐다.

"안인수 감옥에서 나왔죠? 그럴 줄 알았어. 그래서 내가 그런 개새끼들을 죽이자고 하는 거야."

"안인수 목사가 잘못한 건 맞고 죄에 비해 처벌이 약한 것도 사실이지만 그렇다 해도 사형은 과도한 것 아닐까요? 아이가 죽은 것도 아닌데."

남자는 인상을 찌푸리더니 기침을 두 번 했고 가래를 끌어모아 고개를 돌려 바닥에 뱉어냈다.

"과도? 그 사람 잘 알아요? 그 새끼가 목사짓 해대면서 만난 아이가 몇이나 될 것 같아요? 애 키우는 부모도 많이 만났겠죠? 아이가 죽지 않았다는 그 말 책임질 수 있어요?"

피해자가 더 있다고? 아이가 죽었어? 유희진은 대답 없이 남자를 바라봤다.

"없죠? 없을 거야. 왜? 모르니까. 아무것도 모르면 가만히 있으세요. 알려줘도 이해 못 할 거면서. 내가 한두 번

속은 줄 알아요? 기자 놈들, 방송국 명함 들고 다니는 새끼들, 다 똑같아. 아는 것도 없으면서 지들이 뭐나 되는 줄 알고. 입 아프게 나한테 물어보지 말고 내가 옛날에 카메라 앞에서 다 말했으니까 직접 찾아보세요. 안인수는 단순한 아동 학대 가해자가 아닙니다. 살인자지."

그 순간 현관문이 열리고 할머니가 밖으로 걸어 나왔다. 할머니는 남자의 얼굴을 봤다가 고개를 돌려 유희진을 쳐다봤다. 왼쪽이 어긋나 굳어진 얼굴. 찡그린 표정을 지을 때처럼 윗입술이 들려 있고 눈 주위는 아래로 처져 있었다. 남자를 볼 때도 유희진을 볼 때도 얼굴에서 어떤 표정도 떠오르지 않았다. 할머니는 누구에게도 눈길을 주지 않고 천천히 걸어갔다. 잠시 대화가 끊기고 둘은 가만히 서서 돗자리 위에 말려놓은 건초를 향해 걸어가는 할머니의 뒷모습을 바라봤다. 누워 있던 개가 벌떡 일어나 꼬리를 흔들었다. 할머니는 변색된 이를 드러내고 웃었다. 개는 혀를 늘어뜨리고 느리게 다가와 할머니의 다리에 몸을 비벼댔다. 할머니는 개의 목을 부드럽게 어루만졌고 개는 기분 좋게 끙끙댔다. 남자가 말했다.

"가세요. 할 말 없어요."

남자는 잘라 말하고 유희진에게 완고한 등을 보였다.

그는 안인수가 가석방됐다는 것을 알고 있다. 그의 근

황을 계속 체크하고 있었던 것이다. 내가 그 사람에 대해 모르고 있다고? 뭘? 그가 알고 있다는 건 또 뭔데. 안인수가 자기 딸들을 학대한 것 외에 다른 사건이 더 있는 걸까? 아이가 죽지 않았다는 말에 책임질 수 있느냐는 질문을 들었을 때 숨이 조였다. 생각해보면 그의 입장에서는 내가 낯설고 불편할 테니 그런 차갑고 무례한 태도는 당연하다. 하지만 나는 왜 두렵고 화가 나는 걸까. 그의 질문을 왜 나를 향한 공격으로 받아들인 걸까? 자꾸만 생각이 말끝을 올려 따지듯 스스로에게 되묻고 있었다. 나는 취재를 한 걸까. 수사를 한 걸까. 질문에 대한 답을 마련하기 전에 새로운 질문이 넘쳐났다. 유희진은 핸들을 돌려 눈에 띄는 가까운 주유소에 들어갔다. 오일 게이지가 한 칸 넘게 남아 있었지만 주유기를 주유구에 집어넣었다. 석유 냄새가 섞인 공기가 차고 매캐했다.

유희진은 손바닥에 고인 땀을 허벅지에 닦았다. 보조석에 놓인 휴대전화가 진동했다. 발신자를 확인하고는 인상을 찌푸렸다. 지금은 황 피디의 목소리를 듣고 싶지 않았다. 대신 유희진은 서지우에게 전화를 걸었다. 서지우는 발신음이 들리자마자 받았다.

"뭐 하는데 바로 받아?"

"와, 그렇지 않아도 방금 문자 보내려고 했는데 딱 전화가 오네. 선배 지금 어디예요?"

"나? 그냥 어디 좀 나와 있어. 황 피디한테 전화 왔는데 내가 뭐 알아야 할 거 있어?"

"알아야 할 거 많죠. 어디서부터 말해야 할지 모르겠네. 사소한 건 나중에 몰아서 이야기하고요. 긴급 뉴스. 이번 주 결방이요."

"왜?"

"U20 축구 4강 올라갔어요. 갑자기 준결승전 편성됐고요. 계획한 촬영은 다 했는데 황 피디는 이왕 한 주 늘었으니 재연 촬영 두 개 정도 추가하자네요."

"들어갈 장면이 없는데?"

서지우는 하, 하며 한숨을 길게 쉬고 말했다.

"양 작가님이 밋밋하다고 박기정 이야기 좀 추가하고 보육원 사연은 재연해보자고 하세요. 아마 황 피디가 그 말 하려고 전화했을 거예요."

"박기정?"

"그때 사진 보냈잖아요. 보육원에서 장선기 씨가 공부시켜 대학까지 간 청년. 지금 완전 인플이에요. 유튜브에도 자주 나오고요. 그건 그렇고 선배 안인수 집에 갔다면서요. 특별한 거 있어요? 양 작가님이 안인수 실종에 관심 있는지 물어보더라고요."

"응. 갔지. 사모 만났어. 말로는 기도원 갔다고 하는데…… 아닌 것 같아."

"그럼요?"

"모르겠어. 뭘 숨기는 거 같지도 않아. 안인수가 어디에서 뭐 하는지 정말로 모르는 눈치였어."

둘은 5분쯤 더 황 피디 욕을 했다. 전화를 끊기 직전 서지우가 말했다.

"아, 맞다. 선배, 받았어요? 장선기 씨가 보낸 거. 집에 도착하면 확인해봐요. 작가님들 수고한다고 약을 보냈어요. 약사니까 그렇겠지만 약에 관해 정말 잘 아는 사람이래요. 본인이 암투병을 했고 나중에 완치 판정을 받았는데 양약뿐만 아니라 한약 민간요법까지 빠삭하다네요. HTC 가사 어머니가 위암인데 장선기 씨 도움을 많이 받았다고 얼마나 칭찬을 하던지."

서지우는 사진 한 장을 보내고 전화를 끊었다. 유희진은 사진을 클릭하고 확대했다. 크기와 종류가 다른 두 개의 박스. 하나는 종합비타민이고 다른 하나는 마그네슘이었다.

8

 서지우는 약속 장소에 15분 늦게 나타났다. 허리에 닿던 머리를 짧게 자르고 노랗게 탈색한 모습은 평소보다 밝아 보였지만 몹시 피곤해 보였다.
 "아, 죽겠어요."
 서지우는 긴 숨을 내쉬고 아이스아메리카노를 빨대로 쭉 빨았다. 단번에 커피 절반이 사라졌다. 호흡 속에 술냄새가 섞여 있었다.
 "어제 뭐 했어?"
 "놀았죠."
 서지우가 빨대를 휘저었다. 유리잔에 담긴 얼음이 부딪치며 소리가 났다. 유희진은 서지우의 얼굴을 찬찬히 살폈다. 눈은 충혈됐고 비비와 컨실러를 발랐음에도 짙게 번진 다크서클은 가려지지 않았다. 미세하게 손끝도 떨고 있었다. 시선을 느낀 서지우는 자연스럽게 손을 테이블 밑으로 감췄다.

"다시 술?"

"조금요. 그래도 많이 줄였습니다."

서지우는 웃는 얼굴로 유희진과 눈을 맞췄다. 유희진은 웃지 않았다. 알코올의존증을 치료할 거라 했다. 주기적으로 상담받고 치료받아서 이제 완전히 끊어냈다고 들었다. 중독자였던 사람은 언제든 다시 중독자가 될 수 있다. 과한 게 문제지. 적당량은 도리어 약이 된다는 의견은 중독자에게는 적용되지 않는다. 조절할 수 있다고 생각하지만 아니다. 유희진은 숱하게 봐왔다. 술을 끊기 위해서 한 잔의 술이 필요하다는 개소리를 해대던 엄마의 풀린 눈동자를. 두 손으로 따뜻한 컵을 꽉 움켜쥐고 있는 유희진의 손등을 서지우가 손가락으로 톡톡 두드리며 말했다.

"아, 정말. 걱정하지 마요. 나는 내가 알아서 잘합니다."

유희진은 컵을 들어 적당하게 식은 커피를 한 모금 마셨다.

"머리 예쁘다."

서지우가 맥북을 열어 유희진에게 내밀었다. 온갖 사람이 온갖 사연을 메일로 제보한다. 방문에 자물쇠를 채워

불꽃과 얼음

노모를 감금한 형제의 사연. 유기견을 구조한다면서 실제로는 산속에 천막을 설치해 투견대회를 열었던 기이한 동물보호단체. 가출 청소년에게 자취방을 제공하며 실제로는 성매매를 강요했던 대학생. 모두 제보 메일을 통해 밝혀진 사건들이다. 예능 프로그램에 자주 출연해 대중의 관심을 받은 젠틀한 피부과 의사가 마취 환자의 신체 일부를 촬영해 외장형 하드에 보관하고 있다는 사실도 가족의 제보를 통해 알려졌다. 현장에서 걸려온 전화 한 통으로 강력범죄를 예방한 적도 있다. 하지만 아버지가 외계인이라고 믿는 딸이 있고 옆집에 사는 할머니가 국정원 직원이며 자신의 일거수일투족을 감시하고 기록하고 있다는 망상에 빠진 이도 있다. 〈진실의 탐구〉 팀이 북한에서 파견된 간첩 일당이라는 진실을 알고 있다고 주장하는 전직 교수도 있다. 어떤 사람이 싫다는 이유만으로 없는 일을 만들어 허위를 제보하기도 하고 교묘하게 사실을 조작해 성실한 초등학교 교사를 성적으로 타락한 사람으로 보이도록 꾸며낸 제보는 자기 아들의 잦은 지각을 훈계한 것에 앙심을 품은 학부모의 무고였다. 제보 전화도 마찬가지다. 전화를 걸어놓고 아무 말도 없이 가만히 듣고만 있는 이가 있고 아무 이유 없이 비명을 지르다가 끊는 사람도 있다. 무료 상담센터로 착각하고 우울증을 호소하는 사람과 주민센터 직원의 불친절한 응대에 분노한 민원인, 음담패설을 늘어놓는 술 취한 사람, 왜인지 알 수 없지만 처음부터 끝까지 화내고 소리만 치다가 끊는 노인까지. 수다스럽고, 일방적이고, 알맹이가 없는 메일과 고발들이 하루에도 몇 건씩 접수되고 있다. '제보'라는 것에는 그것이 무엇이든 믿고 귀 기울여야 한다. 하지만 다 믿을 수 없고 어느 때엔 귀를 막아야 하기도 했다. 주장과 억지, 허위와 위악으로 가득한 목소리들 속에서 진실과 진심을 찾기가 쉽지 않다. 때문에 유희진은 서지우가 보여준 메일을 읽고 이렇다 저렇다 바로 판단하지 않았다. 날짜와 시간, 장소와 사물의 디테일까지 적혀 있어 신빙성이 높지만 정교한 알리바이로 채워진 한 편의 추리소설일 수도 있다. 서지우가 화면을 자기 쪽으로 돌리며 말했다.

"어때요? 저는 딱 느낌 오는데."

"이거 황 피디 보여줬어?"

서지우는 고개를 저었다. 유희진은 검지로 오른쪽 눈썹을 긁으며 생각에 잠겼다. 학교에서 구토를 하며 쓰러진 아이가 있었다. 아빠는 비정했다. 곧장 병원에 가야 할 것 같다는 담임의 말을 듣고도 그냥 집으로 데려갔다. 아동학대 신고를 받고 출동한 경찰은 거실에 쓰러져 있는 아

불꽃과 얼음

이를 급히 병원으로 데려갔다. 검사 결과는 충격적이었다. 위장은 거의 비어 있었고 락스가 검출됐다. 등과 어깨에 색이 다른 멍이 퍼져 있었고 엑스선 사진에는 왼쪽 갈비뼈 두 개가 부러졌다가 붙은 흔적이 발견됐다. 딸에게 왜 그랬느냐는 기자의 질문에 애 엄마가 말도 없이 집을 가출해서 스트레스가 심했던 모양이라고, 내가 왜 그랬는지 모르겠다고 했다. 당시 '의정부 락스 아빠'라고 불렸던 주성혁은 곧바로 구속됐다. 당시 쟁점은 이 사안을 살인미수로 볼 것인가, 였는데 결과적으로는 아니었다. 그는 신체 학대 및 정서 학대로 4년 형을 선고받았고 형을 다 채우지 않고 3년 만에 출소했다. 교도소에서 주성혁은 교화 의지를 강하게 불태웠던 모범수로 소문이 났다. 교도소 내 교화 프로그램에 빠짐없이 참여했을 뿐 아니라 봉사자들이 보람을 느낄 정도로 착실했다고 한다. 그를 상담했던 상담사는 그의 가석방이 결정됐을 때 눈물을 흘렸을 정도로 교도소에서 주성혁은 말 그대로 새 삶을 살고 있었다. 다시 집으로 돌아왔을 때 그는 다시 딸의 아빠가 되길 원했지만 딸과 딸을 보호하고 있던 이들은 그가 아빠가 되는 것을 원하지 않았다. 이런 경우 대부분 부모의 권리를 운운하며 어떻게든 데려오려고 하는데 주성혁은 그렇게 하지 않았다. 부끄럽지 않은 아빠가 되면 그때 딸을 만나겠다고 깨끗하게 포기했다. 그 후로 형 집에 얹혀 살며 의정부의 한 싱크대 공장에 다니고 있다는 소식까지가 유희진이 알고 있는 정보다. 하지만 지금 주성혁의 행방은 오리무중이다. 평소와 다름없이 출근했던 동생이 왜 돌아오지 않는지 형은 모른다고 했다. 공장 사람들도 의아한 반응을 보였다. 아무 말 없이 무단으로 결근할 사람이 아니라고 했다. 딸을 보호하고 있는 시설에도 나타난 적이 없다고 했다. 그런데 주성혁의 마지막 행적을 알고 있다는 제보 메일이 접수된 거다.

"제보자 정보는 없지?"

"네. 몇 가지 여쭤볼 게 있다고 답멜을 보냈는데 이틀째 확인을 안 하고 있어요."

탁자 맞은편에 있던 서지우는 유희진의 옆자리로 옮겨 앉았다.

"그렇다 하더라도 내용을 좀 보세요. 주성혁이 어디에 있었고 누구와 있었고 어떤 차를 타고 갔는지까지 정확히 들어 있어요. 날짜가 약간 애매한데요. 제보자가 그날을 북한 어선과 대한민국 해군 간 무력 충돌로 인해 긴장이 고조되고 있다는 뉴스가 온종일 들려왔다고 설명하고 있거든요. 그렇다면 날짜까지 특정되는 거죠."

서지우의 음성이 평소보다 크고 말도 빨라졌다.

불꽃과 얼음

"중요한 건 주성혁이 아니에요. 함께 있던 사람이죠. 흰색 미니 승합차. 택배기사처럼 보이는 외양. 알겠어요? …… 그 사람이에요."

서지우는 주위를 둘러보고 유희진에게 가까이 다가와 속삭였다.

"김민수."

유희진은 마음을 찬찬히 들여다봤다. 질문은 셋이다. 하나. 왜 나는 복잡한 걸까? 둘. 왜 망설여지는 거지? 셋. 나는 왜 서지우에게 내가 알고 있는 정보를 감추고 있는 걸까. 아동 학대 가해자들의 행방이 묘연하다는 것을 처음으로 인지하고 팀 전체가 관심을 가졌을 때가 있었다. 제보를 요청하는 공지글을 올렸고 몇 개의 유의미한 제보도 들어왔다. 지금까지 알아낸 정황을 모아보면 그들의 행방이 묘연한 것은 우연이 아닐 거다. 범죄와 연루된 실종 사건으로 볼 여지도 충분히 있다. 그렇다면 팀에서 관심을 갖고 제대로 기획을 해보거나 상황이 적절치 않다면 나중으로 미뤄도 된다. 지금 당장 그 문제에 손대는 건 황 피디가 부담스러워할 수 있다. 그렇다면 답은 간단하다. 경찰에 맡기면 된다. 정황을 알려주고 정식으로 수사를 의뢰하면 될 일이다. 유희진은 이 지점에서 막혀 있다. 신고하고 싶지 않다. 가해자가 피해를 받으면 피해자가 되는 걸까? 가해자를 가해하는 것도 범죄일까? 하지만 어떤 범죄는, 어떤 가해는, 정당할 수 있는 것 아닐까? 그러나 사적 복수는 허용될 수 없다. 어쨌든 법에 맡겨야 한다. 하지만 이 모든 결과를 초래한 것이 법이라면? 법이 제대로 했어야 할 그 일을 법 대신 누군가 하고 있는 거라면? 그게 진짜 정의라면? 그렇다면 정의가 실현되게 돼야 하는 것 아닐까? 유희진은 장선기의 말을 떠올렸다. '법은 법이 아닙니다. 사람일 뿐이죠. 경찰의 발과 변호사의 입. 검사의 손과 판사의 머리. 그렇게 조립된 인간이 정의롭고 공정하다고 생각하지 않아요.' 만약 김민수가 정말로 사적 복수를 하고 있는 거라면 그걸 막는 게 옳은 걸까? 모르겠다. 모르겠어. 유희진은 말했다.

"그러니까 자기는 이걸 파보고 싶다는 거지? 범죄라고 확신하고 있는 거고."

"확신까지는 아니고요. 그냥…… 이상하잖아요. 증거가 가리키는 방향이 있는데 그걸 모른 척할 순 없어요 전."

서지우는 대화 중 몇 번이나 눈에 인공눈물을 넣었다. 충혈된 눈이 불편한지 손가락으로 눈꺼풀을 자꾸 문질렀다.

"왜 그랬다고 생각해? 보복?"

"모르죠. 복수일 수도 있고 자경단일 수도 있죠. 아니면 죽여야 되는 사람이니까 죽이려고 한 것일 수도 있고 아니면……."

서지우는 어떤 생각을 떠올렸고 입가에 묘한 미소를 짓다가 아니에요, 하고 고개를 저었다.

"뭐야? 뭔데. 무슨 생각했는데?"

"이럴 수도 있죠. 예를 들어 양심적인 살인마가 있어요. 누군가를 죽이긴 해야겠고 선량한 사람을 죽이는 건 괜히 미안하니까 죽여도 되는 사람을 찾는 거죠."

서지우는 정색하고 눈을 무섭게 뜨고 유희진을 노려봤다. 유희진은 고개를 들어 목을 보여주며 중얼거렸다.

"죽여라. 죽여. 사는 거 번거로웠는데. 서로 윈윈하자고. 죽이고 싶은 사람은 죽이고 죽고 싶은 사람은 죽고."

"선배님은 죽으면 안 되죠. 나쁜 놈을 죽여야죠."

"나 나쁜 년이야."

유희진은 서지우의 표정을 따라 하며 정색했다. 서지우는 민망한 듯 소리 내 웃으며 얼음잔을 흔들었다.

"그런 드라마 있었잖아요. 살인을 할 수밖에 없는 본성을 타고났다고 믿는 주인공이 프로파일러로 일하면서 은밀하게 범죄자를 죽이는 이야기."

"덱스터. 프로파일러 아니고 혈흔 분석가."

"맞다. 덱스터."

서지우는 손뼉을 치고는 얼음 한 알을 입에 넣어 굴렸다.

"완전 사이코패스잖아요. 살인 방식도 잔인하고. 그런데 이상하죠. 그게 나빠 보이지가 않았어요. 워낙 나쁜 놈들만 골라 죽여서 그런가. 속 시원할 때도 많았고. 연쇄살인마 중에서는 자기가 죄인을 심판한다고 믿는 사람이 많대요. 그러니까 자신의 행동은 살인이 아니라 정의로운 행동인 거죠. 죄인을 사형시키는 집행관처럼요."

"그건 드라마고."

"알아요. 알아. 말이 그렇다는 거지. 그런데 진짜. 좀 이상하지 않아요? 선배도 처음에 이거 이상하다고 했잖아요."

"이상한 점 많지."

서지우는 한 손으로 턱을 괴고 눈을 가늘게 떴다.

"선배. 오늘 촬영 끝나면 이제 뭐 할 거예요? 일주일 쉬는데."

"뭐 할 계획 없어. 뭐 안 할 계획은 있고."

"김민수 만나러 같이 갈래요?"

유희진은 바로 답하지 않고 컵을 들어 커피를 한 모금 마셨다. 벌써 만났다고 말하고 싶었지만 참았다.

"안 바쁜가 봐. 황 피디가 하지 말자잖아. 우리가 뭘 어떻게 하겠어. 그리고 거울 좀 봐. 자기나 나나 둘 다 엉망

이야. 이참에 좀 쉬자."

"저는 아직 쌩쌩합니다. 그리고 그거 원래 황 피디는 약간 관심 있었거든요? 그런데 양 작가님이 깐 거예요. 시끄러워지는 거 질색이라며."

서지우는 슬쩍 유희진의 눈치를 보며 과장되게 한숨을 내쉬었다.

"아, 두 분 좀 편해지면 좋을 텐데 제가 중간에 끼어서 왔다 갔다 하느라 힘들어 죽겠어요."

"나는 안 불편해. 지금도 아무 감정 없고. 양 작가님이 나 싫다는데 내가 뭘 어떡해."

무슨 말인가 하려던 서지우는 휴대전화를 확인하고 자리에서 일어났다.

"박기정 씨 도착했대요. 나가볼게요. 황 피디도 근처라네요."

박기정은 환하게 웃는 남자였다. 웃을 때 눈이 초승달 모양으로 변하며 입술이 얇고 선이 예뻤다. 광대뼈가 크고 콧날이 뾰족해 날카롭고 강인한 느낌도 있었다. 키가 크고 모델처럼 마른 체형이었지만 팔다리에 붙은 잔근육과 발달된 상체에서 스스로를 잘 관리하고 있다는 인상을 줬다. 표정도 태도도 호감형이었다. 척박한 집안에서 태어나 힘들게 살아왔지만 성격 밝은 강아지들과 함께 자란 듯한 다정하고 따뜻한 빛이 서려 있었다. 유튜브 경험이 많아서인지 카메라를 겁내지 않고 조명 앞에서도 당당했다. 촬영팀에 둘러싸인 기정은 호소력 짙은 스토리텔러였다. 피디와 작가들의 눈을 일일이 맞춰가며 질문을 흡수하듯 듣고 어떤 말도 허투루 하지 않았다. 고개 끄덕이는 것, 한마디 하고 잠시 말을 멈췄다가 깊은 호흡과 함께 말을 시작하는 것, 눈동자를 촉촉하게 만드는 것까지. 그는 어떻게 하면 말과 표현에 감정을 실을 수 있는지 잘 알고 있었다. 박기정을 대하는 황 피디와 서지우의 표정이 밝았고 입술에 내내 미소가 걸려 있었다. 촬영 현장에서 한발 떨어져 창가 옆 탁자에 홀로 앉은 유희진은 보육원에서 자랐지만 훌륭하고 매력적인 청년이 되어 많은 이에게 좋은 영향을 미치고 있는 근사한 남자를 보며 설명할 수 없는 불편함을 느꼈다.

어린 시절 남다른 비극을 겪은 이가 성공을 하면 이야기의 주인공이 된다. 열등한 조건과 환경, 역경과 고난은 위기와 절정 끝에 펼쳐지는 근사한 엔딩을 위한 핵심 요소로 작용한다. 인물은 무대 중앙에 서서 지나온 삶을 청중에게 들려준다. 상처는 훈장이 되고 시련은 극복의 디

딤돌이 되며 삶의 여정 속에 등장한 악인들은 인물을 주인공답게 만들어준다. 유희진은 이런 자들을 안다. 그들은 자신의 과거를 사랑한다. 평범한 일상을 자극적인 사건으로 채워 넣고 모든 순간을 연출한다. 상처에 흐르는 피를 핥고 흉터를 전시하며 두 볼을 타고 턱 밑으로 뚝뚝 떨어지는 눈물을 닦아내지 않는다. 무대에 설 때마다 새롭다. 매 순간 진심으로 자신의 말과 사연을 실어나르는 목소리에 몰입한다. 이야기에 감동한 붉은 눈의 관객들을 볼 때 전율을 느낀다. 신음하고 비명을 지르고 통증에 몸부림치는 배우의 연기. 소외되고 외로운 유년기의 뒷모습을 비추는 선명한 핀 조명과 그림자. 주인공은 사람들의 칭찬과 감동의 눈물로 머리부터 발끝까지 샤워한 뒤 깨끗한 정복을 입고 커튼콜을 맞이한다. 끊임없이 자신의 힘든 과거를 떠벌리고 환부를 드러내길 즐기는 이들. 사람들이 자신의 말에 어떻게 반응하는지를 살피며 눈치를 본다. 잘 듣고 있나? 슬퍼하고 있나? 감동했나? 역경을 극복한 나. 멋있나? 특유의 비극적인 표정. 상처받은 영혼. 통증에 점령당한 육체. 그는 스스로를 치료하지 않는다. 상처는 벌어져 있고 핏물이 고여 있다. 딱지가 앉지 않도록 계속 손으로 만진다. 언제든 어떤 상황에서든 단번에 피해자와 상처투성이로 되돌아가야 하니까.

박기정은 자신의 유년기를 카메라 앞에서 막힘없이 고백했다. 능숙했고 탁월했다. 바로 자막을 달아도 될 정도로 말의 리듬과 선택한 단어가 완벽했다. '두려웠습니다.' '통증과 고통이.' '왜 태어났을까요.' '불량품이었어요.' '미웠어요. 나 자신이.' 단어와 문장 위에 방점을 찍듯 감정과 마음을 콕콕 찍어 전달했다. 서지우와 황 피디는 자신들이 질문한다고 생각하겠지만 아니다. 사실은 박기정이 하고 싶은 말을 하기 위해 질문을 유도하고 이끌어내고 있는 것이다. 대화는 자연스럽게 HTC와 장선기로 이어졌다.

"선생님은요……."

박기정은 고개를 숙여 바닥을 쳐다보며 두 손을 마주 잡고 한참 생각에 잠겼다.

"훌륭한 어른이었어요. 형이었고 아버지였고 선생님이셨죠. 선생님께선 저를 보살펴줬고 어떤 일이 있어도 감싸줬고 살아가는 법을 알려줬어요."

"어떤 영향을 받았나요?"

"관점이요. 세상을 보는 관점이 달라졌어요. 전에는 '나는 이런 사람이고 내 인생은 이렇게 되겠지' 하는 식의 비관적인 전망에 사로잡혀 있었거든요. 그럴 수밖에 없었죠. 제 인생은 출발부터 달랐으니까."

내내 웃는 표정이던 박기정의 얼굴이 어두워졌다. 그는 잠시 말을 멈추고 고개를 들어 천장을 봤다. 괴로워 보였다. 서지우가 다른 주제로 넘어가려고 했는데 황 피디가 잠깐 기다려보라는 수신호를 줬다. 카메라 감독이 무의식적으로 그의 얼굴을 서서히 줌인했다.

"고마워할 필요 없어. 만족스럽지 않은데 만족하려고 노력하지 마. 신은 공평하다는 말, 삶에 감사하라는 말, 믿지 마. 감사할 수 없는 삶도 있는 거야. 나눠 주는 과자와 요구르트에 고개 숙이지 마. 봉사자들이 베푸는 하루치 연민에 감동하지 마. 소시지가 든 빵을 하나라도 더 받아보겠다고 착한 척, 불쌍한 척하지 말고 나중에 사 먹을 생각을 해. 맞아. 인정해. 거지 같은 운명이지. 그러나 바꿀 수 있어. 순순히 받아들이면 진짜 거지가 되는 거야. 어쩔 수 없다는 생각, 원망, 합리화, 하나 마나 한 바보 같은 생각 그만하고 여기서 벗어날 생각을 해."

독백하듯 말하던 박기정은 표정에서 긴장을 없애고 부드럽게 웃으며 고개를 돌려 서지우를 봤다.

"선생님은 이렇게 말씀해주셨어요. 덕분에 저는 달라질 수 있었습니다. 자신감이 생겼고 열등감에서 벗어날 수 있었죠. 옛날에 비하면 엄청 용감해졌어요. 실제로 조금 터프해졌고요."

박기정은 이두박근이 보이게 소매를 걷은 뒤 힘을 주어 포즈를 취했다. 오, 소리를 내며 황 피디가 박수를 쳤고 서지우도 소리 내 웃었다. 박기정은 손바닥을 보이며 굳은살을 보여줬다.

"걱정 마세요. 지금 저는 일도 잘하고 풀업도 열심히 하고 있어요. 처음에는 한 개도 못했는데요. 이제는 한 번에 스무 개도 거뜬합니다."

박기정은 이제 그만 말하겠다는 의미의 웃음을 터뜨렸다.

촬영이 끝난 뒤 박기정은 유튜브에 영상을 올리겠다며 소형 짐벌을 들고 현장을 돌아다녔다. 장비를 정리하는 촬영감독과 카메라에 대해 대화를 주고받았고 황 피디와는 유튜브 콘텐츠에 관해 말했다. 프로그램이 방송되면 뒷이야기를 풀어내는 영상을 만드는데 그때 다시 출연해줄 수 있겠느냐는 황 피디의 부탁에 박기정은 흔쾌히 고개를 끄덕였다. 서지우는 스크립트와 구성안을 보여주며 프로그램이 만들어지는 과정을 설명해줬다. 박기정은 서지우의 말끝마다 아, 우아, 추임새를 넣으며 과도하게 반응했다. 카메라를 든 박기정은 다른 사람 같았다. 방송 카메라 앞에서의 표정과 자기 카메라 앞에서의 표정이 달랐고 음성과 톤도 바뀌었다. 카메라 너머 자신을 보고 있

불꽃과 얼음

는 이들이 누군지, 그들이 원하는 자신의 모습이 무엇인지, 정확히 알고 거기에 자신을 맞춰 행동하고 있었다. 유희진은 박기정의 SNS를 봤다. 팔로잉 팔로워 숫자 모두 높았다. 가지런한 치아가 다 보이게 활짝 웃는 셀피들. '나는 밝고 맑고 명랑하다'라는 메시지가 깃든 사진들. 역경에 굴하지 않고 건강하게 땀을 흘리는 에너지 드링크 같은 청년의 이미지. 그는 '세이브더칠드런' 캠페인도 진행했고 방송과 언론에 노출되는 모습을 편집해 꾸준히 게시물로 올렸다. 다른 인플루언서와 함께 어깨를 나란히 하고 찍은 사진이 꽤 많았고 보란 듯 댓글을 주고받으며 좋은 관계를 전시했다. 과시적인 욕망이 보이지만 그것이 부정적인 느낌으로 흐르지 않도록 애써 관리하는 자제력도 갖고 있었다. 게시물 중 사진 한 장이 눈길을 끌었다. 박기정 뒤에 서서 쑥스러운 표정으로 어색하게 손을 들고 있는 한 사람. 장선기였다. 마른 풀이 가득한 산 중턱. 저 멀리 보이는 능선엔 풍력발전소 터빈이 보였다. 유희진은 사진을 클릭하고 확대한 뒤 자세히 살펴봤다. 여기가 어딜까. 무심코 고개를 든 유희진은 깜짝 놀라 하마터면 휴대전화를 손에서 놓칠 뻔했다. 박기정이 나무처럼 서서 자신을 뚫어지게 쳐다보고 있었다.

박기정은 유희진의 맞은편 의자에 앉아 인사했다. 둘은 초면인데 어째서인지 박기정은 유희진을 잘 아는 것 같은 눈이었다. 박기정은 손을 뻗어 악수를 요청했다. 유희진이 손을 잡았을 때 옅은 섬유탈취제 향이 코에 닿았다.

"선생님께서 작가님 이야기 많이 하셨어요. 저도 '토기장이와 그릇' 편 정말 감명 깊었거든요. 이렇게 만나게 돼서 영광입니다."

"좋게 말씀해주시니 감사하네요. 저야말로 촬영하면서 좋은 이야기 많이 들을 수 있어서 좋았습니다. 말씀 너무 잘하시던데 시청자들도 좋아할 것 같아요."

"잘했는지 저는 잘 모르겠는데…… 말씀처럼 시청자들이 좋아해주시면 좋겠네요."

박기정은 활짝 웃었다. 윗니 아랫니 모두 보이는 큰 웃음에 유희진도 덩달아 웃고 말았다. 박기정이 들뜬 얼굴로 무슨 말을 하려고 하자 유희진이 손을 들어 짐벌을 가리키며 말했다.

"죄송한데 카메라 좀."

"아, 걱정하지 마세요. 나중에 편집할게요."

유희진은 침착한 말투로 한마디씩 끊어서 천천히 말했다.

"아니요. 꺼주세요. 영상에 담기고 싶지 않아요."

어색한 기운이 감돌았고 서지우가 고개를 돌려 유희진과 박기정을 의아한 눈으로 바라봤다. 박기정은 유희진의 말이 진심이라는 것을 깨닫고 표정에서 미소를 지웠다. 박기정은 어깨를 올렸다 내리며 카메라의 전원 버튼을 누르고 짐벌을 탁자에 올렸다. 장난기 스민 눈을 동그랗게 뜨고 유희진을 봤다. 됐죠? 라고 말하는 듯한 눈이었다.

 내내 웃는 얼굴로 가볍게 굴던 박기정은 안인수에 관한 대화가 깊어지자 진지해졌다. 유희진은 그의 말에 귀 기울이면서도 이 자가 왜 자신에게 이런 말을 하는지 파악하기 위해 신경을 곤두세웠다. 박기정은 흥분하지 않으려 애쓰면서도 정확하고 날카로운 단어와 문장으로 안인수에 관한 증오심과 분노를 표했다. 유희진은 박기정의 말에 동의하면서도 이렇게까지 안인수에게 적개심을 보이는 이유가 무엇인지 궁금했다.
 "아동 학대는 언제나 있었고 범죄 방식이 훨씬 나쁘고 악한 사례도 많은데 유독 안인수 목사에게 특별한 감정을 느끼는 이유가 있나요?"
 "작가님은요?"
 "네?"
 "프로그램 보면 다 느껴지던데⋯⋯. 작가님이 그 사람

에게 필요 이상의 감정을 갖고 있는 거."

유희진은 의자 등받이에 몸을 기대고 입꼬리를 약간 올린 채 한동안 아무 말도 하지 않았다. 주변은 어수선했다. 황 피디와 서지우가 무슨 이야기를 주고받고 있었고 조명팀과 촬영감독이 장비가 든 커다란 가방을 한쪽 어깨에 걸고 분주히 움직였다. 유희진은 자신을 바라보고 있는 박기정을 쳐다봤다. 그의 입가에 다 안다는 듯한 미소가 맴돌고 있었다. 자기 확신에 찬 무모한 자신감이 오만하다기보다는 우스웠다. 유희진이 말했다.

"그렇게 느껴졌다니 다행이에요. 대본 쓸 때 고민하는 부분이거든요. 팩트와 진실을 전달하는 것도 중요하지만 저는 시청자들이 느낄 감정에 더 신경을 써요. 이입하고 느끼지 못하면 미디어에서 노출되는 사건은 진술서를 그대로 제현하는 것과 다를 바 없을 테니까. 내가 겪은 것처럼, 혹은 내 지인의 일처럼, 느껴지고 감각되도록 노력하고 있어요."

"그렇군요. 그래서 저도 선생님도 '토기장이와 그릇' 편을 인상적으로 느낀 거군요."

유희진은 무슨 말을 하려 했지만 이내 삼켜야 했다. 박기정의 눈동자 속에 묘한 기운이 깃들어 있었다. 몇 개의 사소한 교집합을 발견한 것으로 대단한 공통점이 있는 듯 유난을 떠는 유형의 사람을 유희진은 좋아하지 않았다. 박기정은 긴 숨을 천천히 들이마시고 조용히 내쉰 뒤 냉담한 목소리로 보육원 시절을 말하기 시작했다.

"보육원에서 자란 아이들은 대부분 유하고 커서도 순합니다. 선한 것과는 달라요. 그냥 주눅 들어 있는 것뿐이죠. 매사에 미안해하고 작은 것도 요구하길 어려워하죠. 살면서 '내 것'이라고 할 수 있는 게 하나도 없었어요. 아마 자기 자신조차 '내 것'이라고 생각 못 할 겁니다. 잘못한 일도 없는데 이상하게 늘 혼이 납니다. 형이나 언니들에게 괴롭힘을 당하고 자신이 형이나 언니가 되면 자연스럽게 동생을 괴롭히죠. 이유는 몰라요. 애초에 불행의 이유를 모르는 아이들이라 이유를 찾을 생각도 않고 그냥 그러려니 합니다. 그런 것들을 운명이라 여기고 어쩔 수 없다고 생각해요. 잘못하지 않았는데 잘못했다고 느끼고 반성할 일도 없으면서 반성합니다. 하찮은 것에도 감사해야 하고 당연한 것을 누리거나 받는 것에도 눈치를 봐요. 그래도 아이들은 막연하게 희망을 품습니다. 열여덟이 되면 그래서 이 보육원을 떠나면 좋아질 거라고, 달라질 거라고, 무언가 다른 종류의 삶이 기다리고 있을 거라고 막연하게 기대하는 거죠. 그러나 현실은 그렇지 않아요. 보육원에서 나간 아이들이 얼마나 많이 죽는지 사람들은 모릅니다. 누구도 아무도 도와주지 않거든요. 있을 곳도 머물 곳도 없어요. 저 문을 열면 다른 세계가 있을 줄 알았는데 문을 열자마자 깨닫게 됩니다. 길이 없다는 것을."

 박기정은 말을 멈추고 손가락으로 짐벌을 매만졌다. 유희진은 처음으로 그에게서 연극적인 표정이 아닌 민얼굴을 봤다. 감정이 빠져나간 차가운 눈동자. 무력감을 이기려 매 순간 애를 써온 자의 짙은 피로. 방향을 찾을 수 없어 휘도는 분노. 유희진은 반쯤 남은 커피를 마셨다. 서지우가 놓고 간 얼음컵은 물방울이 맺혔고 종이 받침은 젖어 부풀어 올랐다.

 "안인수는 말했어요. 하나님의 약속에 참여할 수 없는 이들이 있다고. 예정되지 않은 존재. 처음부터 천하게 쓰다 버리기 위해 만들어진 그릇. 그래서 결국엔 깨뜨릴 수밖에 없는 인생들도 있다고. 그리고 뻔뻔하게 이렇게 말했죠."

 박기정은 목소리를 바꿨다.

 "그럼에도 불구하고 나는요, 그런 자들을 위해 기도하는 것을 포기하지 않았습니다. 긍휼을 구하고 불쌍히 여겨달라고 간청했습니다. 사랑할 필요가 없는 인생을 위해 노력하는 것은 내가 하나님의 마음을 품었기 때문이지 그게 당연한 것은 아닙니다. 토기장이는 자신이 만든 토

불꽃과 얼음

기를 깨뜨릴 수 있습니다. 쓸모없는 놋그릇을 녹여 다른 것으로 만들 자유도 있습니다. 그것이 스스로 존재하는 신의 주권입니다. 내가 내 아이에게 한 사랑과 교육은 바로 하나님의 뜻이고 방법이에요."

소름 끼쳤다. 박기정은 안인수의 목소리를 완전히 똑같이 흉내냈다. 유희진은 불안한 마음을 달래려 두 손으로 커피잔을 움켜잡았다. 약속에 참여하지 않는 이들, 이란 말이 유희진의 마음을 서늘하게 그었다.

"무슨 이야기를 그렇게 재미있게들 하시나?"

황 피디가 테이블 쪽으로 걸어오며 말했다. 박기정은 유희진 쪽으로 둥글게 움츠렸던 상체를 펴고 활짝 웃으며 고개를 돌려 말했다.

"작가님과 대화 중이었습니다. '토기장이와 그릇' 편 잘 봤다고 감상을 말하는 중이었어요. 공감 가는 부분이 많았고 뭐랄까요. 이해받는 느낌? 우리 편을 들어주는 느낌? 표현하기 쉽지 않은데 아무튼 그런 것을 받았어요."

"맞는 말. 〈진탐〉은 유 작가 없으면 굴러가지 않아요."

황 피디는 유희진을 향해 엄지를 들었다. 유희진은 가볍게 미소를 지으며 고개를 저었다. 박기정은 짐벌을 들고 자리에서 일어났다. 오늘 촬영 정말 좋았고 떨리는 마음으로 방송 기다리겠다고 듣기 좋게 인사했다. 박기정은 유희진과는 일부러 눈을 맞추고 말했다.
"작가님. 오늘 뵙게 돼서 영광이었습니다. 다음에 또 만나고 싶어요."

9

엄마는 말했다.

"희진. 뭐, 숨기는 거 있지? 솔직하게 말해봐. 딸 속은 엄마가 다 알아. 그러니까 딸, 엄마 속이면 안 돼."

아는 것도 있고 모르는 것도 있었다. 하지만 아이였던 유희진은 그 말을 믿었다. 믿어야 했다. 엄마가 있다고 하면 없던 마음도 만들었고 엄마가 안다고 하면 거짓으로 사실을 꾸며내기까지 했다. 허공에 그림을 그리듯 물 위에 그림을 그리듯 허상을 그려 마음과 감정을 채워 넣었다. 속으로 욕했다는 엄마의 말을 믿고 한 번도 써보지 않았던 더럽고 상스러운 단어를 입술에 올렸다. 시간은 흘렀고 이젠 엄마의 말이 틀렸다는 것을 안다. 마음속에 없는 것은 깊숙이 감춰진 것이 아니라, 등 뒤에 숨어 못

보고 있는 것이 아니라, 없는 거였다. 없는 것을 있다고 우길 순 있다. 그러나 우긴다고 없는 것이 있게 되는 것은 아니다. 엄마 덕분에 유희진은 자신의 마음과 감정을 샅샅이 뒤지고 살피는 데 능한 사람이 됐다. 깊고 좁고 어두운 곳도 내려갔다. 무의식과 의식 전체를 직시하며 보이지 않으면 랜턴을 비췄다. 그게 얼마나 끔찍했는지 엄마는 몰랐고 어렸던 유희진 스스로도 몰랐다. 하지만 아이는 볼 필요 없는 것을 봤고 알면 안 되는 것을 알았다. 그것은 기억됐고, 각인됐고, 나중엔 기록됐다.

모로 누워 벽에 몸을 밀착시켰다. 단단하고 서늘한 기운에 한결 기분이 나아진 유희진은 침대에 누운 엄마를 본다. 휴대전화 액정 속 엄마는 몇 시간이고 가만히 있다. 자기 몸에 갇혀 있는 엄마. 생각할 수 있고 인식할 수 있지만 표현할 수 없는 사람. 입력할 수 있지만 출력은 불가능한 삶. 눈동자를 깜빡이는 것 외에는 아무것도 할 수 없는 몸이 되어 병상에 놓여 있다. 누가 도와주지 않으면 피부가 짓무르고 고름이 생기고 근육이 빠진다. 뼈가 부러져도 아프다, 말할 수 없고 뒤척일 수조차 없다. 입버릇처럼 엄마는 말하곤 했다.

'내가 낳았으니 다시 거둘 수도 있지.'

불꽃과 얼음

유희진은 화면 속에 갇힌 병든 노인을 보며 속으로 말한다. '어떻게 할 건데? 나를 어떻게 거둘 건데?'

황 피디에게 전화가 왔다. 유희진은 진동하는 휴대전화를 손에 들고 잠시 고민했다. 이 시간에 전화했다는 건 급한 일이 생겼다는 거고, 황 피디가 안 받는다고 통화를 포기할 사람도 아니었다. 문자를 주고받는 것도 그것대로 번거로운 일. 통화 버튼을 눌렀다.
"어디야. 집?"
"지금 휴가 아닌가요?"
"누가 일하래? 기사 봤어?"
"무슨 기사요."
"의정부 락스 아빠. 죽었잖아."
유희진은 통화를 스피커로 돌리고 검색창에 '의정부 락스 아빠'를 입력했다. 두 시간 전에 뜬 기사가 두 개 있었다. 스크롤을 내려 중요한 부분만 빠르게 살펴봤다.

'의정부 락스 아빠' 북한강서 숨진 채 발견⋯⋯ 극단적 선택 추정. 경찰에 따르면 남양주경찰서는 지난 19일 북한강에서 숨진 채 표류하던 40대 남성 A씨를 발견했다. 유가족은 경찰 조사에서 "출소 후 외로움을 겪고 신변을 비관하며 죄책감에 시달려왔다"고 진술한 것으로 전해졌다. 경찰, 관계자 조사 검토 중.

"확인했어요."
"주성혁. 행방 묘연하다고 했잖아. 찾았네. 죽었지만."
유희진은 말없이 휴대전화만 들고 있었다. 황 피디가 말했다.
"남양주경찰서가 확인해줬어."
"자살은 확실한 거예요?"
황 피디는 아, 소리를 내며 짧게 헛기침을 했다. 자랑을 하거나 뭔가 빼길 만한 말을 하기 전에 행하는 특유의 제스처였다.
"내가 다 알아봤지. 자살 맞아. 바지 주머니에서 유서 발견됐고. 디살 의심 정황 없고. 만약 타살이었다면 죽은 다음에 강물에 버려졌어야 하잖아. 그런데 주성혁은 기도 경련도 있고 포말도 발견됐어. 그 말은 물속에서 숨을 쉬었다는 뜻이지. 그리고 안면울혈 흔적도 없었어. 누군가에게 목이 졸려 질식사한 것도 아니라는 거야. 몸에 남은 증거들을 종합하면 스스로 죽었다는 소리지."
"유서 내용은요?"
"별거 없어. 대충 그동안 죄책감으로 힘들었고 딸에게

불꽃과 얼음　135

미안하다, 라는 내용이야. 종이가 젖고 글자가 물에 지워질까 봐 볼펜으로 적고 비닐봉지에 감싸서 주머니에 넣었더라고."

"네."

"응?"

"알았다고요."

"뭐가 이렇게 건조해. 유 작가 이 사안에 관심 많았잖아. 자경단 소설까지 써가면서."

"피디님이 신경 쓰지 말라셔서 관심 껐어요."

"아니, 내가 언제 그렇게 말했어. HTC랑 이해관계가 겹치니까 지금은 하지 말자고 한 거지. 그래서 말인데. 이번 프로그램 끝나고 후속으로 했으면 싶은 게 생각나서."

"그건 제게 이야기하지 마세요. 말씀드렸듯 이번 프로그램 끝나면 저는 〈진탐〉에서 빠집니다."

황 피디는 왜 말을 그렇게 하느냐고 짜증을 냈다가 이번 휴가 때 푹 쉬면서 충전하고 좋은 모습으로 다시 만나자고 했다가 이참에 완전히 팀에 합류하는 것도 좋겠다고 했다. 유 작가를 메인작가로 완전히 새로운 팀을 구성하는 것도 생각 중이라고 했다. 유희진은 황 피디의 말을 잠자코 들으면서 마음 깊숙한 곳에서 주성혁의 죽음에 대해 생각했다. 교화의 아이콘. 갱생의 상징이었던 그가 새 삶을 시작하고 얼마 있다가 스스로 목숨을 끊었다고? 그것도 죄책감으로? 유희진은 물컵에 든 미지근한 물을 한 모금 마셨고 마그네슘 캡슐 한 알을 입에 넣고 남은 물을 마저 마셨다.

"아무튼 조금 쉬면서 그다음 기획 생각 좀 해봐. 내 생각엔 그동안 우리가 너무 범죄에만 집중했던 것 같아. 사건 이후 해결이나 정의, 처벌의 당위성 같은 부분은 소홀히 여긴 것 같아서. 이번엔 그쪽으로 풀어봐도 좋을 것 같다는 생각이 팍 나네."

"의정부 락스 아빠가 결국 자신의 죄를 인정했고 스스로 목숨을 끊음으로써 정의가 실현됐다, 이런 내용인가요?"

"뭐가 그렇게 극단적이야. 아무튼 푹 쉬고 조만간 만나서 이야기하자고."

그만두겠다는 말을 다시 하려고 했는데 이미 전화는 끊긴 뒤였다. 유희진은 곧바로 서지우에게 문자를 보냈다. 서지우는 문자를 확인하자마자 전화했다.

"알고 있어?"

"알고 있죠. 황 피디에게 링크 보내준 게 저예요."

서지우의 목소리가 평소보다 컸다. 시끄러운 곳에 있는 듯했다.

"어디?"

"광안리요. 선배님은요?"

"나는 집. 있잖아. 주성혁."

무슨 말을 하려다 말고 유희진은 입을 다물고 휴대전화 속에서 들리는 소리에 집중했다. 처음엔 공사장이나 도로 한가운데 있는 것처럼 시끄러웠는데 들을수록 마음이 편안해졌다. 유희진은 잠시 눈을 감고 해변의 파도 소리를 들었다. 부산의 밤바다. 아이였을 때 엄마와 함께 갔던 밤의 해운대가 어제 일처럼 생생하게 떠올랐다. 끊임없이 밀려드는 파도와 그 파도를 덮고 다시 밀려드는 파도가 만들어내는 반복과 변주의 소리가 유희진의 건조한 마음에 촉촉하게 스며들었다. 30초쯤 해변을 향해 휴대전화를 들고 있던 서지우가 말했다.

"좋죠?"

유희진은 대답하지 않고 파도 소리를 들었다. 자연스럽게 눈이 감겼다. 서지우가 말했다.

"이게 또 직업병인 게 밤바다 앞에서도 풍경을 즐기지는 못하고 이 장면 인서트로 따고 싶다는 생각부터 하게 되는 거 있죠? 선배는 왜 아직도 집이에요? 어디 안 가요?"

"가야지. 나도. 걱정 마, 어디든 다녀올 테니까. 그건 그렇고 주성혁. 정말이야? 황 피디는 확인했다는데."

"맞아요. 황 피디가 확인한 거 아니고 제가 한 건데요. 타살로 볼 여지 자체가 없어서 추가 조사 계획도 없대요. 그래도 확인 좀 다시 해달라고 부탁은 해놨어요."

"음…… 알겠어."

"왜요?"

"뭘?"

"목소리가 묘한데…… 이상하다고 느끼는 거죠?"

"아니. 확실하다며. 확실한 거겠지. 자기. 이런 거 신경 쓰지 말고 잘 놀다 와."

"알았어요. 장선기 씨 영상 다 마무리됐어요? 선배님이 몇 장면 추가로 넣고 싶어 해서 편집 마무리 안 했다고 하던데."

"거의 됐어. 인터뷰 빈 부분 있어서 몇 개만 더 물어보면 돼. 이틀 안에 끝낼 거야. 신경 쓰지 마."

"알았어요. 집에만 있지 말고 어디든 꼭 가요."

유희진은 불을 끄고 침대에 걸터앉아 컴컴한 어둠의 한 점을 바라봤다. 암막커튼이 창을 가리고 있어 빛 하나 들어오지 않았다. 유희진은 그 막막함이 좋았다. 죽을 것 같은 불안과 공포를 느끼는 것. 팔과 다리가 저릴 정도로 두려움에 떨고 죄책감으로 마음이 움츠러들 때마다 이유를 모르겠는 희열을 느꼈다. 편해지지 않는 것. 쉽게 잠들지 않는 것. 한순간도 안락을 누리지 못하는 것. 그렇게 매 순간 죽음 곁을 배회하는 것. 그것은 역설적이게도 유희진을 살게 하는 유일한 자극이었다. '대가를 치르고 있는 거야.' 유희진은 커튼을 열고 창문을 열었다. 차갑게 들어오는 늦가을의 바람. 귀뚜라미인가. 이제 곧 겨울인데 아직도 우는 벌레가 있다니. 맞은편 빌라 4층 창가에 앉은 하얀 집고양이가 밤거리를 걷는 검은 고양이를 내려보고 있었다. 고요히 보는 것. 고요히 걷는 것. 고요히 생각하는 것. 무엇이 더 고요한가.

2부

함정

10

 횡성 희망 약국 앞에 도착해, 천변에 주차를 하고 약국 간판을 쳐다봤다. 의외였다. 장선기의 약국은 이름부터 다르겠지. 인테리어든, 운영 방식이든, 하다못해 입구와 창에 붙은 문구라도 특별한 점이 있겠지, 예상했다. 줄거리로만 프로그램을 단순 소비하지 않고 단어 하나 문장 한 줄까지 예리하게 캐치하던 사람이었기에, 불행한 아이들을 염려하고 도와주는 선행 안쪽에 깊게 자리 잡은 회의감과 사회 시스템이나 법과 제도를 불신하는 뾰족한 이면이 있기에, 이런 사람이 운영하는 약국은 뭔가 다를 거라고 상상했었다. 하지만 아니었다. 희망이라는 이름의 약국은 개성이라고는 조금도 찾아볼 수 없는 평범하고 상투적인 의료상점이었다.

약국은 좁고 작았다. 양쪽 벽은 전체가 모두 선반이었는데 목발과 복대, 안마기 같은 의료용품과 각종 영양제, 건강보조식품으로 가득했다. 입구 안쪽 한편에 놓인 회전 매대엔 동물 캐릭터가 인쇄된 비타민과 젤리가 액세서리처럼 전시되어 눈을 사로잡았다. 정면 데스크엔 아무도 없었지만 조제실에서 무엇인가를 분쇄하는 소리가 났다. 반백의 노인이 두 손을 무릎에 얹고 멍하게 앉아 있다가 유희진을 발견하고 옆 좌석에 놓은 중절모를 집어 들었다. 유희진은 의자에 앉아 노인과 함께 빈 데스크를 바라봤다. 이윽고 약봉지를 든 장선기가 데스크 쪽으로 걸어 나왔다. 장선기는 유희진을 발견하고 말없이 손을 들어 인사했다. 약사 가운을 입은 장선기는 다른 사람처럼 보였다. 유희진은 흐릿하게 미소 지으며 고개를 숙였다. 장선기는 약의 이름과 효능, 가벼운 부작용과 복용법을 천천히 설명했다. 노인은 고요히 그 말을 다 듣고 종이봉투를 받아들고 인사 없이 돌아섰다. 장선기는 손을 씻고 수건으로 손을 닦았다. 온장고에서 홍삼 음료 두 병을 꺼내 한 손에 들고 '잠시 자리를 비웁니다'라는 문장이 적힌 아크릴 메모 보드를 데스크에 올렸다. 유희진은 당황한 목소리로 말했다.

"여기에서 이야기해도 괜찮아요. 일하시는데."

"마침 점심시간입니다."

둘은 강을 내려다볼 수 있는 벤치에 앉았다. 정오의 빛이 잔잔한 물결을 따라 산란하게 흩어졌다. 등이 굽은 노인이 보조보행기 손잡이를 붙잡고 느리게 걸었고 한 무리의 자전거 동호회가 노인을 추월해 일렬로 지나갔다. 구름 한 점 없는 맑은 날이었지만 12월 초의 날씨는 쌀쌀했다. 바람이 불 때마다 옷깃 사이로 깃드는 찬 기운에 유희진은 몸을 움츠렸다. 장선기가 음료를 건넸다. 유희진은 두 손으로 병을 감쌌다. 손바닥에 닿는 따뜻한 온도가 명치까지 전해지는 것 같았다.

"횡성 오면 보통 어디에 가면 되나요?"

"일반적으론 청태산에 있는 휴양림 가고 한우 먹죠. 그런데 저라면……"

장선기는 입술을 다물고 잠시 생각한 뒤 말을 이었다.

"병지방리에 있는 계곡에 가겠어요. 그리고 국수를 먹고요."

"맛있나요?"

"맛은 딱히, 으음, 엄청나게 좋다고 할 순 없지만…… 면이 괜찮아요. 무슨 전통 방식을 따른다고 해요. 면을 뽑아 빨래처럼 걸어 바람에 말리는데 식감이 오묘해요. 저는 좋았어요."

"국수 좋죠."

"그런데 작가님 입에 맞을지는 모르겠어요. 저는 좋았지만."

장선기는 자신에게는 좋지만 상대방에게는 특별한 음식이 아닐 수도 있다는 우려로 추천을 망설였다. '저는', '저에게는'이라고 부연하며 쩔쩔매는 장선기의 모습에서 유희진은 묘한 동질감을 느꼈다. 나에게 좋은 것들일지라도 그것을 타인에게 밝히거나 공유해야 할 때의 불안과 곤란함. 누가 내게 실망을 표하지 않는데도 다른 이의 행동과 결정에 영향을 주는 상황이 발생하면 앞선 걱정과 부정적인 상상을 하느라 진을 뺐다. 유희진은 그런 자신이 지겹고 답답했는데 음식 추천 하나 하는 것도 쩔쩔매며 조심하는 모습을 보니 이해가 되면서 웃겼다. 그러면서 긴장이 많이 풀리고 있었다. 둘은 날씨와 계절, 눈이 많이 내린 날의 근사한 풍경 등 횡성과 관련된 시시콜콜한 이야기를 나눴다. 장선기가 말했다.

"물어보실 게 더 있으면 전화를 하거나 아니면 제가 서울에 가도 되는데 힘들게 여기까지 오셨어요."

"아니에요. 저도 마침 휴가고 이동 중에 들른 거라 상관없어요. 제 입장에서는 아무래도 직접 만나 뵙고 대화하는 게 더 정확하고 좋죠. 아, 그리고 보내주신 약들 감사했습니다. 덕분에 눈 떨림이 많이 좋아졌어요."

"다행이네요."

장선기는 유희진의 눈을 빤히 바라봤다. 유희진은 보란 듯 눈을 동그랗게 뜨고 있다가 민망한 듯 검지로 눈꺼풀을 만졌다. 장선기가 물었다.

"휴가는 어디로 가세요?"

"원주요. 어머니가 계셔서 뵙고 오려고요."

"건강하시고요?"

"네. 뭐. 아무래도. 나이가 있으시니까 아주 건강하시진 않죠."

장선기는 알았다는 듯 고개를 끄덕였다.

유희진은 아직 온기가 남은 음료를 한 모금 마셨다. 달고 쓴 홍삼 맛에 절로 인상이 찌푸려졌다. 장선기는 보육원에서 만난 아이들에게 과외를 해줬던 것과 열여덟이 되어 보육원을 퇴소한 후에 취업할 수 있도록 교육기관에 연결하고 실제로 취업을 도왔던 일들을 말해주었다. 하지만 노력이나 마음과 달리 모든 아이를 옳은 길로 이끌지 못하는 것이 현실이라고 했다. 장선기의 목소리가 가라앉았고 표정도 어두워졌다. 유희진이 말했다.

"그래도 불행을 이겨내고 극복한 경우도 있잖아요. 극복의 아이콘 박기정."

장선기는 헛웃음을 터뜨리며 말했다.

"극복의 아이콘은 무슨. 몸만 자랐지 아직 애입니다. 성급하고 요란하기도 하고. 아직도 많은 손길이 필요해요."

장선기는 박기정을 말을 듣지 않는 막냇동생처럼 여기며 둘 사이에 있던 몇몇 에피소드를 들려줬다.

"기정이는 스펀지 같은 아이였어요. 어떤 말이든, 어떤 메시지든, 쭉쭉 빨아들였죠. 가르치는 보람이 있었어요. 변하는 모습을 볼 때마다 뿌듯한 마음도 들었습니다. 하지만 어려웠던 건 그동안 흡수해왔던 패배적이고 부정적인 사고였어요. 처음엔 맑은 물을 더 많이 채워 넣으려고 애를 썼습니다. 하지만 묽어질 뿐 더러움은 사라지지 않더군요. 기정이를 통해 저는 알았습니다. 근본적으로 바뀌려면 새로움을 주입하는 것이 아니라 지니고 있던 탁한 물을 먼저 빼내야 한다는 것을요."

"어떻게요?"

"짜내는 겁니다. 이렇게."

장선기는 물에 젖은 스펀지를 움켜쥐듯 허공에 대고 서서히 주먹을 쥐었다. 그러고는 말했다.

"쭉."

유희진은 그 모습이 재밌으면서도 위화감이 느껴졌다. 그가 무엇인가를 완력으로 움켜쥔 것처럼 위협적이었다. 한없이 약하게만 보였던 장선기의 오른팔은 주먹을 쥐는 순간 잘 발달된 전완근이 도드라졌다. 유희진은 화제를 살짝 틀었다.

"그런데 궁금한 게 있어요. 박기정 씨와 대화를 해봤는데요. 안인수에게 꽤나 반감을 갖고 있던데."

"그런 자에게 호감을 갖기는 어렵죠."

"물론 그렇지만 정도가 조금……."

유희진이 적절한 단어를 고르느라 잠시 말을 멈추자 장선기가 말을 이었다.

"지나치다."

"네. 지나치다기보다는 특별한 감정을 갖고 있는 것처럼 보였어요."

장선기는 미간 사이를 좁히고는 등을 구부리기 위해 등받이에서 등을 뗐다.

"기정이가 무슨 일을 겪었는지 아신다면 그 애가 지금 왜 그런 반응을 보이는지 이해가 되실 겁니다. 안인수의 죄는 법으로만 따진다면 그리 무겁지 않을지도 모릅니다. 자기 애를 고문하고 괴롭히다 끝내 죽이는 부모들도 있으니까. 상대적으로 가볍게 보일 수도 있죠. 법정도 그렇게 판단했으니 집으로 보낸 거겠죠. 그런데 안인수의 죄는 그런 식으로 따질 문제가 아니에요."

장선기는 왼손으로 병을 들고 오른손으로 뚜껑을 열었다. 스펀지에서 물을 짜내는 시늉을 하던 직전의 행동이 떠올라 그 모습이 작은 동물의 목을 비트는 것처럼 보여 유희진은 섬뜩함을 느꼈다. 아무 장면도 아닌 그 모습에서 자신이 그토록 끔찍한 상상을 했다는 것이 괴이했고 이 정체불명의 두려움이 장선기가 주는 것인지, 안인수가 주는 것인지, 박기정이 주는 것인지, 아니면 자신의 무의식 때문인지, 헷갈렸다.

"그렇게 악한 안인수는 지금 어디에 있을까요?"

장선기는 고개를 저었다.

"글쎄요."

"정말 누가 납치했을까요?"

"그랬을 수도 있고요."

유희진은 말을 하려다 말고, 다시 또 말을 하려다 말고, 짧게 한숨만 내쉬었다. 장선기가 말했다.

"하고 싶은 다른 이야기가 있으신 거 같은데. 괜찮아요. 하세요. 뭐든. 아무 말이든."

"누군가 출소한 아동 학대범들을……."

유희진은 말끝을 흐렸다. 주성혁이 죽었다는 말을 해야

할지, 하지 말아야 할지, 판단이 서질 않았다.

"의심 가는 사람은 있고요?"

"그건 아니지만 찾으려면 찾을 수도 있을 것 같아요."

"그런데 뭐가 고민인 거죠?"

"어떻게 해야 할지 모르겠어요. 장선기 씨가 전에 그랬죠. 법이 곧 정의는 아니라고요. 무슨 의미인지는 알지만 그 말에 다 동의할 수는 없어요. 하지만 법의 테두리 바깥에서 범죄를 저지르는 일을 용납할 수 없다는 것에는 동의해요."

"어떤 이유든, 사정이 어떻든, 무조건?"

"네. 어떤 이유든, 사정이 어떻든, 용납할 수 없고 용납되어서도 안 돼요."

장선기는 흠, 소리를 내며 느리게 고개를 끄덕이고는 미소 지으며 말했다.

"그럼 뭘 망설이세요. 용의자 특정하고 경찰에 신고하세요."

"장선기 씨라면 어떻게 하시겠어요?"

의아한 표정으로 장선기가 물었다.

"뭘요?"

"그 사람을 추적하거나 경찰에 신고해서 범죄를 막아야 할까요? 아니면."

유희진이 뜸 들이며 말을 고르자 장선기가 대신 말을 이었다.

"내버려두어서 법으로는 행할 수 없는 처벌을 받게 할 거냐."

유희진은 미세하게 고개를 끄덕였다. 장선기는 음료가 반쯤 든 병을 좌우로 천천히 흔들었다. 병 속에 든 액체가 움직이며 찰랑찰랑 소리가 났다.

"교화니, 갱생이니, 수형자의 인권이니, 사회적 합의니, 다 피해자는 고려하지 않은 방안일 뿐이죠. 제일 좋고 확실한 건 범죄자를 교도소가 아닌 피해자에게 던져주는 거예요. 눈에는 눈. 이에는 이. 이게 가장 확실하죠. 허나 그럴 수는 없죠. 지금은 현대고 우리는 교양 있는 사람들이니까. 자경단을 옹호할 수는 없죠. 저 역시 그렇습니다. 하지만 알아볼 것 같네요. 누가, 왜, 그런 일을 벌였는지. 심판하는 자와 심판받는 자 양쪽의 이유를 다 살펴보면 이 상황을 어떻게 생각해야 하는지 판단할 수 있겠죠. 사건의 이면을 고려하지 않고 행위의 동기를 살피지 않으면 미디어에서 보도되는 일들은 다 괴상하거나 뻔한 사건처럼 보일 테니까."

동기를 살핀다, 유희진은 혼잣말로 중얼거리다가 물었다.

"범죄에 선한 동기라는 것도 있나요? 그게 정말 가능한가요?"

"오프 더 레코드로 말해도 되나요?"

또 오프 더 레코드. 저번에도 그러더니. 유희진은 병을 바닥에 내려놓고 두 손을 보이며 말했다.

"녹음기는 처음부터 없었어요."

"그런가요?"

장선기는 웃었다. 눈동자가 사라지며 초승달 모양으로 접히는 눈. 앞니가 살짝 보이며 팔자 주름이 깊게 새겨지는 얼굴. 재밌지도 않은 이상한 순간에 웃네. 의아했지만 웃음에 전염되어 유희진도 따라 웃었다.

"따를 만한 윤리가 있다면 따르고, 믿을 만한 정의가 있다면 믿는 것. 신념 있는 인간은 의미를 추구하려고 하죠. 문제는 윤리와 정의가 과연 믿을 만하고 따를 만한가입니다. 질문은 이것입니다. 따를 수 없는 윤리를 윤리이기 때문에 따라야 하는가. 정의롭지 않은 정의를 정의이기 때문에 믿어야 하는가. 제 경우엔 아닙니다. 차라리 자기 윤리가 있다면 그 윤리를 따르는 것이 옳다고 믿어요."

정의가 정의가 아니라면 자신의 정의를 믿으면 된다? 윤리가 윤리적이지 않으니 각자 자신의 윤리를 따르면 된다? 대단히 논리적인 설명처럼 말하고 있지만 결국 다 자

함정　153

기합리화 아닌가. 사회 전체와 시스템이 오염되어 있기에 정직하고 깨끗한 개인의 신념에 충실하겠다는 건데 오염된 개인이 모여 전체가 됐을 가능성에 대해서는 왜 말하지 않는 걸까. 유희진은 장선기의 말을 듣다가 물었다.

"그렇다면 법과 윤리를 따르지 않고 한 행동이 법을 어기고 비윤리적인 행동을 해도 자기 윤리에만 맞으면 괜찮나요?"

"저도 물어보고 싶은 게 있습니다."

장선기는 흉터와 굳은살이 많은 자신의 손바닥을 바라보며 잠시 생각에 잠겼다가 말을 이었다.

"한 소년이 있었습니다. 좋은 집안에서 태어나지는 못했지만 아들을 사랑하는 어머니와 성실한 아버지의 보호를 받는 행복한 아이였죠. 어느 날 소년의 부모는 한 교회에 출석하게 됩니다. 거기서 새신자반을 담당하는 부목사를 만나게 되죠. 부부는 목사를 통해 그동안 몰랐던 것을 알게 됩니다. 나를 태어나게 한 건 부모지만 나를 창조한 존재는 따로 있었구나. 위대한 신이 내 삶에 계획을 갖고 계시는구나. 깨달음은 벅차고 감동적이었습니다. 부부는 이제 회개라는 단어를 배우게 됩니다. 신은 은혜를 베풀어주시는데 감사를 모르는 피조물은 신의 뜻을 저버리고 마음대로 산다는 것을 알게 된 거죠. '그건 자유가 아니에요. 죄지.' 목사의 가르침에 부부는 아멘으로 화답했고 자신의 죄를 뉘우칩니다. 부목사는 성경을 그릇되게 해석한다는 이유로 교회에서 쫓겨나 상가 3층에 자신만의 교회를 개척하게 됩니다. 부부는 부목사를 담임목사님이라 부르며 그 뒤를 따르게 되죠."

장선기는 후, 소리를 내며 길게 숨을 내쉰 뒤 계속 말했다.

"목사는 거듭날 것을 요구합니다. 신의 핏값을 치르고 우리를 구했으니 신자의 몸과 마음에는 신의 피가 흘러야 하고 그와 닮아야 한다고 주장했죠. 저주받은 제2의 유다가 되지 않기 위해서는, 태어나지 않는 게 좋을 뻔했다는 말을 듣지 않기 위해서는, 몸에서 죄를 최대한 빼내어 경건해져야 한다고 말했습니다. 어릴 때부터 불필요한 잎을 제거하고 나뭇가지를 구부려 모양을 만드는 분재처럼 거룩한 통제를 해야 한다고도 했습니다. 부부는 목사의 말을 믿고 따릅니다. 시간과 기억을 샅샅이 뒤져 깊이 박힌 죄를 캐내며 매일 매일 울며 기도했죠. 나중엔 하지 않은 일, 할 뻔했던 일, 마음에만 품고 상상으로만 행했던 일까지 회개합니다. 그리고 마침내 깨달음을 얻게 되죠. '신은 나와 내 가족에게 계획을 갖고 계셔. 그런데 죄가 신과 우리 사이를 가로막고 있지. 정결해져야 해. 깨끗해져야 해. 주께서 사용하시기에 합당한 거룩한 그릇이 되어야 해.' 부부는 목사에게 배운 대로 아들을 양육합니다. 종교에 심취한 아버지는 잘 다니던 인쇄소를 그만두고 생업도 포기한 채 강박적으로 신의 뜻을 좇았어요. 뜻이 정확히 무엇인지 모르니 뜻을 알려달라고 기도했고 신의 음성을 들을 수 있을까, 기대하며 고문에 가까운 고행을 일삼았죠. 육체의 통증이 곧 정화라고 믿었던 아빠는 소년을 때리고 또 때렸습니다. 진흙을 반죽하듯. 울퉁불퉁한 쇠를 두드려 펴듯. 엄마는 달랐어요. 처음엔 목사의 말을 맹목적으로 믿었지만 점점 자신만의 신앙이 생겼고 성경을 나름대로 해석하며 이상함을 느낍니다. 나를 사랑하는 선한 신이 당신의 자녀가 고통에 몸부림치고 눈물 흘리는 것을 기뻐할 리 없다는 생각을 하게 되죠. 아버지는 아들을 때리고 어머니는 남편의 폭행을 말립니다. 부부는 밤마다 다투고 아들은 멍들고 부은 눈을 감고 소리 없이 눈물을 흘리죠. 여기서 첫 번째 질문. 아들은 나중에 어떤 어른이 됐을까요?"

유희진은 순간 할 말을 잃었다. 예상치 못한 질문이었지만 답을 알 것 같았다.

"이야기를 점프해서 결론만 말해볼게요. 소년의 아버지는 급작스럽게 죽게 됩니다. 학대받은 아들을 더는 지켜

볼 수 없던 엄마가 계단에서 남편을 밀었죠. 고작 계단 다섯 개였는데 중심을 잃고 이상한 포즈로 넘어진 아버지는 뒷머리가 깨졌죠. 아버지는 죽고 어머니는 구속되고 소년은 혼자 남게 됩니다. 그렇게 세월은 흘렀습니다. 형을 살고 나온 어머니는 다른 사람이 되어 있었습니다. 기억을 잃었고 시간 개념을 상실해 현재와 과거가 뒤죽박죽 섞였죠. 꿈과 현실조차 구분하지 못했습니다. 소년은 온갖 나쁜 일을 하거나 당하며 청년이 됐고 또 온갖 위험하고 더러운 일을 하며 장년이 됐습니다. 그리고 지금은 물건을 배달하고 남의 심부름을 하며 살고 있죠. 그러던 어느 날 뉴스에서 자녀를 학대한 목사를 보게 됩니다. 멍하게 화분을 쳐다보던 어머니의 눈이 무심코 티브이를 향했고 갑자기 경기를 일으키며 소리를 질렀죠. 흥분한 어머니를 진정시키며 알게 됩니다. 그자가 누군지. 그자가 자신과 자기 부모에게 어떻게 했는지. 목사는 짧게 형을 살고 출소하게 됩니다. 법은 그의 죗값을 딱 그 정도로 판단했습니다. 그가 그동안 어떻게 살아왔는지, 다른 이에게 무슨 짓을 했는지, 묻지 않았고 상관도 안 했죠. 이제 두 번째 질문입니다. 택배와 퀵서비스 일을 하며 정신이 온전치 못한 어머니를 돌보고 사는 이 남자는 다른 생각을 품고 있습니다. 목사가 지은 죄는 법이 판단한 것보다 훨씬 크고 나쁘다고요. 그에 맞는 합당한 죗값을 치러야 한다고요. 그는 어떻게 해야 할까요?"

장선기는 자신의 말을 다 끝내고 대답을 기다렸다. 유희진은 당황스러웠다. 이야기의 주인공이 김민수라는 것을 알았을 때, 그 목사가 안인수라는 것을 알았을 때, 몸에 열이 올랐다. 분노인지, 슬픔인지, 단순히 놀란 건지 알 수 없었다. 한 편의 짧은 이야기를 들려주는 것 같았지만 장선기의 목소리엔 흥분이 실려 있었다. 유희진은 쉽게 답할 수 없었다. 그때 저 멀리서 교복을 입은 남학생이 약국 문을 열어달라고 장선기를 불렀고 장선기는 네, 하며 손을 들었다. 장선기는 빈 병을 들고 자리에서 일어나며 고개를 숙여 인사했다.

"대답은 나중에 들어야겠네요. 어머님 잘 뵙고 좋은 휴가 보내세요."

11

 참나무가 우거진 산 중턱에 위치한 은총원은 재활치료와 신경계질환 관리 전문병원이라고 소개하고 있지만 실질적으로는 환자의 생명 유지와 격리를 목적으로 하고 있다. 유희진은 휑하게 빈 야외 주차장에 주차했다. 나이 든 관리인이 왼손을 허리에 짚은 채 오른손으로 빗자루를 잡고 낙엽과 나뭇가지를 쓸고 있었다. 겨자색 페인트가 칠해진 2층 높이의 단층 건물. 유희진은 보닛에 기대어 서서 병원을 바라보다 뒤돌아 숲을 봤다. 겨울을 앞둔 나무들이 잎을 떨구고 수분을 빼내며 말라가고 있었다. 차고 건조한 바람이 부는 생기 없는 깊은 산을 보니 끊었던 담배 생각이 절로 났다. 병원에 바로 들어가지 않고 산책로를 따라 건물 주위를 배회했다. 저 안에 의사가 있고, 간호사가 있고, 데스크를 지키며 병원 시설을 관리하는 직원이 있고, 환자들이 있을 텐데 이상할 정도로 고요했다. 유적처럼 소리 없이 가라앉은 병원은 살아 있지만 살아 있음을 느낄 수 없는 엄마 같았다. 엄마 같다는 그 느낌을 감지한 순간 유희진은 빠르게 고개를 저었다. 그렇게 하면 생각을 털어낼 수 있다는 듯. 병원 뒤뜰. 민트색 페인트가 칠해진 나무 의자에 한 남자가 앉아 있었다. 그는 병원 외벽에 그려진 그림에 시선을 둔 채 꼼짝도 하지 않았다. 커다란 적란운 사이로 세 줄기 빛이 내렸고 그 사이를 비둘기 한 마리가 날고 있었다. 지친 표정으로 늙어버린 저 남자. 환자는 아닐 것이다. 환자의 남편이거나 형이나 동생이겠지. 멍한 표정과 공허한 시선의 의미를 잘 안다. 거울을 볼 때마다 자신의 눈동자에서 발견되는 막막하고 하염없는 체념의 빛. 소망 없는 사람을 지켜봐야 하는 것. 숨만 붙어 있는 육신의 팔과 다리를 주무르는 것. 웃지도 않고 말하지도 않고 그 어떤 반응도 하지 않는 이를 위해 말을 걸고 웃어주고 때론 희망과 회복을 기원하는 것. 나무 같은 사람 옆에 앉아 언젠가 움직이고 말하는 날이 올 거라고 믿고 있겠지. 하지만 진짜로 믿지는 않을 거다. 믿어야겠지. 믿고 싶겠지. 믿고 있다고 스스로를 속이는 것이 현실을 마주하는 것보다 훨씬 견딜

만하니까. 그 덧없음과 바보 같음. 죽을 날을 받아놓은 심장을 기계로 억지로 뛰게 하고, 스스로 삼킬 수 없는 식도에 튜브를 연결해 멀건 유동식을 집어넣어 살아 있게 하는 일. 회복 불가라고 선고받은 가망 없는 삶이 가라앉을 때 그 옆에서 함께 잠기며 서서히 젖어가는 어둡고 불행한 삶.

낡은 빌라들이 모인 마을 한가운데에 오래된 은행나무가 서 있는 놀이터가 있었다. 엄마의 부름에 아이들은 집으로 돌아가는 해 질 녘. 엄마는 나무 밑 낡은 가죽 소파에 앉아 바람에 흔들리는 빈 그네를 바라보곤 했다. 사람과 소란이 사라진 자리에 고이는 어둠의 한 점. 엄마는 그것을 응시하고 있었다. 엄마, 하고 불러도 듣지 못했다. 어깨를 만지고 시선 속으로 걸어 들어가면 꿈에서 깨듯 고개를 돌려 희진을 봤다. 이런 모습을 딸이 보지 않았으면 하는 듯한 눈빛으로 어색하게 웃으며. 엄마의 손목을 붙잡고 집으로 돌아가는 길. 노란 가로등 빛을 등졌을 때 키가 다른 두 개의 그림자가 소리 없이 길어지고 있었다. 희진은 기억한다. 그때의 마음을. 너무 많은 감정이 한꺼번에 느껴져 구분할 수 없었다. 슬픈 걸까. 화난 걸까. 걱정되는 걸까. 불쌍한 걸까. 자신이? 엄마가? 아이였던 희진은 혼란 속에서 말없이 묵묵히 걷기만 했지만 하나의 감정은 확실하게 알았다. 두려움. 엄마가 침묵할 때, 엄마가 웃을 때, 두려웠다. 이제 와서 왜 이런 생각을 하는 걸까? 유희진은 의식적으로 고개를 흔들었다. 지나간 기억이 다가올 시간을 물들이게 내버려두지 않을 거다. 이제 자신의 마음 정도는 안다. 복잡하지 않다. 스위치를 올리면 전등에 불이 켜지고 빛 아래 방이 밝아지는 것처럼 명확하다. 유희진은 무심코 뒷머리를 만졌고 화들짝 놀라며 손을 뗐다. 머리카락을 뽑고 싶은 충동에 손가락 끝이 저렸다. 유희진은 가방에서 핸드크림을 꺼내 손등에 짜내고는 천천히 펴 발랐다. 병원 창문에 비친 자신의 옆모습. 어디를 향해 걸어야 할지 모르는 이국의 이방인 같았다.

병실에 들어갔다. 등을 돌리고 누운 엄마를 향해 유희진은 밝은 목소리로 말했다.

"엄마 나 왔어."

반응이 없다. 대답 없고 움직임도 없다. 잠든 듯 죽은 듯 꼼짝도 않는 몸. 유희진은 천천히 침대 쪽으로 걸어갔다. 엄마 발 옆에 가방을 놓고 보호자용 간이침대를 꺼내 그 위에 앉았다. 엄마는 하나의 표정과 하나의 포즈로 존재하는 커다란 봉제 인형 같았다. 동그랗게 뜬 두 개의 눈동자가 창문과 창문 너머의 산과 하늘을 보고 있었다. 보고 있다고? 아니다. 무엇을 보고 있는 게 아닌 그저 눈꺼풀을 열고 있는 것뿐. 핀이 나간 사진에 담기는 모호함. 초점 없는 캄캄한 눈동자엔 어떤 상도 맺혀 있지 않았다. 유희진은 엄마와 창문 사이에 앉아 눈을 맞췄다.

"잘 있었어? 너무 오랜만이지. 미안해. 일이 많아서 정신이 없었어. 무슨 생각하고 있어? 말해봐. 자주 안 온다고 딸 욕하고 있었어?"

유희진은 한 손으론 엄마의 옆구리를, 다른 손으론 어깨를 붙잡고 조심스럽게 자세를 바꿔 똑바로 눕게 했다. 엄마의 팔을 잡고 손을 주무르며 마사지를 했다.

"다 알아. 딸인데 엄마 맘 하나 모르겠어?"

유희진은 엄마의 종아리와 발목을 꾹꾹 누르며 말을 이었다.

"나 엄마 생각 많이 하고 걱정도 많이 해. 내 말 들려? 눈 좀 깜빡여봐."

엄마는 눈을 깜빡이지 않았다. 눈동자엔 여전히 빛이 없고 표정에도 변화가 없다. 딸을 반가워하는 기색조차 느껴지지 않는다. 같은 포즈 같은 표정으로 평생을 살며 조금씩 낡아가는 나무 조각상. 유희진은 옷을 들춰 엄마의 목덜미와 팔, 등허리와 허벅지, 오금 쪽을 살펴봤다. 상처와 흉터를 반복해 이젠 검게 변해버린 피부. 로션을 바르고 또 발라도 갈라지고 터지고 끝내 염증과 고름이 잡히게 될 피부. 유희진은 손바닥으로 엄마의 피부를 부드럽게 매만지며 요즘 어떻게 지내는지, 뭐하고 사는지 말했다. 혼잣말하듯, 독백하듯, 솔직한 마음을 일기장에 써 내려가듯 중얼거렸다. 어떤 말을 할 땐 웃었고 어떤 말을 할 땐 화를 냈고 어떤 말을 할 땐 말을 끝맺지 못하고 엄마의 손을 쥐고 가만히 있기도 했다. 눈꺼풀을 움직이지 않던 엄마는 어느새 유희진의 말끝마다 눈을 깜빡깜빡 감았다 떴다. 유희진은 인공눈물을 엄마의 눈꺼풀 사이로 떨어뜨리며 말을 이었다. 잘 자고 잘 먹는다고 했다. 딸이 일을 너무 잘해서 여기저기 찾는 곳이 많다고 했다. 그런데 또 같이 일하는 사람 중에 맞지 않은 사람이 있어서 고민이라고 했다. 최근 유희진의 마음을 누르고 혼란스럽게 하는 몇몇 일을 간략하게 이야기한 뒤 엄마라면 어떻게 할 것 같으냐고 물었다. 유희진은 천장을 바라보는 엄마의 얼굴을 물끄러미 바라봤다. 대답할 수 없다는 것을 알면서도 엄마가 일부러 입을 다물고 있는 것 같다고 느꼈다. 화가 풀리지 않은 사람처럼. 어떤 말도 섞지 않겠다 다짐한 뒤 절교를 통보하는 사람처럼. 유희진의 부드러운 표정 뒤로 뜨겁고 무거운 쇳물 같은 것이 새어

나오는 게 느껴졌다. 곧 얼굴이 붉어지고 표정이 굳고 미소가 사라지고 말겠지. 유희진은 그런 상태가 되고 싶지 않았다. 엄마 곁에 더는 그런 얼굴과 그런 목소리로 있고 싶지 않았다. 유희진은 가방을 들고 침대에서 한 걸음 떨어지며 똑바로 섰다.

"엄마. 잘 지내야 해. 난 항상 곁에 있을 거야."

"어머님 잘 만나셨어?"

유희진이 고개를 끄덕였다. 수간호사 이미숙은 카트를 복도 벽에 놓고 자연스럽게 유희진과 팔짱을 끼고 천천히 복도를 걸어 로비 의자에 앉았다. 이미숙은 창밖으로 보이는 산을 보며 벌써 겨울이 올 것 같다며 세월이 너무 빠르다고 했다. 유희진은 입술을 다문 채 고개를 끄덕였다. 자신도 요즘 나이가 들어서 슬슬 병원 일을 그만둬야 할 것 같다며 이러다가 내가 병실에 들어갈 참이라며 쓸쓸히 웃었다. 이미숙은 유희진의 손을 잡고 최근 병원에서 일어났던 몇 개의 우스꽝스러운 소동을 들려줬고 한때 잘나갔던 배우가 지금은 가족조차 찾아오지 않는 신세가 됐다며 인생은 정말 알 수 없는 것 같다고 한숨을 내쉬었다. 가족이 찾아오지 않는다는 말에 유희진은 신경이 곤두서는 걸 느꼈지만 불편한 감정을 표정에 내비치지 않으려 이미숙의 마지막 말을 따라 하며 고개를 끄덕였다.

"맞아요. 인생은 정말 알 수 없는 것 같아요."

"많이 바쁘지? 사느라 힘들고."

"아니에요. 괜찮아요."

"병원비도 만만치 않을 텐데……. 자기 대단하다, 정말. 계속 이렇게 할 수는 없을 텐데. 어머님도 계속 이렇게 살 수는 없을 거고."

이미숙은 유희진의 얼굴을 똑바로 쳐다보며 물었다.

"어머님하고 대화는 해봤어? 어머님 마음 알아보려면 이것저것 물어봐야 해. 그래도 눈꺼풀이라도 깜빡일 수 있으니 얼마나 다행이야. 의사표시는 하실 수 있다는 거잖아. 어디가 불편하신지. 마음은 어떠신지."

이미숙은 잠시 말을 멈췄다가 마른침을 삼킨 뒤 말했다.

"앞으로 어떻게 하고 싶으신지."

안다. 엄마와 대화를 하려면 질문을 해야 한다는 걸. 요양원에 이르는 좁고 구불구불한 오르막길을 느리게 운전하며 그 생각밖에 안 했다. 질문들.

지금 기분은 어때? 좋아? 나빠?

엄마는 내가 미워?

엄마에게 함부로 대하거나 때리는 사람 있어?

엄마, 계속 살고 싶어? 아니면 죽고 싶어?

내가 오는 게 좋아?

나한테 하고 싶은 말 있어?

나 원망해?

엄마, 그때 왜 그랬어?

내가 어떻게 했으면 좋겠어?

하지만 묻지 않았다. 어떻게 답할지 알 것 같았다. 아니, 이미 대답을 들은 것 같았다.

"늘 어려웠어요. 엄마 마음. 선생님 혹시 딸 있으세요?"

"응. 난 딸만 둘. 둘 다 대학생."

"딸들이 선생님 마음을 안다고 생각하세요?"

"걔들이 내 마음을 어떻게 알아. 지들만 생각하는 애들인데. 그런 거 기대도 안 해."

"선생님은 어떠세요? 딸들 마음 아는 거 같으세요?"

"나도 모르지. 내 속에서 나왔지만……."

이미숙은 유희진의 팔을 놓고 스스로 팔짱을 끼며 잠시 생각에 잠겼다.

"모르겠네. 아는 것도 있겠지. 몰라. 알아서 잘 살면 되지 않겠어?"

"저는 아니었어요. 엄마는 모녀지간은 서로를 다 알아야 한다고 생각했죠. 그래서 늘 자기 마음을 말해줬어요.

아니면 물었고요. 내 마음 알겠니? 알겠지?"

이미숙은 미소를 띤 표정을 장난스럽게 구기며 으으 소리를 내며 고개를 젓고는 유희진의 손등에 손을 올렸다.

"자기 힘들었겠네."

유희진은 이미숙을 마주 보고 웃었다.

"그땐 힘든 줄도 몰랐죠. 어렸으니까. 문제는 정작 엄마는 자기 마음을 모른다는 거예요. 아침 마음 저녁 마음 달랐고 자기 마음에 무엇이 있는지도 몰랐어요. 그래서 저는 엄마가 기분이 좋다고 하면 기분이 좋지 않다는 것도 동시에 알고 있어야 했죠. 괜찮다고 해도 괜찮지 않을 거라는 생각에 늘 염려하며 엄마를 지켜봐야 했어요. 우리 엄마는 아이 같아요. 변덕이 심하고 상황에 휘둘리죠."

이미숙의 표정에서 서서히 웃음기가 사라졌다.

"엄마에게 마음을 물어볼 수는 있지만요……. 그걸 믿을 수는 없어요. 믿어서도 안 되고."

음, 이미숙은 입술을 꾹 다물고는 느리게 고개를 끄덕였다.

"자기 마음 알겠다. 무슨 말인지도 알겠고. 그래도 한번 대화해봐. 나도 가끔 이것저것 물어보는데. 하고 싶은 말이 많은 것 같아. 물론 자기가 더 잘 알겠지만. 그리고."

이미숙은 유희진의 손을 놓고 소파에 올려놓은 차트를

집어 들었다.

"어머님이 늘 변덕스러운 건 아니지 않아? 마음은 늘 바뀌지. 하지만 가끔은 결심하고 그렇게 실행하니까 무서운 거야. 여기에 누워 계신 것만 봐도 알잖아. 어머님은 마음만 있는 분이 아니야. 마음대로 행동하실 수도 있지. 딸이 엄마 걱정하는 건 좋은데 너무 애 취급하지 마."

유희진은 아무 말도 못 했다. 하고 싶은 말은 많았지만 할 수 있는 말이 없었다. 이미숙은 다시 미소를 띠며 웃었고 몸을 돌려 복도를 향해 걸어갔다.

수납하고 병원을 나섰다. 날이 저물고 있었다. 하늘과 구름은 붉게 물들었지만 산 너머로 넘어간 태양은 보이지 않았다. 이따금 큰바람이 불었고 마른 참나무 잎이 새처럼 허공에서 휘돌았다. 유희진은 에어팟을 귀에 꽂고 주차장 쪽으로 걸어갔다. 아무것도 재생하지 않고 노이즈 캔슬링으로 주변 소리만 차단했다. 엄마는 마음만 있는 것이 아니고 마음대로 행동할 수도 있다는 간호사의 말이 계속 머리를 울렸다. 내게 왜 그런 말을 한 걸까. 그 사람은 엄마에게 무슨 질문을 했을까? 엄마는 어떤 말에 눈꺼풀을 깜박였을까? 유희진은 친절하게 다가오는 간호사의 말이 관심과 애정으로 포장되어 있지만 안쪽을 까

보면 자신을 향한 비난이라는 것을 알고 있었다. 이해하는 척하면서 교묘하게 죄책감을 심는 다정한 질문들. 사고 이후 유희진은 많은 이의 시선을 받았다. 위로인지 오지랖인지 알 수 없는 막막하고 답 없는 말들과 답답한 침묵들. 어둡게 있으면 불쌍한 인생이라 동정했고 밝게 있으면 무정하다고 수군댔다. 나중엔 답할 수 없는 질문을 받아야 했다. '평소에 엄마는 어떤 사람이었나?' '사고 당일 엄마는 어떤 상태였나?' '엄마가 자살을 시도했을 때 당신은 어디에서 무엇을 하고 있었나?' '술 취했을 때 엄마는 어떻게 행동하는가.' '엄마가 알코올의존증 치료를 중간에 그만둔 이유는 무엇인가?' '평소 엄마와 딸의 관계는 원만했었나.' 사실대로 말했고 아는 대로 말했다. 모르는 건 모른다 했고 아닌 건 아니라 했다. 그러나 경찰은, 몇몇 기자는, 꼭 들어야 하는 대답이 있는 것처럼, 듣고 싶은 대답이 있는 것처럼, 같은 질문을 몇 번이고 반복했다. 엄마가 그렇게 돼서 힘들겠다는 걱정 어린 말을 하는 이들은 반드시 힘들게 하는 말도 덧붙였다는 것을 유희진은 기억한다. 그때나 지금이나 똑같다. 엄마를 들먹이며 다가오는 이들은 다 자신을 힘들게 한다. 시간이 흘러 이제는 잠잠해졌다고 생각한 몇몇 기억이 눈을 뜨고 입을 벌려 유희진의 마음은 복잡하고 뜨거워졌다. 어떤 엄마는 아이를 돌보지 않는다. 어떤 아이는 엄마를 돌본다. 다정한 엄마들은 진심으로 그렇게 행동하는 걸까? 엄마 역할을 맡은 연기자들은 아닐까? 엄마와의 일화는 동화가 아니다. 동화에 감춰진 저주에 가깝지. 엄마는 자기 상처를 내게 보임으로써 느리고 긴 치료를 받았다. 딸에게 그래도 된다고 생각했고 딸은 이해할 거라 생각했다. 엄마는 냉대를 받았다, 했다. 되는 일이 없었고 집단에게 배제됐고 씻을 수 없는 상처를 받았다, 했다. 목격한 적은 없다. 나중에 알게 된 사실은 달랐다. 엄마는 타인의 눈빛에서 자신을 향한 무시를 읽고 말투에서 멸시를 느꼈다. 마트 캐셔의 건조한 인사에 마음이 상했고 가족관계증명서를 발급받을 때 공무원의 평범한 질문에도 분노를 느꼈다. 성가대원들이 자신을 따돌린다고 생각했고 권사님들이 모일 때마다 자기 흉을 본다고 괴로워했다. 엄마는 삶을 바꾸려고 표정과 행동을 바꿨다. 집 밖에서의 엄마는 필요 이상으로 친절했고 누구든 배려했고 어떤 상황에서도 저자세로 살았다. 엄마를 분노하게 하는 일이 무엇인지 알기에 나는 엄마를 불쌍히 여겼다. 하지만 어린 딸에게 분노를 표현할 땐 잔인하고 비겁했다. 어느 순간부터 우는소리를 들을 수 없게 됐다. 연민도 동정도 들지 않고 화만 났다. 웅크리고 우는 모습이 늙은 개가 짖

함정 171

는 것 같았다. 저 입을 틀어막고 싶었고 그럴 때마다 호흡을 가다듬어야 했다.

 유희진은 주차장 쪽으로 곧장 가지 않고 산책로 쪽으로 걸었다. 그때였다. 무엇인가 유희진의 왼쪽 어깨에 닿았다. 유희진은 분명히 느꼈다. 하지만 바로 뒤돌아보지 않았다. 등과 뒤통수가 단단하게 굳는 게 느껴졌다. 나뭇가지일 수도 있고 새나 다람쥐처럼 작은 동물일 수도 있다. 하지만 무엇이 아닌 누군가일 수도 있었다. 찰나였지만 온몸이 차가워지며 소름이 돋았다. 어깨에 닿는 느낌이 한 번 더 느껴졌을때 유희진은 몸을 돌리며 휴대전화를 움켜쥔 팔을 빠르게 휘둘렀다. 가방이 땅에 떨어졌고 왼쪽 에어팟이 귀에서 빠졌다. 휴대전화에 왼팔을 가격당한 남자가 오른손으로 왼팔을 감싸며 고개를 숙였다. 유희진은 두려움과 걱정이 뒤섞인 마음으로 한 발 물러섰다. 남자는 표정을 찌푸리며 고개를 들었다. 박기정이었다. 유희진은 이 사람이 누구인지 알았지만 불안은 더 증폭됐다. 이 자가 왜 여기에 있는지 파악되지 않았고 무슨 이유로 나를 따라왔는지도 알 수 없었다. 박기정은 바닥에 떨어진 가방과 에어팟 한쪽 유닛을 집어 들어 유희진에게 건넸다.

"무슨 생각을 그렇게 하세요. 몇 번이나 불렀어요."

"아…… 왜 여기에 계세요?"

유희진은 진정하고 싶었지만 마음과 달리 심장이 빠르게 뛰었고 숨이 찼다. 박기정은 긴장한 유희진의 표정을 보고 두 손을 보이며 한 걸음 물러서며 말했다.

"죄송해요. 작가님, 저예요. 박기정이요."

"네. 아니, 알고 있어요."

박기정은 소매를 걷고 팔을 확인했다. 팔목이 붉게 변해 있었다. 유희진은 자신의 반응이 과했고 날카로웠다는 것을 인지했다.

"죄송해요. 제가 놀라서…… 팔은 괜찮나요?"

"작가님 운동하세요? 손이 보통이 아니네."

박기정은 입술을 앞으로 삐죽 내밀며 장난스러운 표정을 지으며 팔을 매만졌다.

"괜찮습니다. 약간 아프지만 괜찮아요."

박기정은 웃었고 유희진은 그 웃음에 억지로 화답하듯 어색하게 웃었다. 유희진은 빠르게 주변을 살폈다. 병원이 저 멀리 보일 정도로 꽤 멀어진 상태였다. 길은 좁았고 숲은 깊었으며 어두워지고 있었다. 유희진은 자연스럽게 병원 쪽으로 걸음을 옮기며 말했다.

"너무 의외의 장소에서 뵙게 되어 조금 놀랐나 봐요. 그

함정　173

런데 여긴 어쩐 일이세요?"

박기정은 장난스러운 표정을 유지하며 능청스럽게 말했다.

"그러는 작가님은 여기 어쩐 일이신데요."

"아…… 전 음, 아는 분이 계세요."

"저도 아는 분이 계십니다. 그나저나 여기에서 작가님을 뵙네요."

그러네요. 유희진은 들릴락 말락 한 소리로 말했다. 박기정은 반걸음 앞서 걸으며 유희진에게 계속 말을 붙였다. 시종일관 장난스럽게 구는 박기정의 태도가 유희진은 불편했다. 프로그램 때문에 단 한 번 대화를 한 것뿐인데 가까워졌다고 생각하는지, 무작정 거리를 좁히려는, 필요 이상으로 친근하게 구는 살가움이 거슬렸다. 유희진은 지금 자신이 누군가와 대화하고 싶지 않은 상태라는 것을 감추지 않고 표정과 태도로 다 드러냈다. 하지만 박기정은 말하기를 멈추지 않았다. 유희진이 만난 박기정은 에너지가 넘치고 활달한 사람이었지만 감이 없거나 무례한 사람은 아니었다. 분위기 파악도 잘했고 눈치껏 행동할 줄도 알았다. 그런데 이렇게 낯설고 의외의 장소에서 말도 없이 따라와서 말을 걸고 장난스럽게 웃고 있다고? 유희진은 그에게 어떤 의도가 있다는 것을 알았다. 하지만 그 의도가 무엇일지는 짐작조차 되지 않았다. 초조했다. 유희진은 걸음을 멈추고 물었다.

"병원에 계신다는 그분은 누구세요?"

"예전에 저를 도와줬던 후원자가 있는데요, 그분 몸이 좀 안 좋으세요. 작가님은 여기에 어머님이 계신다고 했죠?"

계신다고 했다고? 엄마가 여기에? 그런 적 없다. 유희진은 불안과 불편에 마비된 감각을 차가운 이성으로 깨우며 정신을 차리려 애를 썼다. 박기정은 이전과 다른 모습이었다. 인터뷰할 때와도 유튜브에 나오는 모습과도 달랐다. 들떠 있는 것은 같았지만 목소리가 높았고 말은 빨랐으며 얼굴이 붉었다. 왁스로 단정하게 가르마를 탔던 모습과 달리 지금은 흘러내린 머리카락이 눈썹과 눈을 가렸다. 머리를 감고 젖은 채로 그냥 말린 것 같은 느낌이었다. 옷차림도 달랐다. 모자가 달린 오래된 카키색 야상에 흙이 묻은 지저분한 워커를 신고 있었다. 패션에서 취향과 나이를 전혀 가늠할 수 없었다. 박기정은 왜인지 모르게 여기에 있고, 여기에 내가 있다는 것을 알고 있고, 여기에 내 엄마가 있다는 것도 알고 있다. 그 순간 박기정의 얼굴 위에 장선기의 얼굴이 겹쳐졌다. 등줄기가 차가워졌다. 말했었다. 박기정이 아닌 장선기에게. 그렇다면 장선기가 박기정에게 말한 것일까? 아니면 장선기가 박기정에게 시킨 것일까? 나를 미행하라고? ……왜? 유희진은 본능적으로 주변을 두리번거리며 다른 사람이 있는지 살폈다. 정신을 차려야 한다. 솟구치는 불안을 의지로 누르고 또 눌렀다. 유희진은 표정에서 긴장을 풀어내고 대화를 이어 갔다.

"맞아요. 그런데 그건 어떻게 아셨어요?"

"제가 전에 말씀드리지 않았나요? 작가님께 관심이 많다고요."

해는 거의 졌고 나무와 바위와 새와 사슴을 구분할 수 없는 어둠이 점점 내려앉고 있었다. 유희진은 빠른 걸음으로 주차장 쪽으로 이동하며 말했다.

"정말 별걸 다 아시네. 기정 씨 아시는 분은 어디가 어떻게 안 좋으셔서 은총원에 계신 거예요?"

박기정은 점점 가까워지는 병원을 바라보며 음, 음, 뜸을 들이다가 답했다.

"노화죠. 뭐. 시간을 이길 수는 없잖아요. 치매도 있으시고 당뇨에 고혈압에 완전 종합병원이세요."

"어르신이라고 했죠? 기정 씨와는 어떤 관계죠?"

"인터뷰인가요? 오늘은 제가 작가님을 인터뷰하고 싶은데."

"그건 아니고요. 그냥 좀 알고 싶어서요."

유희진은 대답을 꼭 들어야겠다는 얼굴로 박기정을 봤다. 박기정은 어쩔 수 없다는 듯 표정에서 웃음기를 지우고 길게 한숨을 내쉬었다.

"말 그대로 후원자셨어요. 이것저것 지원해주셨고 이런 저런 일을 도와주셨죠. 감사한 일이죠. 그런데 그분은 제 마음과 생각, 인생까지 도와주고 싶으셨나 봐요. 제가 어떤 가치관을 갖고 있는지, 궁금해하셨죠. 처음엔 조언하시더니 어느 날부터는 교육하고 가르치더군요. 일일이 물어보고 참견하고. 나중엔 훈계하고 체벌까지……. 후원해줄 테니 후원해준 만큼 상관하겠다는 마음인가? 어릴 땐 당연하다고 생각했어요. 그분에게는 권리가 있고 나는 의무가 있다고. 난 받았으니까. 거저 받았으니까. 커서는 그게 이상하다는 것을 알았지만……. 그런데 참 이상하죠. 실망도 했고 나중엔 화도 났는데 고마웠던 마음은 사라지지 않더군요. 이걸 뭐라고 해야 할까요. 고맙지만 싫고. 사랑하지만 밉고. 두렵지만 떨리는. 전 엄마 아빠가 없어서 잘 모르지만 부모 자식도 그렇다고 하던데. 그런가요? 원래 이렇게 마음이 복잡해지는 건가요?"

맥락 없이 후원자를 부모와 연결 짓는 박기정의 질문에 유희진은 당황했다.

"글쎄요. 그렇다고 볼 수도 있겠죠. 부모들도 다 다르니까요."

"작가님은 이해하실 거라고 생각했어요. 저도 작가님 이해할 수 있을 것 같고요."

내가 널? 네가 날? 이해했다고? 다짜고짜 들이대는 박기정의 말에 즉각적으로 의문이 솟구쳤지만 유희진은 뾰족해지는 마음을 누그러뜨리며 물었다.

"저를 이해할 수 있다는 말이 무슨 뜻인지."

"아아, 대단한 건 아니고 그냥 작가님 어머님과 관련된 것들 있잖아요. 당시 어떤 말들이 있었는지 저 알고 있어요. 기사도 봤고요. 저는 그냥 다 이해되던데? 알 것도 같고. 하아. 진짜 기자 새끼들. 지들이 뭘 안다고 알지도 못하면서 이 말 저 말 아무 말이나 써재끼고."

유희진은 박기정의 눈을 봤다. 박기정은 미소를 머금은 얼굴로 유희진의 시선을 편안하게 받아냈다. 유희진은 자신도 모르게 뒤로 물러섰고 박기정은 한발 다가왔다. 유희진은 물러서라는 의미로 손가방을 들어 앞을 가렸다. 박기정은 어색하게 웃으며 말했다.

"작가님. 제 말을 오해하신 것 같은데. 다른 뜻으로 한 말은 아니고요. 저는 작가님 편이라는 뜻이었어요. 저는 작가님이 그랬을 거라고 생각하지 않아요. 아니, 만약 그 말이 맞다고 하더라도 저는 그 마음 다 이해합니다. 저라도 그렇게 했을 거예요."

유희진은 입술이 하얗게 변할 때까지 입술을 악물었다. 작은 불씨를 덮은 휘발유가 순식간에 불을 키우듯 마음속에서 화염이 솟아올랐다. 저자가 싫다. 지금 당장 죽여버리고 싶을 정도로. 유희진은 그 생각을 말로 할까 봐 더 강하게 입술을 물었다. 유희진은 가방에서 차키를 꺼내며 겨우 말했다.

"늦었네요."

유희진은 몸을 돌려 등을 보였고 빠른 걸음으로 주차장 쪽으로 향했다. 박기정은 난감한 듯 유희진의 뒤를 졸졸 따라가며 해명하고 설명하고 변명하고 농담했다. 유희진은 박기정을 쳐다보지 않았고 주차장에 도착할 때까지 어떤 대꾸도 하지 않았다. 차키의 열림 버튼을 누르고 문을 열기 직전 박기정이 말을 내뱉었다.

"관심 갖고 있는 사람이 있다고 들었습니다. 내버려두세요."

유희진은 뒤를 돌아볼 수밖에 없었다. 박기정은 유희진의 눈을 똑바로 쳐다보며 말했다.

"들쑤시지 마세요. 착한 사람이고 억울한 사람입니다. 기자님도 겪어봐서 아시겠지만 의혹은 제기만 해도 사실

함정 179

이 됩니다. 그는 영원히 그 일을 했거나 했을 수도 있는 사람이 되는 거죠. 자기 힘으로는 바꿀 능력도 방법도 없어요."

김민수? 박기정의 입에서 왜 그 자가 나오는 거지? 그것도 지금. 여기에서. 나에게. 유희진은 혼란스러웠다. 하지만 그 혼란을 바로잡기 위해 박기정과 한마디라도 더 대화를 나눈다면 그의 의도가 무엇이든 그의 뜻대로 될 것 같았다.

"조심히 가세요."

유희진은 운전석에 탔다. 잠시만 이야기하자며 박기정이 차창을 두드렸다. 유희진은 키를 돌려 시동을 걸고 액셀을 깊이 밟아 곧바로 주차장을 빠져나왔다. 사이드미러 속 박기정은 꼼짝도 않고 유희진의 자동차를 바라보고 있었다.

12

꼬박 사흘 하고 반나절을 침대에 누워 있었다. 휴대전화를 무음으로 설정하고 뒤집어놓았다. 어디냐 묻는 문자엔 휴가 중이고 여행지에 있다고 했다. 암막커튼으로 창과 빛과 시간을 가렸다. 약통을 열었다. 한 알을 삼켰다. 짔고, 지려 했고, 잠에서 깨면 다시 한 알. 한 번씩 완전히 방전시키고 텅 빈 자리를 느리게 채우는 것. 유희진의 회복 방식이었다. 물결과 파도를 거슬러 해변을 향해 팔과 다리를 움직여도 힘이 다 빠진 몸은 무겁게 물에 잠기곤 했다. 차라리 몸에 힘을 다 빼고 부표처럼 떠오른 뒤 가만히 눕는다. 파도가 밀면 밀리고 물결이 휩쓸면 휩쓸리는 동안 밤이 되고 아침이 되고 어느새 해변에 닿는다. 느리지만 정확한 시간의 힘을 유희진은 믿었다. 하지만 이번엔 달랐다. 빈자리에 차오르는 에너지가 없었다. 떨어지고 또 떨어져도 바닥에 닿지 않았다. 깊은 곳에서 시작된 작은 출혈은 멎지 않은 채 번지고 번져 옷과 침대를 적셨다. 한 알을 더 삼켰다. 곤란한 질문을 던지고 빙긋이 웃으며 답을 기다리던 간호사. 의도를 감추며 다가와 위협하는 남자. 그리고 고요한 엄마. 성가대에 서서 낮고 맑은 소리로 알토 찬양을 부르던 천사 같던 나의 엄마. 소프라노와 테너의 높은 소리 속에서도 엄마의 깨끗한 소리는 내 귀에 또렷하게 들렸다. 새의 뼈처럼 간결하고 가벼운 목소리. 거룩하고 투명한 영혼의 울림. '너 예수께 조용히 나가 네 모든 짐 내려놓고 주 십자가 사랑을 믿어 죄 사함을 너 받으라.' 엄마는 충실하고 사랑스러운 집사였다. 느리게 걷는 권사님의 팔짱을 끼고 계단을 내려갔고 은혜로운 기도였다고 장로님을 칭찬했다. 아이들의 이름을 일일이 기억하고 무릎을 꿇고 앉아 눈을 마주치며 대화하고 예뻐 죽겠다는 듯 껴안고 기도해줬다. 집에서는 달랐다. 노래하지 않았고 기도하지 않았다. 그렇게 힘들다면서 죽고 싶다면서 신을 찾지도 않고 울기만 했다. 토요일까지 침대에 누워 있거나 술에 취해 창가에 앉아 있던 엄마는 일요일이 되면 교회에 나가 성가복을 입고 성가를 불렀다. 나는 맨 뒷줄 장의자 끝에 앉아 성가대석에서 말

쏨을 듣는 엄마의 옆모습을 봤다. 영원한 미소로 조각된 하얀 석상 같았다.

하나님께 의지했던 밤이 있었다. 어둠 속에서 눈을 감고 무릎을 꿇고 손마디가 저릴 정도로 두 손을 꽉 쥐고 기도했던 새벽이 있었다. 엄마의 마음을 고쳐주세요. 더는 울지 않게 해주세요. 치유해주세요. 위로해주세요. 제발 제발 도와주세요. 저에게도 하나님의 음성을 듣게 해주세요. '너의 기도를 들어줄게. 걱정하지 말고 잠에 들거라. 사랑하는 내 딸아.' 이렇게 한마디만 해주세요. 뭘 해야 한다면 하겠어요. 뭘 그만둬야 한다면 그것도 그만두겠어요. 원하시는 대로 할게요. 그러니까 제발 제 기도를 들어주세요. 눈물이 흘렀다. 멈추지 않았다. 몸이 떨렸다. 말로는 설명할 수 없는 충만감. 속에서부터 뜨겁게 달아오르는 불같은 마음. 아, 이런 게 신의 섭리인가. 이런 게 하나님의 만지심인가. 울다 잠들었다. 무릎 꿇은 모습 그대로 쓰러져 잠들었다. 하지만 아침이 오면 변한 건 없었다. 더 악화되기만 했다. 그래도 희진은 포기하지 않았다. 기도했다. 어김없이 눈물이 났고 치유와 내적인 충만 속에 안심하고 잠들었다. 하지만 변화는 없었다. 무의미한 반복 속에 깨달았다. 느낌과 감정일 뿐이다. 착각이고 혼란이다. 믿음이라고 생각했던 건 믿고 싶어하는 간절함의 다른 이름이었다. 어느 새벽. 기도 중 눈을 번쩍 떴다. 보이는 건 없었다. 캄캄한 방 안에 더 캄캄한 사물들이 고요히 서 있을 뿐이었다. 다짐했다. 듣는 이가 없는 혼잣말은 더 이상 하지 않겠어.

 병원에 다녀온 후, 지나간 시간이 다시 되돌아오는 걸 느꼈다. 문틈으로 파고든 연기가 방 안을 채우고 사물을 불투명 속으로 빠뜨리듯 지금 여기로 스며든 과거가 속에 있던 무엇인가와 섞이고 있다. 두렵고 지치고 괴로웠다. 손바닥에 약을 올려놓고 입에 털어 넣기 직전 손을 멈췄다. 누군가 팔목을 움켜쥔 것처럼 허공에 우뚝 선 팔. 눈물이 흘렀다. 창문을 열어 약을 창밖으로 던졌다. 옛날로 돌아가고 싶지 않다. 다시는 그 깊은 구멍으로 들어가고 싶지 않다. 더는 상처 속으로 파고들고 싶지 않고 피해의식이 모든 생각과 감정을 덮는 것도 싫다. 희진은 끌려가고 싶지 않고 앞으로 나아가고 싶었다. 그게 그렇게 큰 욕심인가.
 밤과 잠과 꿈과 깸의 경계에 서서 저편의 기억과 이편의 풍경을 봤다. 벽에 걸린 그림처럼 눈앞의 사건처럼 경험했다. 어린 유희진은 엄마의 파장을 예민하게 감각했다. 기분을 살피고 목소리에 실린 감정을 느끼고 그에 맞게 행동하려고 애를 썼다. 비극적인 엄마의 표정. 희극적인 엄마의 목소리. 그 앞에서 무표정을 유지하는 애처로운 어린아이의 얼굴. 그건 옛날이다. 괴로운 일은 오래전에 일어났고 대부분 기억에서 사라졌다. 뒤져도 찾을 수 없고 남은 건 형체를 알 수 없는 조각과 부스러기뿐이다. 그럼에도 유희진은 자주 그 시간 그 장소로 걸어 내려갔다. 유희진은 몽롱한 잠과 꿈에 반쯤 잠긴 채 눈을 뜨고 입을 열어 중얼거렸다. '아니야. 아니야. 이제는 아니야.' 흘러간 오스카 수상작을 리뷰하는 영화 소개 스크립트를 작성해야 하고 건설회사 사보에 실을 칼럼을 써야 한다. 빛에 따라 자동으로 열리고 닫히는 커튼을 홍보하는 목적의 짧은 콩트도 한 편 완성해야 한다. 갑자기 감기에 걸렸고 집에 일이 생겼다고 거짓말했다. 아무리 늦어도 내일까지는 보내겠다고 메일을 쓴 것이 사흘 전이다. 일어나야 한다. 커튼을 열고 불을 켜고 책상에 앉아야 한다.

'기억한다.' 파일을 열고 키보드에 손을 올려놓고 깜박이는 커서를 바라봤다. 여기에 마음을 쏟아놓자. 가벼워지자. 자유로워지자. 하지만 아무것도 쓸 수 없고 써지지도 않았다. 유희진은 겨우 한 줄을 써냈고 그 뒤로 아무 말이나 쓰기 시작했다.

기억한다. 그러나 기억하고 싶지 않다. 눈이 떠지는 때가 있었다. 누군가 억지로 눈꺼풀을 벌린 것처럼 갑작스러운 깸. 어둠 속에 서 있는 길고 마른 어둠 기둥 하나. 메마른 숨소리를 내는 나의 엄마. 조금씩 어둠에 적응한 눈은 엄마의 얼굴과 표정을 발견한다. 엄마는 엄마가 아닌 사람으로 서 있다. 몇 개의 정신으로 쪼개져 분열하는 그림자. 술냄새 속에서 꿈길과 골목길을 구분하지 못하고 헤매며 몽유하는 다 큰 어른아이. 엄마는 의아한 얼굴로 나를 본다. 이 애는 누구지? 얘를 어떻게 해야 하지? 골똘하게 고민하는 표정이 두려웠다.

기억한다. 엄마를 웃게 해주고 싶던 절실했던 마음을. 어떻게든 인정받고 싶던 거지 같은 욕망. 어금니를 몇 번이고 힘주어 문다. 호흡도 규칙적으로 하려 애쓴다. 울지 않으려 몸부림친다. 그때 내 감정은 무엇이었나. 그것은 한 아이가 품기에는 너무도 가혹하고 지독한 것이었다. 미워할 수 없고 사랑할 수밖에 없는 엄마의 딸. 이렇게 생각하기로 하자. 너무나 사랑해서 그랬다고. 너무나 사랑하면 그럴 수 있다고. 너무나 사랑하면 그런 것도 받아줄 수 있는 거라고. 받아줘야 하는 거라고.

그러나 기억한다. 잠든 엄마가 아이처럼 웅크리며 내 품을 파고들던 깊은 밤을. 함께 누웠을 때 엄마는 사랑스러운 아이였다. 무엇이든 허용하고, 무엇이든 들어주고, 무엇에든 반응하는, 순한 동물이었다. 엄마를 껴안고 엄마의 팔을 만지고 엄마의 배에 손을 올리고 있으면 붉은 열매처럼 내 몸이 변하는 것을 느꼈다. 숨과 말 속에 단맛과 향기가 스몄다. 그때의 우리는 완벽한 한 쌍이었다. 엄마는 상냥하고 착했다. 엄마의 머리를 쓰다듬고 있으면 엄마가 마치 내 몸에서 꺼낸 새끼처럼 애틋하고 불쌍했다. 엄마는 선잠에서 깬 아이처럼 중얼거렸다. 희진아. 미안해. 엄마가 정말 미안해. 나는 말했다. 아니야. 엄마. 내가 더 미안해. 엄마의 머리통을 인형처럼 껴안고 있으면 세계가 내 품에 안겨 있는 것 같았다. 창밖의 세계가 모두 봄처럼 느껴졌다. 그럴 때마다 나는 기도했다. 엄마의 마음을 만져주세요. 정말로 엄마를 변화시켜주세요. 아침이 되어도 이 모습 그대로 지켜주세요. 분명 신은 내 목소리를 들었을 것이다. 그러나 신은 듣기만 했다.

늘 달리던 강변이 아닌 좁고 구불구불한 길과 골목을 빠르게 걸었다. 위태로운 빛이 걸린 가로등. 수거하지 않는 쓰레기와 고물들. 느리게 지나가는 리어카. 노끈에 묶인 종이와 종이들. 밤과 어둠과 낡음과 가난과 냄새를 배경으로 예쁜 사진을 찍는 청춘 남녀들. 그 옆을 지나는 중년과 노년과 낡은 자동차, 목줄 없는 개와 꼬리 잘린 고양이. 12월 차가운 밤공기에 열기는 사그라들고 감정은 차게 얼었다. 어지럽고 혼탁했던 생각들이 하나둘 정리되며 명료한 상이 맺혔다. 유희진은 불 꺼진 가죽 상점 앞 장의자에 앉아 초승달을 바라보며 흩어진 생각을 하나의 그림이 되게 모았다. 누군가 아동을 학대한 범죄자들을 노리고 있다. 지금까지 밝혀진 실종자만 셋. 그중 하나는 며칠 전 스스로 강에 뛰어들어 자살했다. 했을까? 당했을까? 타살로 의심할 부분이 없다는 경찰 발표가 있었으니 자살이 아니라면 살인자는 주도면밀한 자일 것이다. 나머지 둘은 어떤 상태일까. 죽었을까? 어딘가에 감금되어 있을까? 의심 가는 자는 김민수다. 안인수에게 물리적인 폭력을 가한 이력이 있고 실종자들의 집 근처로 퀵 배달을 갔던 기록이 남아 있다. 장선기에게 들은 비하인드 스토리를 더하면 김민수에게는 사적인 보복을 할 이유가 충분해 보인다. 문제는 박기정이다. 이 시점에 그가 내 앞에 나타난 이유는 무엇일까? 정말 우연일까? 모르겠다. 확실한 건 의도가 있다는 것. 그게 뭘까? 관심 있는 척 다정히 굴며 살갑게 말했지만 차가운 협박이 숨어 있었다.

'김민수에게 관심을 갖지 마.'

박기정은 나를 이해한다 했고 내 행동을 이해한다 했고 자신도 나처럼 했을 거라고 했다. 심지어 내가 자기를 이해하는 것 같다며 공통점을 찾았다. 나를 두둔하고 편드는 것 같지만 협박처럼 느껴지는 것은 왜일까. 실종 사건들이 정말로 김민수와 연관되어 있다면 박기정도 어떤 식으로든 연결되어 있는 것 아닐까? 거기까지 생각했을 때 유희진은 으스스해져서 집업의 지퍼를 끝까지 올려 목과 턱을 가렸다.

"웬일이에요. 이 시간에?"
"뭐 해? 통화할 수 있어?"
"네. 집이에요."
"놀러 안 갔어?"
"어제까지 속초에서 놀았고 지금은 술병 나서 요양 중입니다. 연락도 안 받고 잠수 타시더니 어디 좋은 데 있나 봐요."

유희진은 맥도날드 3층에 앉아 창밖으로 새벽의 밤거리를 바라보며 빨대로 얼음을 휘저었다.

"배고파서 뭐 좀 먹으러 왔어. 연락은 미안."

서지우의 목소리가 평소와 달랐다. 연락이 안 돼 서운

했다고 하기에는 음성이 건조하고 말끝이 날카로웠다. 유희진은 감자튀김을 케첩에 톡톡 찍으며 말을 이었다.

"궁금한 게 있어서…… 김민수. 그 후로 취재 좀 해봤어?"

"김민수? 왜요? 갑자기."

서지우는 유희진의 질문을 질문으로 되받았다. 알아봤느냐는 말에 알아봐야 하느냐고 답했고 물어봤느냐는 말에 물어봐야 하는 거냐고 되물었다.

"지우 씨, 왜 그렇게 말해?"

"뭘 그렇게 말하는데요."

말문이 막힌 유희진은 휴대전화를 들고 잠시 가만히 있었다. 둘 사이에 5초쯤 정적이 흘렀다. 서지우는 후, 소리를 내며 크게 한숨을 내쉰 뒤 말했다.

"선배, 김민수 만났다면서요. 저한테 말 안 했잖아요. 그래놓고 제가 김민수 취재했는지는 왜 궁금한 거죠?"

"……"

"알고 있었던 거죠? 김민수가 범인이라는 거."

유희진은 감자튀김을 트레이에 내려놓고 휴대전화를 바꿔 쥐었다.

"진짜?…… 근거는?"

서지우는 유희진에게 잘못을 따지듯 빠르게 말했다.

"주성혁. 자살 아니에요. 아시다시피 지금 그런 짓 할 사람 김민수밖에 없고."

"아니라고? 타살 의심 없다고 경찰이 발표했잖아. 저기, 지우 씨. 차분하게 자세히 좀 설명해봐."

"그랬었죠. 그런데 아니었어요. 콩팥에서 플랑크톤이 발견되지 않았대요. 익사는 맞는데 삼킨 물이 강물이 아닐 가능성, 그러니까 수돗물 속에 빠졌을 수도 있다는 거죠. 희미하지만 팔에 압박흔도 있었고 뒷목에 옅은 피하출혈도 발견됐어요. 손을 묶었거나 뒤에서 목을 눌렀다는 소리죠."

"그걸 왜 말 안 했어?"

"계속 전화했거든요? 안 받고 문자도 씹었잖아요. 하루이틀도 아니고 뭐예요. 이게."

"그건."

"됐고요. 끔찍한 건요. 위와 내장에서 염소가 검출됐어요. 그게 무슨 말이냐면 누군가 락스를 먹였다는 거죠. 주성혁은 살해당했고 고문까지 당한 거예요. 실종된 남은 사람들, 다 자살당할 것 같지 않으세요?"

자살당한다, 라는 말을 할 때 억양이 묘했다. 장난스럽기도 했고 비꼬는 것도 같았다. 유희진은 알았다. 서지우가 자신을 비난하고 있다는 것을. 서지우는 감정이 실린 목소리로 말했다.

"선배, 다 알고 있었잖아요. 그런데도 이런저런 핑계로 취재하지 말자고 했어요. 이유가 뭐예요?"

"황 피디가 덮자고 했던 거 자기도 알잖아. 시기적으로 HTC와 이해관계가 겹쳤고 논점이 정확하게 잡히지 않으면 가해자를 피해자로 바라본다는 식의 여론이 생길 수도 있어서. 그때 기억 안 나? 게시판 난리났던 거?"

"그건 처음이고요. 실종자들 거주지 주소와 김민수 퀵 기록 겹쳐서 뭔가 이상하다고 했을 때 모른 척하셨잖아요. 뒤에선 몰래 찾아가서 취재까지 다 해놓고. 생각해보면 안인수 실종됐을 때도 선배는 이상했어요. 안인수 집 찾아간 날. 무슨 이야기 나눴느냐고 물어봤을 때도 별거 없었다고 대충 얼버무리고……. 이해는 해요. 그 마음 알 것도 같고. 선배는 아동 학대범들 진짜 싫어하니까. 관련 법도 허술하고 처벌도 약하다고 생각하니까. 선배."

휴대전화 너머로 짧게 한숨을 쉬는 소리가 들렸다. 유희진은 티슈로 손가락과 입가에 묻은 기름을 닦아냈다. 서지우가 약간 누그러진 목소리로 말을 이었다.

"혹시 사적 제재를 옹호해요? 법이 제대로 처벌 못 하니 자경단이 나서서 정의를 구현해라? 그래서 정황 증거가 이렇게 있고 수상한 점을 발견했으면서도 잠자코 있는 거냐고요. 신고도 안 하고. 내가 신고할까 봐 말도 안 해주고. 그거 수사로 치면 증거인멸이에요."

증거인멸이라는 단어에 유희진은 헛웃음이 나왔다. 당황스럽고 화가 났고 기분이 나쁘기도 했지만 당장은 이 전화를 끊고 싶었다.

"아니야. 그런 거. 그만. 그만 말하자. 하나만 대답해줘. 자기가 김민수 그렇게 생각하는 거 박기정도 알아?"

"박기정? 왜요? 갑자기."

"알고 있냐고."

"대화하다가 얘기한 적은 있죠. 아동 학대 가해자들이 실종됐다는 거 황 피디에게 들었는지 알고 있더라고요."

"박기정이 이상하게 군 적은 없고? 찾아온다거나, 지우 씨 신상에 관해 물어본다거나."

"이상한 점?"

서지우는 음, 음, 소리를 내며 잠시 생각에 잠겼다.

"없는 것 같은데. 그냥 호기심과 열정이 많은 청년이었다? 안인수에게 관심이 많아서 프로그램에서 다루지 않은 비하인드 스토리가 있는지 궁금해했던 정도? 아마 그런 쪽은 황 피디와 이야기 많이 했을 거예요."

박기정과 황 피디. 유희진은 트레이에 검지로 투명한 글씨를 썼다.

"김민수 관련해서는? 이야기한 적 없어?"

"딱히. 특별한 건 없었어요. HTC 활동을 같이 해서 그런지 많이 알고 있던데요. 김민수 가족이 안인수 교회에 다녔던 것도 기정 씨 통해서 알게 된 사실이니까."

"알겠어. 늦었으니까 자세한 이야기는 다음에 하자."

"그런데 박기정은 왜 물어본 거예요?"

"나중에. 만나서."

서지우가 한숨을 내쉬었다.

"하, 또 그런다. 알겠어요. 그건 그렇고 황 피디와 통화했어요?

"아니."

"내일 서초구 대법원 앞에서 아침 일찍부터 집회가 있을 예정이에요. 황 피디가 관심 있으면 같이 가자고 하던데…… 사실상 나오라는 소리지."

"이번 거 편집 다 끝났잖아."

"내일 나가는 건 HTC 취재가 아니에요. 김민수지."

"김민수가 집회에 나와?"

"그 사람 만나려고 가는 게 아니고 그 사람에 관해 물어보겠다는 거예요. HTC 쪽 사람들과 기정 씨를 만나서 궁금한 걸 물어보겠다, 이게 황 피디 계획인 것 같아요. 아, 그리고…… 곧 김민수 체포될 거예요. 어제 황 피디가 경찰에 연락했거든요. 몇몇 실종과 주성혁 죽음에 김민수가 연관되어 있는 것 같다고."

유희진은 어이가 없어 헛웃음이 나왔다. 황 피디에게 실종 관련 제보를 하고 그 후로도 이상한 점이 많다고 했던 사람은 나다. 그걸 무시하고 사실상 모른 척하자고 한 건 황 피디였고. 도대체 일이 어떻게 돌아가고 있는 거지? 서지우는 또 왜 이렇게 공격적인가. 유희진은 콜라를 한 모금 마신 뒤 말했다.

"며칠 사이 일이 왜 이렇게 흘러간 거야? 다들 휴가 아니었어? 지우 씨, 내가 모르는 뭔가가 있지? 연락 안 받았다는 소리 그만하고."

서지우는 바로 답을 하지 않고 아, 소리를 내며 후, 짧게 한숨만 내쉬었다.

"저도 모르겠어요. 황 피디가 양 작가님하고 무슨 말이 통했는지 아이템을 정했나 봐요. 아무튼 저도 복잡해요. 선배님, 이번 프로그램 마무리되면 그만둔다면서요. 왜 이렇게 관심이 많아요?"

"알았어. 늦었다. 내일 봐."

서지우가 무슨 말을 더 하려고 했지만 유희진은 통화 종료 버튼을 눌렀다. 부재중 통화와 쌓여 있는 문자 메시지를 살피다가 황 피디의 한 줄 문자를 찾아냈다.

─ 그동안 고마웠음.

13

 초겨울 아침 대법원 앞으로 사람들이 모였다. 군의문사 진상 조사를 촉구하는 피켓을 들고 우두커니 서 있는 중년의 여성. 검은색 천마스크 사이로 하얀 김이 새어 나온다. 사진도 글씨도 모두 망가져 무슨 뜻인지 알 수 없는 패널을 목에 건 노년의 남성은 자신의 말을 귀 기울여 듣지 않는 이들을 향해 '도와주세요', '들어주세요'라며 작은 소리로 중얼거린다. 머리와 수염이 하얀 남자가 행인들에게 커피 사탕이 붙은 인쇄물을 건넨다. 지나치게 작은 폰트, 문법과 맞춤법이 다 틀린 문장. 일터에서 죽은 아내의 억울함을 호소하는 글은 두서가 없고 산만했다. 종이에 적힌 내용에 관심을 갖고 유심히 읽는 이는 없었다. 정치 검찰을 규탄하고 공정한 수사를 촉구하는 사람들과 그들을 향해 확성기로 소리를 질러대는 사람들이 서로를 비난한다. 피켓을 든 사람. 종이를 나눠 주는 사람. 외치는 사람. 그들을 가만히 바라보는 행인들이 있다. 무심한 얼굴을 하고 있지만 무표정 아래 미세하게 떠올랐다 사라지는 경멸의 빛.

HTC 협회원 십여 명과 학부모 연합은 중앙계단 앞에 모였다. 죽은 아동의 사진이 담긴 액자와 추모 메시지를 적은 롤링 페이퍼를 들고 있다. 회원들이 돌아가며 글귀를 낭독했다. '얼마나 무섭고 힘들었니?' '지켜주지 못해 미안해.' '절대로 포기하지 않을게.' 몇 개의 방송사에서 그들의 말과 행동, 표정을 카메라에 담았다. HTC 대표가 마이크를 잡고 말했다.

"오늘 친부에 의해 살해된 가현이의 대법원 판결이 있는 날입니다. 이 사건은 아이를 훈계하고 훈육하다가 생긴 사고가 아닙니다. 어떤 아버지가 자신의 딸을 서른두 시간 동안 화장실에 감금하고 때리나요? 가현이의 몸엔 멍과 딱지, 찢긴 상처가 가득했습니다. 장시간 무릎을 꿇어 양쪽 다리에서 혈전증까지 발견됐습니다. 하지만 가해자는 아동 학대치사로 겨우 5년을 받았습니다. 아동 학대치사라뇨? 명백한 살해입니다. 그동안 2심 항소심에서 가해자의 형량을 깎아주는 판결 등으로 피해 아동들은 두 번 울어야 했습니다. 계획된 살인이 아니라고요? 분노를 조절 못 하는 심리적 특성을 고려해야 한다고요? 얼마나 더 많은 아이가 멍들고 피를 흘리고 목숨을 잃어야 이 부조리와 불합리가 사라질 수 있을까요? 얼마나 더 끔찍한 사건이 발생해야 이 나라에 정의가 세워질까요? 더 기다릴 수 없고 더 지체해서도 안 됩니다. 실질적이고 즉각적인 변화가 필요합니다."

미덕이 싫다. 선행도 봉사활동도 봉사활동하는 사람들도 다 싫다. 카메라 앞에서 미소 짓고 눈물 흘리는 그들의 마음을 도저히 순수하게만 볼 수 없다. 머리에 두르고 있는 수건도 들고 있는 피켓도 다 싫다. 그들은 자신의 고생보다 훨씬 더 많은 만족감을 보상으로 받는다. 그 사람들 곁에서 그들을 추켜세우는 것도 싫고 그 앞에 손사래를 치며 겸손을 떠는 모습도 싫다. 유희진은 취재 차량 뒤에 서서 시위 현장을 바라봤다. 그들 곁에 서서 함께 외치고 싶은 마음과 그들의 입을 막고 팔을 끌어 시위를 끝내고 싶은 마음이 동시에 들었다. 이길 수 없는 싸움을 계속하는 것. 수취인불명 딱지를 받고 되돌아올 편지를 계속 쓰는 것. 텅 빈 객석을 향해 부르는 노래. 이제는 이런 일을 숭고하다고 말하고 싶지 않았다. 덧없는 말은 덧

없는 말. 무의미한 건 무의미할 뿐. 다른 무엇이 되지 않는다. 바위 옆에 무수히 깨진 계란들. 조금의 변화도 이끌어내지 못한 채 상한 냄새로만 남은 부서짐과 무너짐. 카메라 앵글 바깥에 익숙한 얼굴들이 보였다. 황 피디와 서지우가 카메라를 든 신입 에프디와 함께 대화를 나누고 있었다. 박기정은 짐벌을 들고 대법원 주변을 돌며 집회 현장과 취재 분위기를 영상에 담고 있었다. 무리 왼쪽 맨 끝, 카멜색 야상을 입은 장선기가 서 있었다. 그는 피켓을 들고 무표정하게 정면을 응시하고 있었다. 카메라와 사람들 너머 허공과 도로에 시선이 고정되어 있었지만 눈동자는 공허하게 비어 있었다. '아동 학대 NO' 유희진은 피켓에 적힌 문장을 중얼거리며 목도리를 끌어올려 입과 코를 가렸다.

취재는 금방 끝났다. 몇 시간 뒤 판결이 나오년 나시 오겠다는 방송사도 있었지만 대부분의 카메라는 철수됐고 기자들도 마이크를 정리했다. 내내 경직된 모습으로 포즈를 취하던 협회 회원들도 자세를 풀고 편하게 움직였다. 텀블러에 담아온 둥굴레차를 나눠 마셨고 차게 식은 토스트와 김밥을 먹었다. HTC 대표는 기획기사를 쓰고 싶다는 시사잡지사 기자와 인터뷰를 했다. 황 피디는 자신의 휴대전화 화면을 보여주며 HTC 주임과 대화를 나눴고 서지우는 둥글게 선 학부모연합 회원들 사이로 들어가 차를 마셨다. 유희진은 황 피디와 서지우에게 바로 다가가지 않고 바뀐 기류가 무엇일지 생각했다. 취재 목적이 김민수라고 했지. 협회원들이 그 사람에 대해 언급하기를 꺼리는 걸 알고 있는 상황에서 단도직입적으로 묻지는 못할 텐데 무슨 생각인 걸까. 아무리 며칠 잠수를 탔다고 해도 그 짧은 시간에, 그것도 휴가 기간이었는데, 황 피디와 메인작가 사이에 무슨 이야기가 오고 갔길래 팀이 갑자기 이렇게 흘러가는 걸까. '야마가 안 나온다.' '방향이 꼬인다.' '시청자들 난리 난다.' 그렇게 말했던 황 피디가 느닷없이 김민수에게 집중하는 이유가 뭘까. '사적 제재를 옹호하는 거예요?' 서지우의 질문이 귓가에서 떠나질 않는다. 유희진은 짧게 한숨을 내쉬며 대법원 건물을 바라봤다.

"작가님."

누군가가 등 뒤에서 부르는 소리를 듣고 유희진은 호흡을 참았다. 목소리를 듣자마자 은총원에서의 기억이 떠올랐고 곧바로 위압감이 느껴진 것이다. 하지만 침착함을 유지한 채 천천히 고개를 돌렸다. 박기정이 미소를 입에 걸고 스타벅스 커피를 든 손을 내밀고 있었다. 유희진은 커피를 받아들고 감사합니다, 라고 인사했다. 박기정은 잠시 유희진을 바라본 뒤 고개를 살짝 숙이고 별다른 말 없이 황 피디가 있는 쪽으로 걸어갔다. 박기정은 황 피디를 향해 손을 흔들었다. 황 피디는 박기정을 봤고 자연스럽게 뒤에 있는 유희진을 발견했다. 황 피디는 유희진과 눈짓으로 아는 척을 했고 박기정과는 반갑게 인사했다.

대법원은 이례적인 판결을 내렸다. 아동 학대를 적용해 5년을 선고했던 2심을 깨고 아동 학대 살해죄를 적용해 20년을 선고한 것이다. 그동안 학대로 아동이 죽었을 때 살해죄가 적용되지 않았던 가장 큰 이유는 의도성의 유무였다. 과정 속에 학대가 있고 그 결과로 아동이 죽음에 이르렀다고 하더라도 부모가 자기 자식에게 죽이겠다는 의도와 의지를 갖지는 않았으리라는 판단이 지배적이었다. 법정에서 부모들은 눈물을 쏟으며 '죽을 줄 몰랐다'고 주장했고 그 말은 대부분 받아들여졌다. 하지만 이번엔 달랐다. '죽이겠다'는 의지는 없었을지라도 '죽어도 상관없다'는 미필적 고의가 있다고 판단한 것이다. 소식을 들은 HTC 회원들은 서로를 부둥켜안고 기쁨의 눈물을 흘렸다. 학부모연합 역시 아이들의 사진을 끌어안고 눈을 꼭 감았다. HTC 대표는 카메라 앞에 서서 말했다.

"감사합니다. 그동안…… 오늘 대법원의 판결이 우리 모두에게 큰 위로가 되었습니다. 앞으로도 최근 발생한 승빈이 사건부터 아동 학대 관련 사건들이 많이 기다리고 있습니다. 잊지 말고 끝까지 기억하고 지켜봐주세요."

 여느 때처럼 서지우를 만나 수다를 떨었다. 피곤하다. 힘들다. 죽겠다. 바쁘다. 정신없다. 늘 하던 말이 오갔지만 김민수와 관련된 이야기, 그 아이템으로 뭘 어떻게 하려는 것인지는 끝내 말하지 않았다. 황 피디와 양 작가님 생각은 뭐냐고 물어도 서지우는 모르겠다고 얼버무렸다. 황 피디와도 짧게 이야기를 주고받았다. 여길 왜 왔느냐고. 유희진에게 묻곤 그 이후로 별말이 없었다. 평소였다면 듣기 싫어도 알아서 줄줄 새어 나왔을 말을 어째서인지 꽉 걸어 잠그고 있었다. 지금까지는 팀이었지만 앞으로는 팀이 아니므로 지금부터 아이템 이야기는 더는 공유하지 않겠다, 라는 무언의 메시지. 유희진은 고립감을 느꼈다. 정보에서 배제되고 팀에서 떠밀렸다. 김민수에게 보이는 관심. 김민수를 중심에 놓고 만들어갈 이야기. 그것의 장르와 분위기는 무엇일지 궁금했다. 동시에 그것에 관심을 갖는 자신의 마음도 궁금했다. 〈진탐〉과 계속 한 팀이 되고 싶은 걸까? 아니다. 그렇다면 취재를 방해하고 싶은 걸까? 그건 모르겠다. 그걸 왜 모르겠는지도 모르겠고 복잡하다. 정말로 그동안의 추측이 맞다면 김민수는 안인수를 죽였을 것이다. 죽이지 않았다면 어딘가에 은밀히 감금하고 어떻게 할지 고민하고 있겠지. 안인수 집에 갔던 그날. 시동을 걸기 전 누군가 차 문을 노크했다. 창문을 내렸다. 김하은이었다. 차문을 열고 내리려는데 김하은이 차 문을 몸으로 밀며 말했다.

"내리지 마세요. 그냥 이것만 받으세요."

쇼핑백을 받아 안을 확인하고 조수석에 놓았다. 까만 가죽 커버의 책이 세 권 들어 있었다. 두툼했고 무거웠다.

"이게 뭐야?"

"그 사람이 쓴 성경이에요."

한 권을 꺼내 살짝 들춰봤다. 검은색 볼펜으로 꾹꾹 눌러 쓴 작은 글씨가 여백 없이 빼곡히 적혀 있었다.

"손글씨로 필사한 거야?"

"아니에요. 자기가 쓴 거예요. 그 사람 감옥 갔을 때 잘 간수하라고 제게 맡겼는데요. 싫었어요. 무서웠고. 찾는데…… 혹시 도움이 될까 싶어서."

"걱정되니?"

김하은은 고개를 끄덕이며 말했다.

"다시 집에 돌아올까 봐."

함정 203

성경은 〈인수기〉였다. 처음엔 민수기를 잘못 읽었나 싶었는데 안인수가 자기 이름을 제목으로 지었다는 것을 깨닫고 징그러운 기분 속에 헛웃음이 나왔다. "내가 선지자 인수를 패역한 백성, 나를 부정하는 교만한 자에게 보내노라. 이제 내가 그 수치를 악한 자들 앞에 드러내리니 저를 내 손에서 건져낼 사람이 없느니라." "그날에 내가 백성들을 유황불에 던지리라." 형식적으로는 유사했다. 성경 특유의 어법과 문체를 사용했고 장과 절로 이루어져 있었다. 선지자 인수가 도덕적으로 타락하고 불의한 세계를 향해 꾸짖고 심판을 선언하는 것이 주된 내용이었다. 시편처럼 자신의 마음을 토로하고 기도하는 문장도 있었고 묵시록처럼 환상적이고 난해한 것도 있었다. "여호와여 저들을 진멸하소서 내 마음이 괴로움으로 곧 죽겠사오니 원수의 손에서 나를 건지소서." "주의 사자가 불덩이를 들어 그들의 집과 차와 자녀들에게 쏟으매 번개와 지진이 일어나고 땅이 입을 벌려 음란한 육신을 집어 삼키더라." 다시 돌아올까 봐 걱정된다는 김하은의 말은 한동안 마음에서 떠나지 않았었다. 어쩌면 나는 서지우의 말대로 미결된 안인수의 처벌이 완성되길 바라는 마음일지도 모르겠다. 그것이 사적인 복수라도? 생각이 어두워지고 바닥까지 내려갔을 때 유희진은 충격을 받았다. 윤리

의식과 모종의 정의감이 뒤섞였는데 그것이 무엇이 되었는지 스스로도 분간할 수 없었다. 유희진은 박기정이 준 커피의 플라스틱 뚜껑을 열었다. 휘핑크림 위로 벌집 모양의 캐러멜이 서서히 녹고 있었다. 뚜껑을 다시 닫고 커피를 화단 위에 올렸다. 그 순간 장선기와 눈이 마주쳤다. 유희진이 그러하듯 장선기 역시 무리에 한발 떨어져 주변을 살피고 있었다. 원하는 바를 이루어 기뻐하며 서로를 위로하는 공동체의 훈훈한 분위기 바깥에서 무덤덤한 태도를 취한 채. 경계에 선 자는 경계 안쪽으로 들어갈 수도 있고 바깥으로 나갈 수도 있다. 유희진은 장선기를 향해 걸어갔다.

유희진과 장선기는 화장실 옆 쉼터 의자에 앉았다. 붉은 글씨로 '금연'이라고 쓴 스티커가 벽에 붙어 있지만 바닥에 담배꽁초가 널려 있었다. 둘은 인사를 주고받은 뒤 별다른 이야깃거리를 찾지 못했다. 이상했다. 불편하지 않고 어색하지도 않았는데 적절한 질문을 찾는 것이 어려웠다. 유희진이 말했다.

"뭐라고 말해야 할지 모르겠어요. 축하드려요, 라고 말하고 싶은데 적당한 표현 같지는 않고."

장선기는 적당한 표현이 무엇일지 생각하는 표정으로

잠시 뜸을 들이다가 답했다.

"잘됐죠. 잘된 일이에요. 협회 사람들 다들 고생하는데 간만에 웃는 모습 보기 좋네요."

"회원 아니세요? 웃는 얼굴이 아닌데?"

장선기는 눈썹을 살짝 들어 올리며 입꼬리를 끌어당겨 장난스럽게 웃는 표정을 지으며 답했다.

"기쁩니다. 허탈하기도 하고요."

장선기의 눈썹과 입꼬리가 원래 있던 자리로 되돌아갔다.

"그런데 이런 일에 기뻐야 한다는 것이…… 이상하군요."

장선기는 들고 있던 피켓을 의자 옆에 세워놓고 허공에서 손을 씻듯 두 손을 비비며 말을 이었다.

"받아야 할 것을 받고 감사할 수는 없어요. 당연한 것으로 기뻐할 수도 없고. 원래 내 것이기에 돌려받은 것뿐인데 준 사람에게 고마운 마음을 갖는 것 같아 기분이 썩 좋지는 않습니다."

"하지만 그걸 위해 노력한 것 아닌가요?"

"노력했죠. 안 주니까요. 달라고 해도 안 주고. 곧 준다 해놓고 안 주고. 그래서 겨우 받았어요. 그렇다고 고마운 건 아닙니다. 더 빨리 받아야 했고 다 받지도 않았어요."

비유겠지만 판결과 형량을 자꾸 물건을 거래하는 것처

럼 말하는 것이 유희진은 불편했다. 제일 좋은 방법은 마음대로 할 수 있도록 피해자에게 가해자를 넘겨주는 것이라고 했던 장선기의 말까지 떠올라 기분이 묘했다.

"더 받아야 할 게 뭐가 있나요. 더 강한 처벌?"

"누군가의 오늘을 파괴하고 내일을 앗아갔다면, 심지어 생명까지 빼앗았다면, 큰 빚을 진 셈이죠. 그것이 돈이나 물질 같은 거였다면 원금뿐만 아니라 이자까지 쳐서 갚아야 할 겁니다. 그런데 아이들은 받을 수가 없습니다. 아직 어리고 계산에 어둡죠. 죽어서 받을 수 없는 아이들도 있고요. 고작 이 정도 판결에 눈물 흘리고 박수 칠 순 없어요."

찬바람에 붉게 언 장선기의 얼굴 위로 햇빛이 지나갔다. 눈이 부셨을 텐데 장선기는 눈꺼풀을 깜박이지 않았다. 진갈색 홍채가 투명하게 비쳐 보였다.

"그렇지 않아도 장선기 씨 만나면 물어보고 싶은 게 있었는데요."

뭐죠? 하는 눈으로 장선기는 유희진을 바라봤다. 유희진은 최근 박기정과 관련된 몇 개의 일화를 이야기했다. 요양원에서 우연히 만난 것과 김민수에게 관심을 갖지 말라고 경고했던 것. 〈진탐〉 팀과 필요 이상으로 가깝게 지내려 하고 자신에 관해 많은 것을 알고 있는 것이 지나치게 느껴진다고 했다. 장선기는 유희진의 말을 듣는 동안 음, 그렇군요, 그랬군요, 라고 추임새를 넣었을 뿐 별다른 말을 하지 않았다.

"다른 것보다 김민수 씨에게 관심을 갖지 말라는 말을 어떻게 받아들여야 할지 모르겠어요."

"기정이 딴으로는 자기가 아는 사람이, 나름대로 옳은 일을 했다고 생각하는 사람이, 오해를 받고 위험에 처하는 것이 싫었던 것 같습니다. 보육원 생활을 했던 기정이는 어느 순간 자신이 맹목적으로 따랐던 모든 규율과 방침들이 심지어 정의와 윤리라고 하는 가치의 문제까지도 사실은 따를 만한 것이 아니었다는 일종의 각성이 있었습니다. 그 후론 법과 제도, 윤리와 도덕 같은 것을 불신하게 됐고요. 그 과정 중 거칠고 즉흥적인 면이 종종 보이곤 합니다. 기정이가 저를 선생님이라고 부르긴 합니다만 제 말을 듣지 않은 지 오래됐어요. 그 애도 이제 성인이니까요. 이해는 합니다. '하지 마라', '그러지 마라', '그렇게 하면 안 된다' 하는 잔소리를 더는 듣고 싶지 않겠죠."

거칠고 즉흥적인. 유희진은 은총원에서의 박기정이 떠올랐고 엄습하는 불안과 불쾌감을 보이지 않으려 입술을 꾹 다물었다. 뒤에서 자신을 따라와 어깨를 만졌던 것과 아무 말이나 쉴 새 없이 떠들다가 느닷없이 협박을 했던 것. 당신의 행동 때문에 내가 두렵고 불안하다는 것을 보여줬음에도 쿵쿵 차창을 두드렸던 것까지 고스란히 생각났다.

"장선기 씨는 모르셨어요?"

"몰랐습니다. 기정이가 말해주지 않았어요."

장선기는 바닥을 보며 대답했다. 사실일까? 거짓일까? 그날 이후로 유희진은 박기정의 SNS에 자주 접속했다. 그가 어떤 사람인지 살피기 시작했다. 위험하다. 두렵다. 경고하는 직관에 마냥 휘둘리고 싶지 않았고 이성적으로 논리적으로 이 불쾌감을 확인하고 싶었다. 이유를 알아야 했다. 자신에게 그렇게 한 행동의 의미를 이해해야 했다. 그가 운영하는 유튜브도 다 봤다. 그가 자신의 경험과 이야기를 팔며 만들어내는 콘텐츠들. '힘들었지만 지금은 이렇게 잘 지내고 있다', '죽고 싶어도 살자', '그래도 살아야 한다' 류의 메시지를 전하며 동기를 부여하는 영상을 주로 업로드했다. 그는 아동 학대에 분개했고 부모로부터 제대로 된 사랑을 받지 못하는 아이들에게 관심이 많은 청년이었다. 특히 사법 시스템을 향한 분노와 불신이 컸다. 범죄자의 죄를 판단하고 형량을 내릴 때 범죄율과 재범율, 교화 가능성을 따지는 것 자체가 가해자 중심적이라며 지금부터라도 온전히 피해자 중심의 강력한 대책이 필요하다는 것에 목소리를 높였다. 유희진은 그의 주장을 들을 때 묘한 기시감이 느껴졌는데 장선기와 대화하며 알게 됐다. 박기정의 생각은 장선기의 생각에 영향받았다는 것을. 처음엔 박기정이 김민수를 보호하려 한다고 생각했다. 범인이든 아니든 그를 의심하지 말라는 단순한 경고겠지. 하지만 그렇다고 하기에 박기정은 스스로 김민수 이야기를 많이 했다. 서지우가 김민수에 관해 알고 있는 정보의 상당 부분이 박기정이 준 것이다. 뿐만 아니라 갑자기 황 피디가 김민수에게 관심을 갖게 된 것도 분명 박기정과 연관되어 있을 것이다. 황 피디와 서지우에게는 없지만 내게 있는 것. 반대로 그들에게는 있지만 내게 없는 것. 그게 뭘까? 알 수는 없지만 불온한 무엇일 것이다.

"김민수 씨가 박기정 씨와 아는 사람일 수는 있지만 옳은 일을 한 사람은 아니에요. 조만간 수사가 시작될 거예요. 혐의도 있고 동기도 있고…… 혹시 알고 계셨어요?"

장선기는 두 손으로 뺨을 만지며 고개를 저었다.

"저번에도 말씀드렸지만 김민수가 그랬을 리 없습니다. 그럴 수 있는 사람이 아니에요. 제가 아는 건 그게 다입니다. 이제 일어나봐야겠어요."

장선기는 김민수를 잘 아는 것처럼 말했다.

"사무실 가세요? 이따 오후에 〈진탐〉에서 박기정 씨와 HTC를 취재하는 것 같던데. 무슨 일로 만나는지 혹시 아세요?"

"글쎄요. 오후엔 약국에 들어가봐야 해서 사무실에 들르지 않아요. 그리고 기정이는 아닐 겁니다. 저를 데려다주기로 했거든요."

인사를 나누고 헤어지기 전 장선기는 말했다.

"기정이는 관심이 고픈 애입니다. 왜인지는 모르겠지만 작가님을 찾아갔고 문을 두드리고 있네요. 이런 아이들은 잘 달래서 돌려보내야 해요. 혼내서도 안아줘서도 안 됩니다. 제가 잘 타일러볼 테니 걱정하지 마세요."

장선기는 말을 멈추고 바닥의 꽁초 몇 개를 발끝으로 쓸어 쓰레기통 곁에 모았다.

"많이 바쁘실 텐데 기정이도 김민수도 더는 신경 쓰지 마세요."

유희진은 운전석에 앉아 서지우의 문자에 뭐라고 답해야 할지 고민했다. HTC 사무실에 같이 가자는 요청에 알겠다고도, 싫다고도, 답할 수 없었다. 김민수와 관련된 아이템이 어떻게 진행되는지 궁금했지만 노골적으로 팀에서 배제하는 분위기를 모른 척할 순 없었다. 목구멍에 작고 뾰족한 무언가가 걸린 듯한 느낌이었다. 기침해도 튀어나오지 않았고 물을 마셔도 내려가지 않았다. 딱 거기서 계속 이물감이 느껴졌다. 그때 장선기와 박기정이 주차장에 들어오는 것을 발견했다. 장선기가 앞섰고 한 걸음 뒤 박기정이 따라오고 있었다. 장선기에게 박기정 이야기를 들은 적 있고 박기정에게 장선기 씨 이야기를 들은 적이 있지만 둘이 함께 있는 것을 본 적은 없었다. 분위기가 기묘했다. 장선기와 함께 있는 박기정은 장선기의 표현대로 애 같았다. 어른에게 혼난 뒤 잔뜩 주눅이 들어 자꾸 눈치를 보는 약한 아이. 장선기는 걷다가 걸음을 멈추고 박기정을 쳐다봤다. 차가운 표정과 굳게 다문 입술. 정색하는 얼굴을 박기정은 제대로 쳐다보지 못했다. 둘을 태운 검은색 소형 세단이 주차장을 빠져나갔다. 유희진은 시동을 걸었다.

14

 앞차가 속도를 늦추면 브레이크를 밟고 가속을 하면 속도를 높였다. 좌회전을 하면 좌회전을 했고 차선을 바꾸면 차선을 변경했다. 따라가야겠다고 생각한 건 아니고 뭘 어떻게 하겠다는 의지나 목표가 있는 것도 아니었다. 그냥 자신도 모르게 앞차를 따라가고 있었다. 의지가 행동을 이끄는 것이 아니라 행동이 앞서 나가며 감춰진 의도와 마음을 끄집어내는 것 같았다. 앞차가 내곡IC를 지나고 도시고속도로에 진입할 때 유희진은 지금 상황을 이성적으로 따져보기 시작했다. 박기정을 따라가고 있다. 보기에 따라 미행일 수 있고 추격일 수도 있다. 이런 자신의 모습이 이상하다고 느끼면서도 그만둬야겠다는 생각이 들지 않는 게 더 이상했다. 장선기에게 물었다. 박기정이

요양병원에 아는 분이 있다고 하던데 혹시 아시는 분이냐고. 장선기는 고개를 저으며 답했다. 기정이에게 그런 이야기를 들은 적 없다고. 앞차는 2차선을 타고 일정한 속도로 주행했다. 유희진은 앞차에 집중하면서 요양병원의 이미숙에게 전화를 걸었다. 전화가 끊어질 때쯤 목소리가 들렸다. 이미숙은 자신이 지금 얼마나 바쁜지 푸념을 늘어놓고 정신이 없고 힘들다는 말을 했다. 유희진은 끈질긴 인내심으로 그 말을 다 들었다.

"그런데 무슨 일?"

"저번 주 제가 면회갔을 때 병원에 있던 젊은 남자 혹시 기억하세요? 이름은 박기정인데."

"그렇게 말하면 모르지. 병원에 사람이 얼마나."

아, 이미숙은 무엇인가 생각났다며 혼잣말을 중얼거리다가 말을 이었다.

"누군지 알 것 같은데. 그날 면회 온 사람 중에 특이하네, 라고 생각했던 사람이 있었어."

"자주 오는 사람이에요?"

"자주는 아니고 두 번? 세 번? 정확히는 기억 안 나지."

"면회를 했어요?"

"했지. 내가 안내까지 해줬는데."

"특이하다는 것은요?"

"그날이었나? 이상한 질문을 했었어. 말을 하지 못하는 사람의 말을 듣기 위한 방법이 있느냐고 물었던가. 대화가 가능하느냐고 물었던가."

"누군지 알 수 있을까요? 그 남자가 면회한 사람."

"있겠지. 신청서에 이름을 썼으니까. 그런데 왜? 그나저나 대화 엄청 묘하네. 그 남자 누군데? 자기랑 무슨 일 있어?"

"아니에요. 그저 알아보는 중이었어요. 나중에 이야기해 드릴 테니까 그냥 좀 알려주세요. 만난 사람이 누군지."

"자기도 아는 사람인데?"

이미숙은 뜸을 들였다. 핸들을 쥔 유희진의 손바닥에 땀이 고이기 시작했다. 앞차가 오른쪽 깜박이를 켜고 차선을 옮겼다. 유희진도 차선을 바꿨다. 하지만 주유트럭도. 차선을 바꾸면서 박기정의 차와 유희진의 차 사이로 아슬아슬하게 끼어들었다. 거대한 주유탱크가 시야를 가려 번호판 외에는 볼 수 있는 것이 없었다. 유희진은 다시 2차선으로 차선을 바꿨고 페달을 밟아 가속을 했다. 트럭 바로 앞에 박기정의 차가 있었다. 하지만 차와 차 사이의 간격이 너무 좁아 그 사이를 파고들기는 어려웠다. 유희진은 트럭 옆에 바짝 붙어 오른쪽 깜박이를 켜고 무리해서 좁은 틈으로 끼어들었다. 순간 트럭이 신경질적으로 클랙슨을 울렸다. 대형차에서 울리는 커다란 경고음에 유희진은 깜짝 놀랐지만 그보다 놀란 건 박기정이 백미러로 뒤를 쳐다봤을 수도 있다는 가능성 때문이었다. 하지만 선팅이 진한 창은 내부에서 무슨 일이 일어나고 있는지를 전혀 보여주지 않았다. 이미숙이 3초만 늦게 대답했어도 유희진은 소리를 질렀을 것이다. 목구멍에 뜨겁고 날카로운 것이 탁 걸려 재채기가 나오려는 듯 간지러웠다. 이미숙이 장난기 있는 목소리로 말했다.
"자기 엄마."

차가 횡성 톨게이트를 통과했다. 정오가 막 지났을 뿐인데 창밖은 초저녁처럼 어두컴컴했다. 눈구름이 하늘을 덮었고 강한 바람이 불기 시작했다. 유희진은 생각이 복잡해졌다. 충동적으로 박기정을 따라왔다. 놓치지 않겠다는 생각에만 몰두했는데 막상 이곳에 도착하고 보니 두려움이 밀려왔다. 그래. 놓치지 않고 잘 따라왔어. 그래서 이제 뭘 어떻게 하겠다는 거지? 자문했을 때 답할 수 없었다. 직관은 무작정 따라가라고 말했다. 하지만 '왜?'라는 질문에는 침묵했다. 확인하고 싶은 게 있는 걸까? 나는 박기정에게 무엇을 의심하는 걸까? 직접 물어봐야 하는 걸까? 아니면 두 눈으로 확인해야 하는 걸까? 확인이라고? 무엇을? 앞차는 착실하게 차선을 지키고 신호를 준수하며 느리게 시내를 주행했다. 유희진은 앞차와 적당한 거리를 유지하면서도 의심을 피하기 위해 한두 대의 차를 사이에 놓고 조심스럽게 따라갔다. 왼쪽에 보이는 섬강. 조금만 더 가면 약국이 나올 것이다. 유희진은 일부러 앞차를 추월하고 속도를 높여 앞서 나갔다. 약국을 지나쳤지만 멀리서도 사이드미러로 약국을 볼 수 있는 곳에 주차했다. 박기정의 차는 약국 앞에 멈춰 섰다. 차에서 내린 장선기는 뒤를 돌아보지 않고 곧바로 약국으로 걸어갔다. 차는 다시 움직였다. 장선기가 말한 그대로였다. 박기정은 장선기를 횡성에 있는 약국까지 데려다줬다. 곁길로 새지 않았고 휴게소에서 쉬지도 않았다. 엄청난 것을 예상한 건 아니었고 박기정이나 장선기가 거짓말을 하고 있다고 의심한 것도 아니었는데 특별한 일이 일어나지 않았다는 것에 유희진은 초조함을 느꼈다. 박기정이 요양병원에서 만나려고 했던 사람은 정확히 누구일까. 엄마일까? 엄마를 보러 온 나일까? 둘 중 누구라도 이상했다. 도대체 왜? 어떤 이유도 예상할 수 없었다. 소름이 돋고 호흡이 빨라졌다. 목도리를 풀어 옆 좌석에 놓고 의식적으로 들숨과 날숨에 신경을 썼다. 그동안 박기정은 계속 나를 지켜보고 있었다. 내 엄마가 어디에 있는지 안다.

내가 엄마를 보러 간 것도 안다. 엄마가 왜 거기에 있는지도 알고 있을까? 엄마가 어떻게 다쳤는지도? 유희진은 글러브 박스를 열어 핸드크림을 꺼냈다. 손을 비벼 천천히 크림을 바르며 날 선 신경이 가라앉기를 기다렸다. 향긋한 냄새가 유희진의 들뜬 마음을 눌러주는 듯했다. 유희진은 천천히 숨을 내쉰 뒤 액셀을 밟았다.

앞차는 좌회전하지 않고 오른쪽 길로 들어갔다. 유희진은 표지판이 지시하는 길을 확인했다. 태기로 19번길. 멍하게 앞차의 뒷모습만 보고 있던 유희진은 자세를 고쳐 앉았다. 왔던 길로 되돌아갈 거라고 생각했다. 횡성 톨게이트를 통과하고 다시 서울로. 그런데 아니다. 유희진은 눈을 가늘게 뜨고 두 손으로 핸들을 단단히 쥐었다. 두 대의 차는 일정한 간격을 유지한 채 고요히 주행했다. 횡성호를 가르는 다리를 건너고 갑천에 접어들었을 때 진눈깨비가 내리기 시작했다. 높이 솟은 봉우리와 가파른 골짜기 사이로 난 길은 점점 더 좁아지고 구불구불해졌다. 오고 가는 차가 적고 행인은 보이지 않았다. 높은 산을 넘은 바람은 강해졌다. 점점이 내리던 진눈깨비가 굵어졌고 양도 많아졌다. 아직 눈이 되지 못한 차고 무거운 비가 투두둑, 소리를 내며 창에 닿았다. 강풍에 실려 앞

유리로 달려드는 얼음 알갱이는 유리에 부딪히자마자 녹아내렸다. 진눈깨비는 곧 눈송이로 변했고 눈보라가 되어 사방에서 몰아쳤다. 날개가 다 젖은 겨울 벌레들이 유리에 부딪혀 부서지며 짓이겨지는 것 같았다. 구름과 안개, 눈과 비는 주변 풍경을 하얗게 바꿨다. 시선이 닿는 모든 곳이 불투명 유리 너머의 풍경 같았다. 바닥에 쌓인 눈에 중앙선이 지워졌고 차도와 인도를 구분하는 경계도 사라졌다. 갑자기 악화되는 기상 상황에 두려움을 느낀 유희진은 핸들 쪽으로 몸을 붙이고 눈을 크게 뜬 채 정면을 주시했다. 와이퍼를 3단으로 작동해도 시야가 제대로 확보되지 않았다. 앞차가 만들어놓은 두 줄의 타이어 자국이 전방이 도로라는 것을 알려줬고 이따금 깜빡깜빡 나타났다 사라지는 붉은 브레이크등만이 박기정과 유희진 사이의 거리를 가늠케 했다.

두 갈래 길. 오른쪽으로 가면 영동고속도로가 나오고 왼쪽은 둔내 신대리 방면이었다. 앞차는 좌회전을 했다. 둔내 신대리. 유희진은 설명할 수 없는 공포를 느꼈고 브레이크를 밟고 멈춰 섰다. 신대리로 향하는 좁은 도로 소실점 끝에 높고 뾰족한 산이 있었고 그 정상에 커다란 풍력 발전 터빈이 돌고 있었다. 산허리를 감싸며 흐르는 운무 속에 선 그것은 거대한 공룡 같았다. 앞차는 서서히 속도를 줄이더니 길 한복판에 멈췄다. 뒤차에서 쏘는 두 개의 헤드라이트 불빛이 앞차의 브레이크등을 비추고 있었다. 마침내 유희진은 깨달았다. 자신이 박기정을 따라가고 있는 것이 아니라 박기정이 자신을 끌고 가고 있었다는 것을. 그동안 자기가 거리를 유지하고 있다고 생각했는데 아니었다. 박기정이 거리를 유지하고 있었던 거다. 유희진은 사이드미러와 룸미러로 뒤를 주시하고 있을 박기정의 눈동자를 느꼈다. 함정을 파고 구멍 속에 숨어 개미가 굴러떨어지기를 기다리며 날카로운 아가리를 벌리고 있는 음흉한 개미지옥 한 마리. 요양병원에서의 일은 우연이 아니었다. 유희진은 곧바로 유턴을 했고 횡성 방향을 향해 속도를 높였다.

유희진은 가쁜 숨을 몰아쉬며 희망약국의 문을 열고 들어갔다. 박기정이. 박기정이. 유희진은 말을 뱉으려 했지만 터지는 숨이 말을 잡아챘다. 유희진은 막처럼 입술을 가로막는 질긴 숨을 찢어내며 말하고 또 말했다.

"박기정이에요. 실종된 사람들. 분명 박기정과 연관 있어요. 얼마 전 요양원에 찾아온 것도, 방금 저를 미행한 것도 우연이 아니었어요. 제가 김민수에게 관심을 보이니까 해하려고 하는 거예요. 김민수는 아니에요. 공범일 수는 있지만 김민수 단독 범행은 절대 아니에요. 박기정이에요. 박기정이라고요."

유희진은 이렇게 말했지만 입 밖으로 빠져나온 말은 부서져 있었다. 장선기에게 그 말은 기침과 울음, 공황에 빠진 사람이 겁에 질려 횡설수설하는 것과 다르지 않아 보였다. 박기정. 우연. 미행. 김민수. 절대. 단어로만 던져진 말은 이어붙이기 쉽지 않았다. 장선기는 재고 정리를 하다 말고 비닐봉지를 들고 급히 달려와 유희진의 입과 코에 댔다. 내뱉은 이산화탄소를 다시 흡입한 유희진의 호흡이 조금씩 정상으로 돌아왔다. 장선기는 등받이 쿠션을 유희진에게 내밀었다. 유희진은 쿠션을 두 손으로 잡고 배로 끌어당긴 뒤 둥글게 몸을 웅크리며 떨었다. 장선기는 약국 문을 닫고 '잠시 부재중입니다' 푯말을 손잡이에 걸었다. 유희진의 시선에 맞게 한쪽 무릎을 꿇고 앉아 놀란 아이에게 하듯 작고 다정한 소리로 반복적으로 말했다.

"괜찮아요. 안심해요."

장선기는 조각난 말들을 하나의 그림이 되도록 맞춰 봤다. '범인은 김민수가 아닌 박기정이다. 박기정은 그것을 알고 조사하는 유희진을 위협했고 오늘은 미행까지 했다.' 장선기는 유희진의 호흡이 점차 안정되는 것을 살피며 조심스럽게 물었다. 자신은 박기정의 차를 타고 여기까지 왔고 오는 동안 이상한 점은 느끼지 못했다. 미행은 몰래 따라간다는 뜻인데 이 경우 미행한 쪽은 작가님 같다. 그런데도 미행을 당했다고 생각한 이유는 무엇인지. 그동안 애써 누르고 있던 장선기에 대한 의심이 솟구쳤다. 이자도 박기정과 알고 지내는 사람이지 않나. 아니, 지금의 박기정을 만든 사람이라고 해도 과언이 아니지. 이 사람과 박기정이 연결되어 있다면? 나는 함정에 제 발로 걸어온 것이다. 하지만 장선기가 한 말은 논리적으로 틀리지 않았다. 문자 그대로만 따진다면 자신의 주장에 모순이 있다는 것을 안다. 그런데도 유희진은 확신했다. 박기정이 유인한 것이다. 내가 따라오고 있다는 것을 인지한 이후부터 따라오기 쉽게 운전했고 나중엔 자신에겐 익숙하겠지만 나에겐 사각인 어딘가로 이끌었다. 장선기의 입장에선 이런 주장이 억측으로 느껴지리라는 것을 안다. 그 느낌을 말이 되게 설명할 수 없다는 것도 안다. 하지만 그건 설명하기 어려울 뿐 분명한 사실의 영역이다. 유희진은 이 상황을 객관적으로 바라보려 애를 썼다. 불안 속에서도 차분해야 한다. 정신을 차려야 한다. 이번엔 그냥 넘어갈 수 없다. 명확히 알아야 한다. 두 눈으로 확인해야 한다.

"제 말 안 믿죠?"

유희진의 말에 장선기는 고개를 저었다.

"그냥 좀. 염려가 될 뿐이에요. 믿고 안 믿고의 문제가 아닙니다."

장선기는 종이컵에 온수를 담아 유희진에게 건넸다. 유희진은 물을 한 모금 마시고 두 손으로 컵을 감싼 채 바닥을 바라봤다. 장선기는 손끝에 묻은 물방울을 손바닥에 비비며 말했다.

"기정이가 작가님께 무례하게 굴었죠. 자기 나름으론 김민수를 지켜보겠다고 멋대로 행동한 것 같은데…… 그러나 작가님을 해하려고 한 건 아닙니다. 위험한 곳에 끌고 가려고 했다는 건 오해하신 거예요."

유희진은 긍정도 부정도 하지 않고 가만히 있었다.

"물어볼까요?"

"하지 마세요."

유희진은 고개를 들어 장선기를 노려보며 날카롭게 말했다. 장선기는 알겠다는 의미로 고개를 끄덕이며 휴대전화를 내려놓았다.

"하지만 아무래도 불안하실 테니."

장선기는 입을 꾹 다물고 생각에 잠긴 듯 벽에 걸린 시계를 한참 바라봤다.

"기정이가 있는 곳에 같이 가볼까요? 어디에 있는지 압니다. 만나서 직접 물어보세요. 저도 옆에 있겠습니다."

15

 바람은 잔잔해졌고 눈송이는 진눈깨비로 변했다. 포장되지 않은 이면도로. 낙후된 마을. 밤처럼 어두컴컴한 늦은 오후의 산속으로 차는 느리게 나아갔다. 유희진은 앞만 바라보는 척했지만 보이는 모든 풍경을 뇌에 새겨 넣듯 눈과 마음에 담았다. 산 중턱에 이따금 민가가 보였지만 사람의 흔적은 거의 느껴지지 않았다. 어쩌다 상섬이 나타나도 창문이 깨져 있거나 간판이 떨어져 있었다. 버스정류장 앞 초록색 플라스틱 의자에 노인 둘이 나란히 앉아 각기 다른 방향으로 고개를 돌려 무엇인가를 바라보고 있었다. 대화도 움직임도 없는 그들. 사람에게 버려진 집처럼 집에게 버려진 사람들. 유희진의 어깨는 긴장으로 바짝 올라갔고 운전대를 잡은 두 손엔 땀이 고였다. 장선기는 손을 올려 유희진의 어깨를 살며시 두드리며 말했다. 놀란 아이를 달래려는 듯 느리고 다정한 음성이었다.

"걱정하지 마세요. 험한 길 아니에요. 이 길로 쭉 가면 두 갈래 길이 나오고요 그때 좌회전하면 돼요."

유희진은 대꾸하지 않았다. 자신을 바라보는 장선기의 시선을 느꼈지만 고개를 돌리지 않고 정면만 봤다. 오른쪽 어깨에 닿은 그의 손이 예민하게 감각됐다. 누구도 믿을 수 없는 마음은 혼란스러웠다. 불안해 보인다며 자기가 운전하겠다고 한 것. 가려는 곳이 네비에 나오지 않는다며 굳이 장소를 알려주지 않는 것까지 다 의심스럽기만 했다. 무엇보다 모르겠는 건 이 불안과 초조 속에서도 기어이 눈으로 확인해야겠다는 자신의 의지였다. 호기심일까. 단순한 오기인 걸까. 이성은 위험을 경고했지만 직관은 그곳으로 가야 한다고 말하고 있었다. 장선기는 조심스럽게 말했다.

"기정이는 작가님이 생각하시는 그런 애가 아닙니다. 보육원 시절. 기정에게 나쁜 짓을 한 어른들이 있었어요. 기정이는 원장에게 이야기했고 나중엔 경찰에 신고했고 담당 공무원에게도 말했어요. 하지만 결국 기정이는 정신이상 소견으로 정신병원에 입원하게 됩니다. 나중에 안 사실이지만 기정이가 만난 어른들은 모두 학연지연으로 연결되어 있었죠. 부모 없는 고아의 호소에 귀 기울여준 정의는 없었던 겁니다. 그 애가 사법 시스템을 불신하는 건 어찌 보면 당연하죠. 저는 그걸 알기에 우려하면서도 지켜보는 것이고요."

"그 이야기를 왜 하시는거죠? 상처 많은 과거가 있으니 협박하고 위협하는 성향이 있더라도 이해하라는 뜻인가요?"

장선기는 어색하게 웃으며 차창을 반쯤 내려 사이드미러에 묻은 물기를 티슈로 닦아냈다. 자신이 필요 이상으로 날카롭게 반응했다는 것을 깨닫고 유희진은 누그러진 목소리로 말을 이었다.

"죄송해요. 제가 지금."

"아니에요. 이해합니다."

장선기는 왼손을 들어 좌회전 하라는 신호를 줬다. 유희진은 잠시 주저했다. 들어가는 길이 하나뿐이었다. 이 길로 들어선다는 건 무엇인가와 마주치면 피할 수 없다는 뜻이며 누군가 뒤에서 쫓아와도 반드시 잡히게 된다는 것이었다. 유희진은 핸들을 왼쪽으로 돌렸다.

빠르게 흘러가는 눈구름 아래 한 무리의 새 떼가 줄지어 날아갔다. 능선 너머 멀리 보이는 다섯 개의 풍력 발전 터빈의 날개가 무겁고 느리게 돌고 있었다. 높은 지대, 움푹 들어간 분지에 자리 잡은 외딴집 한 채. 집을 둘러싸고 담장처럼 빽빽하게 서 있는 커다란 침엽수들. 사람 키보다 높게 쌓인 쪼개진 장작 무더기 곁에 선 커다란 픽업트럭과 박기정의 까만 차 한 대. 장선기의 집이었다. 차에서 내린 집주인은 걱정 말고 들어오세요, 라고 말하는 눈으로 유희진을 봤다. 그런 애가 아니라고? 그런 애가 아닌데 말도 없이 내 허락도 없이 엄마를 몰래 찾아가? 뭐 하러? 뭘 알아내려고? 위험하다. 피해야 해. 저 집에 들어가면 안 돼. 위험을 감지한 심장은 빨리 뛰었고 온갖 나쁜 상상으로 혼란해진 머리는 뜨거웠다. 그러나 여기서 달아난다면, 등을 보이고 고개를 돌리면, 위험과 불안은 점점 몸을 불려 나를 쫓아오겠지. 일상을 사로잡고 밤을 습격하고 꿈까지 침투하겠지. 직접 확인해야 해. 그것이 내 발목을 잡기 전 내가 먼저 그것의 팔목을 붙잡고 비틀어야 해. 유희진은 글러브 박스를 열고 무기가 될 만한 것을 찾았다. 한 손에 들어오는 작은 주먹 드라이버 외에 무거운 것도 날카로운 것도 없었다. 시동을 끄고 차에서 내린 유희진은 미세하게 떨리는 손을 보닛 위에 올렸다. 반쯤 따뜻하고 반쯤은 차가운 녹아가는 얼음 알갱이가 손바닥을 적셨다.

장선기의 집에는 설명하기 어려운 독특한 분위기가 흐르고 있었다. 외관은 허름했는데 내부는 그렇지 않았다. 전자제품은 거의 무광 메탈이었고 가구는 대부분 옹이가 그대로 노출된 원목으로 만든 제품이었다. 빨강이나 파랑 같은 원색은 보이지 않았다. 불필요한 장식이 거의 없었는데 미니멀을 추구한다기보다 실용적인 느낌이 강했다. 거실 중앙을 차지한 커다란 8인용 식탁. 의자는 둘뿐이었다. 식탁이나 책상이라기보다는 무엇인가를 펼쳐놓는 작업대에 가까웠다.

"어서 오세요."

박기정이 과도를 쥔 오른손을 살짝 들어 유희진에게 아는 척을 했다. 그는 주방을 등지고 서서 사과를 깎고 있었다. 장선기는 의자를 빼서 유희진에게 앉기를 권했다. 유희진은 등을 꼿꼿이 펴고 의자 끝에 살짝 걸터앉았다. 박기정은 여덟 조각으로 나눈 사과가 담긴 접시와 차가운 감귤주스를 유희진 앞 탁자에 놓았다. 유희진은 속으로 번져가는 섬뜩한 기분을 애써 누르며 유리잔에 맺힌 물방울을 손으로 감쌌다. 시원하고 축축한 느낌이 압력을 조금 낮추는 듯했다. 유희진은 주스를 두 모금 마신 뒤 박기정에게 물었다.

"알고 있어요. 엄마 만났다는 거. 이유가 뭐죠?"

목소리에 감정이 실리지 않도록 호흡을 고르며 차분하게 말하려 했지만 대답 없이 미소만 짓고 있는 박기정의 얼굴을 보고 있으니 속이 뒤틀렸다.

"병원에서는 몰래 따라왔고 지금은 나를 여기까지 이끌었어요. 왜 그랬냐고요. 대답해보세요."

"천천히 하나씩 물어보세요. 몰래 따라온 건 작가님이시고요. 작가님 어머님은 병문안으로 간 거예요. 병원에 홀로 계시면 외롭잖아요."

말문이 막혔다. 병문안? 외롭다고? 남의 엄마가 외로운 걸 왜 신경 써. 박기정은 불량한 남자애가 젊은 여성에게 농을 걸 때 보일 법한 특유의 허세와 못된 장난기를 숨기지 않으며 실실 웃었다.

그 순간 탁자 위의 자료들이 유희진의 눈에 들어왔다. 포스트잇에 아무렇게나 휘갈겨 여기저기 늘어놓은 낙서들, 어떤 건물의 도면과 작고 좁은 길 하나까지 세밀하게 표시된 A3 크기의 커다란 지도, 그리고 '은총원'이라고 명확하게 적힌 제목 아래 직원과 환자의 사진과 이름이 적힌 명부와 엄마의 추락 사고를 보도한 몇 개의 기사들. 장선기는 탁자에 몸을 기대고 수첩에 무언가를 적고 있었다. 여기저기 흩어져 있는 그의 메모들. 눈동자에 격

자가 들어 있는 걸까. 깨끗하고 정확한 글씨체였다. 둥글고 부드러웠지만 투명한 칸 안에 글자를 넣은 듯한 줄의 행과 연은 박스 안에 집어넣은 듯 정갈했다. 유희진은 자신이 함정에 빠졌다는 것을 알았다. 박기정의 말에 무슨 말이든 받아치고 싶은데 한마디도 나오지 않았다. 그 순간 딱, 소리가 났다. 장선기가 엄지와 중지를 맞부딪쳐 소리를 냈다. 그건 마치 훈련된 개에게 보내는 신호 같았다. 박기정은 순간적으로 표정에서 웃음기를 지우고 태도를 바로 했다.

"기정. 그만. 무례한 짓 하지 마."

크지 않은 음성이었지만 톤과 분위기가 평소와 달랐다. 무겁고 낮지만 기저에 깔린 신경질적인 짜증에 유희진은 모종의 두려움을 느꼈다. 장선기는 겉옷을 벗어 가방 위에 올렸다. 늘 치수가 커다란 야상을 입고 있어 왜소한 사람이라고만 생각했다. 평소 어깨를 안으로 말고 구부정하게 있어 시원찮은 사람이라고 생각했다. 아니었다. 어깨와 팔이 단단했다. 마치 체조 선수 같았다. 불편한 하체는 허약했지만 상체는 강했다. 장선기는 한숨을 길게 내쉬며 문을 열고 방에 들어갔다. 유희진은 열린 문틈으로 흘낏 안을 봤다. 추상화 한 점이 걸려 있었다. 언뜻 보면 까맣게 칠한 먹처럼 보였지만 그 사이 사이 칠해진 붉은 페인트가 피가 뚝뚝 떨어져 그대로 굳은 것 같았다. 풀업바가 있고 바닥에 덤벨이 보였다. 벽면엔 거대한 코르크 보드 위로 쪽지들이 일정한 분류법에 의해 꽂혀 있었다. 미제 사건을 붙들고 있는 수사관의 방 같았다. 유희진은 본능적으로 알았다. 쪽지에 적힌 것들은 알면 안 되는 이름과 숫자, 장소가 적혀 있을 것이다. 탁자의 자료들과 방의 내부까지. 보라고 보여준 것일까. 아니면 이제는 봐도 상관없다는 뜻일까? 왜지? 유희진은 장선기의 태도가 무엇인가 노골적으로 변했다는 것을 느꼈는데 이유와 목적은 예측이 안 됐다. 두려움이 엄습했고 손끝이 떨렸다. 유희진은 호흡을 고르며 주스를 한 모금 마셨다. 잠시 뒤 장선기는 나무 의자를 들고 나왔고 유희진의 맞은편에 앉았다. 유희진은 말했다.

"손을 좀 씻고 싶은데요."

장선기는 몸을 돌려 주방 왼편을 손으로 가리켰다.

휑하다. 화장실 문을 등 뒤로 닫으며 유희진은 생각했다. 이상한 공간이다. 변기도 있고 세면대도 있고 거울도 있는데 필요 이상으로 크다. 푸른 타일을 붙여 만든 둥근 욕조가 있다. 물기 없이 건조한 내부는 낡았지만 꼼꼼하게 관리한 흔적이 있었다. 칫솔 걸이에 나무 칫솔이 걸려 있고 사용하지 않은 비누가 세면대에 놓여 있었다. 벽에 곰팡이나 먼지 같은 것이 없었고 나쁜 냄새도 나지 않았다. 유희진은 물을 틀고 쏟아지는 물줄기를 바라봤다. 그들은 나를 알고 내 과거를 안다. 왜 아는 걸까. 왜 알려는 걸까. 혼란스럽고 두려웠지만 생각은 무거운 추처럼 깊이 가라앉았고 조금씩 중심을 잡고 있었다. 그들? 박기정과 장선기는 한 팀일까? 박기정은 나를 압박했고 이제는 노골적으로 협박하고 있다. 왜일까? 김민수 때문일 것이다. 박기정은 경고했다. 김민수에게 관심을 갖지 말라고. 하지만 〈진탐〉이 김민수로 프로그램을 만들 계획이 있다는 것을 알았겠지. 황 피디가 말했을 테니까. 그런데 왜 나를 위협하는 걸까? 엄마에게 접근하고 뭔가 알고 있다는 듯 나를 협박하고…… 이렇게까지 하는 이유가 뭘까? 네 엄마를 알아. 네 엄마가 병원에 있다는 것도 알아. 그러니까 관심 끄고 닥치라는 걸까? 유희진은 거울을 통해 자신의 모습을 봤다. 입술이 파래졌고 미세하게 턱이 떨렸고 눈빛은 흔들렸다. 유희진은 의지를 담아 거울을 통해 자기 모습을 다잡았다. 함정에 빠졌다는 것을 알았다. 제 발로 들어왔지만 어쩌면 이렇게 반응하도록 자극했을 수도 있다. 돌아갈 길은 없다. 굳게 닫힌 문만 놓여 있다. 뭐가 있는지도 모르고 문을 열 수는 없다. 그러나 이 방법밖에 없으니 문을 열 것이다. 유희진은 쏟아지는 물에 두 손을 천천히 씻었다. 찬기가 떨림과 열기를 서서히 가라앉혔다. 유희진은 손바가지에 물을 조금 담아 뺨과 입 주위를 씻어냈다. '정신을 차릴 거야. 안다고? 뭘 아는데. 아니. 너희들은 몰라.'

"화장실이 크네요."

의자에 앉은 유희진은 물기가 남은 손을 매만지며 장선기를 봤다. 장선기는 선선히 고개를 끄덕이며 답했다.

"다리가 불편해서 자주 물에 담가야 해서요."

그렇군요. 유희진은 알겠다는 듯 장선기를 따라 고개를 끄덕였다. 잠시 말없이 탁자 위의 자료를 봤고 장선기 역시 유희진이 보는 것을 봤다. 그리고 시선을 들어 박기정을 봤다. 박기정은 장선기의 눈을 마주 보지 못했다. 미소를 짓고 있지만 입술이 미세하게 떨렸다. 몇 번이고 침을 삼켰다. 불안하고 초조해 보였다. 장선기가 말했다.

"정리 좀 하고 삽시다."

화를 낸 것도 아니고 신경질을 부린 것도 아닌데 주변 공기를 차갑게 만드는 음성. 평소였다면 포착하지 못할 정도의 변화였으나 유희진은 박기정이 당황하고 있다는 것을 알아챘다. 박기정은 아무것도 들리지 않는다는 듯 바닥에 둔 시선을 거두지 않았다. 장선기는 입술을 작게 열어 빠르게 숨을 들이쉬며 쉭, 하는 소리를 냈다. 박기정은 신속하게 탁자 위를 정리하기 시작했다. 명령이 떨어지자마자 움직이는 훈련된 개처럼.

"보여서 말인데요. 여기 저와 관련된 자료가 있네요."

그러게 말입니다. 그런 게 왜 있을까요. 장선기는 시선을 탁자 모서리에 두고 혼잣말처럼 중얼거렸다. 박기정은 가지런히 모은 종이를 들고 우두커니 서 있다가 방문을 열고 안으로 들어간 뒤 문을 닫았다. 유희진과 장선기. 둘 사이에 침묵이 흘렀다. 이상했다. 몸이 왜 떨리는 걸까. 손바닥엔 왜 땀이 고이고 심장은 왜 이렇게 빨리 뛰는 걸까. 처음엔 박기정 때문인 줄 알았는데 아니었다. 장선기였다. 유희진은 긴장을 애써 누르며 침착하게 말했다.

"김민수 씨 때문이죠? 〈진탐〉이 관심을 갖고 접근하는 게 불편하신 거고. 알고 계시는지 모르겠지만…… 아마 아시겠죠. 황 피디가 기정 씨에게 다 말했을 테니까. 〈진탐〉은 몇몇 아동 학대 가해자들의 실종을 김민수 씨와 연결 짓고 있어요. 프로그램도 기획하는 모양이고요. 그런데요. 일일이 다 설명할 순 없지만 저는 아니에요. 이런 기획이 있다는 것도 공식적으로 들은 적 없어요. 그리고 김민수 씨를 직접 만나봤는데, 아니에요. 솔직히 정황은 의심스러운 것이 있는데 아니에요. 그 사람은…… 아니었어요."

유희진은 주스를 한 모금 마셨다.

"그렇다고 해도 이런 식으로 제 뒷조사를 하고 위협하고 병원까지 찾아가는 건 이해가 안 되네요. 궁금한 게 있다면 차라리 그냥 물어보세요. 아니면 혹시 제가 알아야 할 게 있나요?"

장선기는 손에 턱을 괴고 시선을 내린 채 잠자코 있었다. 얼굴에는 어떤 표정도 떠오르지 않았다. 입에 머금었던 말들을 입술 밖으로 꺼내어놓는 그 순간 유희진은 자신이 알아야 할 것이 무엇인지 깨달았고 이내 두려워졌다. 그동안 많은 이를 인터뷰했다. 억울한 사람. 슬픔에 빠진 사람. 울분에 찬 사람. 허풍쟁이와 사기꾼. 죄인이 있고 자기에게 죄가 없다고 믿는 죄인도 있다. 망상과 몽상에 빠져 왜곡된 현실을 사는 이들의 텅 빈 눈동자를 창문처럼 들여다보며 그의 속에 무엇이 있는지 보려 했다. 까다로웠던 이는 속이 보이지 않는 사람이었다. 애써 들여다봐도 캄캄한 우물처럼 깊이가 가늠되지 않을 땐 막막함을 넘어 두렵기까지 했다. 그러다 문득 스스로 문을 열어 속을 보여주는 순간이 있다. 보세요. 자, 여기 있습니다. 마음껏 보세요. 누군가 봐주기를 원하는 것. 그러나 결코 봐서도, 들어서도 안 되는 것. 장선기는 천천히 고개를 들고 유희진의 눈을 바라봤다. 유희진은 헝클어진 머리를 손으로 대충 털고 어깨를 뒤로 당겨 꼿꼿하게 몸을 편 뒤 차분히 호흡했다. 장선기가 말했다. 소리는 작았지만 감정과 의지는 크고 또렷한 음성이었다.

"제가 말하면 작가님은 듣게 될 거고 듣게 되면 알게 됩니다. 그러면 작가님도 저도 돌이킬 수 없습니다. 그래도 괜찮나요?"

유희진은 아무 반응도 하지 않았다. 장선기가 말을 이었다.

"그렇게 되면 경우에 따라서는 원치 않는 행동을 해야 할지도 모릅니다."

"예를 들면요."

"그건 모르겠습니다. 작가님의 행동과 반응에 따라 결정되겠죠. 안다는 것은 그런 겁니다. 다시 되돌릴 수 없어요. 취소가 되지 않아요. 책임이 생기는 겁니다."

"말해주세요."

"좋아요. 김민수는 아닙니다."

좋아요, 라는 말을 하는 그 순간 스위치가 올라가듯 장선기의 표정과 태도가 달라졌다. 목소리 톤도 높아졌는데 행사를 진행하는 사회자 같았다.

"그렇다면 누굴까. 나쁜 엄마. 나쁜 아빠. 하나둘 사라지고 있는데, 심지어 죽기도 했는데, 왜일까. 안인수 행방이 묘연하죠. 도대체 그는 어디 있는 걸까. 아니, 누가 데리고 있는 걸까."

유희진과 장선기 사이에 놓인 허공에 작은 날벌레 한 마리가 느리게 날고 있었다. 장선기는 손을 벌려 벌레를 향해 천천히 다가갔다가 잽싸게 오므린 뒤 주먹을 움켜쥐었다. 유희진은 그 모습을 보고 자신도 모르게 어깨를 움츠렸다. 하지만 그가 창문을 열고 손을 폈을 때 벌레는 멀쩡한 모습으로 날아갔다.

"참나무겨울가지나방입니다. 특이하게 늦가을에 태어나 겨울을 사는 곤충이죠."

장선기는 가볍게 손뼉을 치며 손에 묻은 비늘 가루를 털어냈다.

"경쟁을 피해 일부러 혹독한 겨울을 선택했다고 하던데요. 제 생각은 다릅니다. 그냥 추운 게 좋은 겁니다. 위험하더라도. 그래서 오래 살 수 없더라도. 찬바람. 눈보라. 생물이 생존 본능만 있는 건 아닙니다. 죽어도 좋은 게 있는 거죠."

유희진은 복잡하게 뒤섞인 퍼즐을 하나씩 맞춰나가기

시작했다. 아무리 복잡하고 많은 일이라도 중요한 모서리를 발견하고 구심점을 찾아 하나씩 연결해나가는 건 그가 잘하고 또 좋아하는 일이었다. 하지만 이번엔 아니었다. 모서리를 찾을 수 없었고 어떤 상도 맺히지 않았다. 그는 깨달았다. 자신의 마음이 다른 그림을 향하고 있다는 것을. 누군가 범죄자들을 심판하고 있다. 알았다. 그 퍼즐이 여기에 있다는 것을. 유희진은 이유를 묻기 위해 장선기를 쳐다봤다. 음, 소리를 내며 장선기는 뜸을 들였다. 그는 누군가 열어주길 기다린 오래된 상자 같았다. 그가 지금 스스로를 열어 자기를 보여주려고 한다. 그걸 봐도 되는 걸까? 장선기는 고개를 들어 유희진의 어깨 너머 어딘가에 시선을 고정한 채 멍하게 말했다. 누군가에게 하는 말이라기보다 혼잣말에 가까웠다. 장선기는 시선을 서서히 내려 유희진과 눈을 맞췄다. 장선기의 눈은 유희진에게 '진짜로 들을 거냐'고 묻고 있었고 유희진의 눈은 '진짜로 듣겠다'고 답하고 있었다.

"작가님이 생각하시는 것들. 다 맞습니다. 실종된 거 맞고, 누군가 관여된 것도 사실입니다."

"관여라 함은 납치……를 말하는 건가요?"

"그렇게 볼 수도 있겠네요."

유희진은 말을 하려다 말고 장선기를 봤다. 흔들리지

않는 시선 속에 자신이 포획되어 있는 게 보였다. 적의는 느껴지지 않았지만 결코 선의도 느껴지지 않는 눈동자였다. 유희진은 입속에 머금고만 있던 질문을 마침내 했다.
"누가 납치했는지, 왜 그랬는지, 알고 있나요?"
당신이냐 묻는 유희진의 눈을 장선기는 물끄러미 바라봤다.
"중요한 건 왜 납치했느냐가 아니라 왜 아직도 그가 살아 있느냐입니다. 그 질문에 답하기 전 확인하고 싶은 것이 있습니다. 휴대전화 좀 보여주세요. 뭐, 대단한 말을 하려는 것도 아니고 위험한 대화도 아닌데…… 녹음이니 뭐니 그런 것들로 집중하기 어려울 수도 있을 것 같다는 노파심에."
유희진은 코트 주머니에서 휴대전화를 꺼냈다. 연락이 온 게 있나 확인하는 척하며 녹음 앱을 종료한 뒤 휴대전화를 내밀었다.
"녹음 파일도 지워주세요."
유희진은 없다, 라고 하려다 피할 수 없다는 것을 깨닫고 파일을 열어 날짜와 시간을 보여준 뒤 삭제 버튼을 눌렀다. 장선기는 화면을 확인하고 고개를 끄덕였다. 아무 일도 일어나지 않았는데 유희진의 심장박동이 빨라졌고 손바닥에 땀이 고였다.

"안인수는 살아 있습니다."

예상치 못한 말. 유희진은 갑자기 돌변한 장선기를 바라봤다.

"어디에 있는지도 알고 있나요?"

장선기는 고개를 끄덕였다. 안인수가 살아 있다는 것. 어디에 있는지 장선기가 안다는 것. 그 두 가지 사실이 말하는 것이 무엇인지 알기에 유희진은 다음 말을 어떻게 이어야 할지 몰랐다. 의지와 다르게 손끝이 떨렸고 그걸 감추기 위해 두 손으로 컵을 움켜쥐었다. 컵 속에 든 주스가 흔들리는 것을 장선기는 말없이 바라봤다.

"두려우세요?"

아뇨, 라고 말하려 했지만 유희진은 입술을 뗄 수 없었다. 장선기는 두 개의 손바닥을 보이며 안전하다는 신호를 주며 작게 소리내어 웃었다.

"걱정 마세요. 작가님을 위협할 생각은 없습니다. 그럴 이유도 없고요. 제 이야기를 다 듣게 되면 두려워해야 할 사람은 작가님이 아니라 저라는 것을 알게 되실 거예요. 정 걱정되시면 문자라도 보내놓으시죠. 어디에 있는지. 누구와 있는지."

유희진은 뛰는 마음을 애써 누르며 휴대전화를 들어 혹시 자신이 실종된다면 누구와 어디에 있었는지 정도

파악할 수 있게 서지우에게 짧게 문자를 보냈다. 장선기는 말했다.

"원래 자연스러운 상황에서 이야기하려고 했는데 어쩔 수 없이 지금 말해야겠네요. 그 전에 몇 가지만 확인해볼게요. 작가님은 안인수의 가석방에 대해 어떻게 생각하시나요?"

"전에도 말했지만 부당하다고 생각해요."

"그렇죠. 같은 생각입니다. 그는 죗값을 충분히 치르지 않았어요. 그렇다면 그가 그에 합당한 죗값을 제대로 치르는 게 맞다는 것에도 동의하시겠죠?"

무심히 탁자 모서리를 바라보며 장선기는 말을 이었다.

"죄가 있다면 합당한 벌을 받아야 합니다. 법이 제대로 못 하면 누군가는 해야 해요. 갇혀야 할 사람은 갇혀야 하고 고통을 줬다면 자기도 그만큼의 고통을 받는 건 당연할 뿐 아니라 이치에도 맞습니다. 그런데 안인수 그 자에게는…… 벌이 아닙니다. 자신을 순교자라 생각하고 있거든요. 고문받고 죽음에 이르는 것은 오히려 선물이고 축복이라 믿으니까요. 몸이나 목숨이 아닌 믿음과 신념을 무너뜨려야 하는데 어떻게 해야 할지 모르겠습니다. 막혀버렸어요."

"그 이야기를 제게 왜 하시는거죠?"

"모르겠어요. '토기장이와 그릇' 편을 처음 봤을 때, 작가님을 실제로 뵙고 이야기를 나누었을 때, 같은 것을 느꼈습니다. 이 사람은 할 수 있겠구나."

둘 사이에 잠시 침묵이 흘렀다. 장선기는 짧은 한숨을 내쉬며 마른기침을 했다.

"한 가지 제안을 드리려 합니다. 안인수를 만나주세요. 자기가 한 일이 무엇인지, 거기에는 악 외에는 그 어떤 의미도 없다는 것을 알게 해주세요."

"심문을 하라는 건가요? 납치한 사람을? 장선기 씨, 지금 그게 무슨 말인지 알고 하시는 거예요?"

박기정이 문을 열고 나와 불안한 얼굴로 장선기와 유희진을 번갈아 쳐다봤다. 장선기는 감정을 읽어낼 수 없는 평온한 표정으로 박기정을 보며 말없이 고개를 저었다. 말을 하려다 말고 박기정은 문턱을 밟고 서서 빠르게 숨을 내쉬며 입을 꾹 다물었다. 유희진은 자리에서 일어섰다.

"오해하신 것 같은데요. 저는 그럴 생각 없고 장선기 씨의 그런 방식에 동의하지도 않아요. 안 들은 걸로 하겠습니다."

"하지만 들었죠."

장선기는 시선을 올려 유희진을 똑바로 봤다.

"예상치 못한 전개라 조금 당황스럽네요. 원래는 작가님께는 안 목사에 관한 약간의 도움만 받으려고 했는데 일이 이렇게 돼버렸네요. 이해는 합니다. 의심과 호기심이 생기면 쉽게 거둘 수 없죠. 기정이의 초조함과 조급함도 한몫했고요. 기정이가 한 무례한 행동들은 다시 한번 사과드리고 싶네요. 딴에는 제가 걱정돼서 그런 겁니다. 저는 작가님을 믿지만 기정이는 아닌가 보네요. 기본적으로 의심이 많고 염려가 많은 아이거든요. 그래서 작가님의 약한 고리를 찾고 그것을 보험처럼 움켜쥐려 한 겁니다. 하지만요. 그건 협박이 아닙니다. 일종의 유대감? 같은 경험을 공유한 사람들끼리의?"

장선기는 잠시 말을 멈춘 뒤 부드럽게 웃었다.

"작가님이 어머님을 창문에서 밀었다는 것을 압니다. 어머님이 병원에 계신 까닭은 자살 기도가 아닙니다. 살인미수지."

유희진은 꼼짝도 하지 않고 장선기를 봤다. 감정이 보이지 않게 표정 관리를 했지만 몸속의 피가 얼어붙을 정도로 소름이 돋았다.

"물론 다 지나간 일입니다. 풀리지 않은 몇 개의 수수께끼가 있었고 의혹을 제기한 목소리도 있었지만 소수였고 그건 그저 비극적인 사연이 되었죠. 실제로 어땠는지는 아무 상관이 없죠. 경찰이 항상 원하는 건 가장 간단한 설명이니까. 하지만 진실을 아는 자가 있고 그 일을 실제로 겪은 사람이 있습니다. 오해는 하지 마세요. 이건 협박이 아닙니다. 도와주고 싶을 뿐입니다. 죄책감에서 벗어나도록, 그래서 후련해지도록."

장선기는 자리에서 일어나 유희진과 눈높이를 맞췄다.

"비밀은 사람을 보호합니다. 비난과 오해로부터 삶을 지켜주는 단단한 상자죠. 그러나 비밀은 결국 사람을 좁고 어두운 사각에 가두게 합니다. 제 힘으로는 나올 수 없어요. 나을 수 없는 병과 같죠. 밝혀져야만 벗어날 수 있어요. 이야기가 옆으로 샜네요. 자, 이제 선택하시면 됩니다. 거절하셔도 되고 신고하신다 해도 이해하겠습니다. 하지만 안인수는 반드시 죽습니다. 그가 있는 곳을 아는 사람은 저와 기정이뿐인데요. 경찰에 붙잡히더라도 어디에 있는지 말하지 않을 겁니다. 먹을 수도 마실 수도 없으니 살 수 없겠죠. 어떤 선택을 하시든 좋습니다. 제안을 받아들이시면 안인수에게 맞는 벌을 내릴 수 있어서 좋고, 거절하시거나 제가 잡히게 되면 안인수는 굶어 죽게 될 테니 그것 역시 정의가 실현되는 겁니다. 제 행동이 법적으로 용인되지 않는다는 것도 잘 알고 있습니다. 동의하지 않지만 사회법을 존중합니다. 법에 따라 처벌한다면

군말 없이 받아들일 겁니다. 다만 저는 저대로 그런 일이 없도록 애를 쓰겠죠. 편하게 돌아가시고요. 마음이 섰다면 연락 주세요. 이틀이면 되겠죠?"

"아무리 그래도…… 이런 방식은 옳지 않아요. 그런 복잡한 결정을, 저는 내릴 수 없어요."

"옳은가. 그른가. 그 문제가 아니라 작가님이 그자를 만날 것인가 만나지 않을 것인가의 문제입니다. 어떤 선택이든 상관없어요. 결정을 내리지 않는다면, 그것 역시 선택입니다. 나는 결론을 내렸고 그건 합의할 문제가 아닙니다. 신중하게 생각하는 건 좋습니다. 하지만 신속해야 해요. 지금도 안인수는 조금씩 죽어가고 있을 테니까요."

"제가 가만히 있을 것 같나요?"

"원하는 대로 하세요. 저는 작가님이 말해도 되는 것과 안 되는 것을 구분할 수 있다고 생각합니다."

유희진은 장선기에게 시선을 고정한 채 비틀대며 뒷걸음으로 걸어 신발을 신다 밖으로 나가기 전 말했다.

"김민수 씨가 지금 의심을 받고 어쩌면 수사를 받게 될지도 모르는데…… 다 알고 계셨던 거죠? 알면서도 내버려뒀던거 죠?"

"김민수는 잘못이 없다고 계속 말씀드리지 않았나요?"

"하지만 그렇게 보이게 만들었잖아요."

"그렇게 보는 사람이 있다면 그 사람이 문제겠죠. 다시 말하지만 김민수는 잘못이 없습니다. 김민수 본인도 잘 알고 있어요. 잘못이 없으니 수사를 받더라도 금방 나오게 될 겁니다. 김민수에게 중요한 건 안인수지 자기 자신이 아니거든요. 그렇게 걱정되시면 작가님께서 막아주세요. 억울한 사람이 생기지 않도록. 현명한 선택하시길 부탁합니다."

유희진은 문을 열고 밖으로 나갔다. 눈이 섞인 날카로운 바람이 덮치듯 달려들었다. 차고 무거운 손이 악의를 품고 유희진의 목덜미를 움켜쥐며 흔들어댔다. 금방이라도 쓰러질 것 같았지만 유희진은 다리에 힘을 주고 앞으로 걸어갔다. 운전석에 앉자마자 차문을 잠갔다. 와장창 살얼음이 깨지듯 긴장이 풀린 유희진은 두 손으로 운전대를 붙잡고 입을 크게 벌리고 숨을 몰아쉬었다. 눈물이 흘렀고 턱이 덜덜 떨렸다. 박기정이 밖으로 나와 할 말이 있다는 듯 차를 향해 손을 흔들었다. 유희진은 시동을 걸었고 곧바로 그 집에서 빠져나왔다.

톨게이트를 빠져나갈 무렵 박기정에게 전화가 왔다. 거절했다. 또 전화가 왔다. 이번엔 받지 않았다. 10분 뒤 다시 걸려왔을 때 통화 버튼을 누르고 말없이 가만히 있었다.

"작가님. 듣고 계시죠?"

유희진은 차를 2차선으로 옮기고 속도를 줄였다.

"알려드릴 게 있습니다. 선생님은 아프십니다. 치료되는 병이 아니라서 오래 사시지 못해요. 그래서 저는 선생님의 마지막 뜻을 이루시도록 돕고 싶습니다. 선생님께서는 작가님을 신뢰한다 하셨지만 저는 모르겠네요. 그래서 보험이라 생각하고 작가님 뒤를 좀 캤습니다. 그 부분 불쾌하셨다면 죄송하고요. 아무튼 작가님은 이해하시리라 믿어요. 사람마다 사정이 있다는 것을요. 때론 해서는 안 될 일을 해야 할 때도 있고, 어쩔 수 없는 일도 있다는 것을요. 선생님은 부탁하셨지만 전 아닙니다. 반드시 현명하게 선택하셔야 합니다. 안전운전 하세요."

졸음쉼터에 집어 던지듯 차를 세우고 차문을 열고 밖으로 뛰쳐나왔다. 눈 섞인 찬바람이 얼굴을 할퀴고 지나갔지만 유희진은 추위를 전혀 느끼지 못했다. 아직도 손바닥에 남아 있는 감각. 엄마를 밀었을 때 한 손에 들어오던 앙상한 어깨뼈. 놀란 눈. 이윽고 슬픔에 잠긴 눈. 나는 그 눈을 모른 척하고 밀고 또 밀었다. '죽어. 그냥 죽어버려.' 이 지겨운 반복과 협박에서 벗어나려고 온 힘을 다

했다. 진심이었다. 그날 나는 창가에 앉은 엄마를 죽도록 밀었다. 유희진은 섬뜩한 느낌에 등 뒤를 돌아봤다. 아무것도 없었다. 그러나 어디에선가 박기정이 지켜보는 것 같았다. 따라오는 것 같았다. 내 입을 막기 위해. 내 발을 부러뜨리기 위해. 그러나 그는 장선기가 부리는 충실한 사냥개일 뿐이다. 박기정은 선수고 감독은 장선기였다. 왜 몰랐을까. 그가 나를 깊숙하게 들여다보고 있었다는 것을. 밑줄을 그어가며 샅샅이 읽고 있었다는 것을. 그가 원하는 게 뭘까? 왜 내가 안인수를 만나길 원하는 거지? 자기 정체를 밝히고 순순히 돌려보낸 까닭은 무엇일까. 배짱인가? 아니면 내가 다른 선택을 할 수 없다고 판단하는 걸까? 유희진은 혼란스러웠고 속이 매스꺼워 구역질이 나오려고 했다. 지금 당장 신고한다면? 증거가 없다. 내 주장 외에는 특별한 혐의점도 없다. 그사이 안인수는 죽게 될 거고 김민수는 누명을 쓰게 된다. 장선기 그자가 내게 안인수의 생명이 걸린 타이머를 작동시킨 뒤 집어던졌다. 유희진은 바람이 불어오는 방향을 향해 소리를 질렀다. 강한 바람이 그 소리를 산산조각 냈고 고속도로의 차들은 고속으로 질주했다. 졸음쉼터에서 불안에 떠는 한 여자를 신경 쓰는 건 아무것도 없었다.

"웬일?"

"선생님. 안녕하세요. 잠깐 시간 좀 내주세요."

"무슨 일?"

"시간 많이 뺏지 않을게요."

유희진은 인터폰 앞에 서서 잠자코 기다렸다. 어떤 대답도 없이 스피커는 10초 넘게 고요했다. 들어와, 라는 짧은 인사와 함께 현관문이 열렸다. 양 작가는 미소를 짓고 환영했다. 하지만 눈은 전혀 웃지 않고 있었다. 유희진은 테이블 의자에 앉고 양 작가는 컴퓨터 책상 앞의 피시방 안락의자를 거실을 향하게 돌린 뒤 도넛 모양 방석 위에 앉았다. 양 작가는 하나 마나 한 수다는 떨지 않겠다는 듯 바로 말했다.

"희진. 전화를 안 받는다는 것은 그 자체로 대답 아닐까? 몰랐는데 답지 않게 막무가내 기질이 있었네."

"죄송해요."

"그래. 뭐. 무슨 이야기할까."

유희진은 그동안 김민수에 관해 알게 된 것들을 장선기와 관련된 것들만 제외하고 이야기했다. 그가 의심받을 수 있는 정황과 증거들이 바로 그가 범인이 아니라는 증거이고 배후에 이렇게 생각하도록 만든 다른 누군가가 있다고 했다. 때문에 지금 김민수를 수사하고 그에 관해 관심을 기울이는 것은 진짜 범인이 원하는 대로 움직이는 셈이 된다고 말했다. 양 작가는 별다른 반응을 보이지 않고 듣는 내내 유희진의 눈동자만 바라봤다. 유희진은 말하면서도 양 작가가 자신의 말을 듣는 게 아니라 자신을 찬찬히 관찰하고 있다는 것을 깨닫고 불편함을 느꼈다.

"뭐가 문제라는 건지 모르겠네. 우리는 경찰이 아니잖아. 의심스러우면 의심하고 의혹이 있으면 조사하고 파보면 되는 거야. 가설을 만들어 그럴듯한 스토리를 만들어내는 게 우리 일이잖아. 죄가 없으면 풀려나겠지. 그 사람 억울할 수도 있지만 공모했을 가능성도 있잖아. 아니야? 수사에 혼선을 주려고 일부러 의심받게 행동했을 수도 있는 거야. 내 말은 이럴 수도 있고 저럴 수도 있다는 거야. 걱정하는 그런 부분은 법 전문가들이 알아서 할 거고. 아니야?"

유희진은 고개를 끄덕이지 않았고 대답도 하지 않았다.

"그건 그렇고 그런 이야기는 어디서 듣고 다녀?"

"취재한 거죠."

"자료에는 그런 내용 없던데?"

양 작가는 손목에 걸린 머리끈으로 머리카락을 모아 하나로 묶었다.

"하도 바빠서 염색할 시간이 없네. 이제 나도 다 됐나 봐. 이것 봐 그냥 다 흰머리야."

아니에요, 라고 대답하려고 했는데 유희진의 입은 움직이지 않았다. 양 작가는 책상 정리를 하면서 A팀 박 피디가 다른 방송국으로 옮길 수도 있다는 말과 황 피디를 흉보는 말을 하기도 했다.

"그쪽으론 재능이 없는데 왜 그렇게 유튜브 진행에 욕심을 내는지 모르겠어. 자기 객관화가 어렵긴 해. 그렇지?"

유희진은 대답 없이 양 작가의 말이 끝나길 기다렸다.

"아, 예능 쪽에서 작가 찾던데 생각 있어? 희진이 하겠다고만 하면 내가."

"선생님."

양 작가는 입을 벌린 채 눈을 동그랗게 뜨고 유희진을 봤다.

"이번 기획, 다시 생각해주세요."

자기 말을 끊고 정색하는 후배에게 뭐라고 말해야 할지 양 작가는 생각이 깊어 보였다. 텀블러에 담긴 커피를 마신 뒤 주방까지 천천히 걸어갔다. 냉장고를 열고 당근주스를 두 개 꺼내 유희진 앞에 한 개를 놓고 맞은편에 앉았다.

"희진. 우리가 뭐, 세상을 바꾸니? 글로 사람들의 마음을 움직여서 더 나은 세상이라도 만들고 싶은 거야? 응? 막 뒤집고 싶어? 정의 구현 하고 싶어서 미칠 것 같아? 좋아. 정의가 뭐야? 대답해봐. 누구를 욕하고 누구를 편들어야 해? 거지에게도 악이 있고 부자에게도 선이 있는 거야. 우리는 12월엔 기독교 다루고 5월엔 불교 다루는 사람들 아니야? 애들만 불쌍하니? 노인도 불쌍해. 작가가 공정해야지. 밸런스가 완전히 무너져가지고 되겠어? 뭐 하나에 꽂혀서는…… 뭐 대단한 거라고. 혼자 유난 떨지 마."

양 작가는 차분한 목소리로 또박또박 유희진을 모욕했다. 유희진은 눈을 똑바로 뜨고 양 작가의 눈을 응시했다. 양 작가는 눈에서 장난기를 지우고 이내 시선을 피했다.

"무서워. 그렇게 보지 마. 내가 이런 이야기까지 하게 될 줄은 몰랐는데…… 내가 궁금한 게 하나 있거든. 희진, 어릴 때 엄마에게 학대받았어? 그래서 아동 학대 사건만 만나면 그렇게 달려드는 거야?"

유희진은 주스를 쥐었다. 움켜쥘 게 필요했다. 떨림을 감추고 뻗어 나가려는 손을 붙들 게 필요했다.

"그랬겠지. 그래서 그랬을까? 어머니. 창문에서 떨어지셨잖아. 그때 희진도 집에 있었고. 애석한 일이야. 상식적인 선에서 결론 난 비극적 사건이지. 그런데 나는 자꾸 의문점이 생기더라고. 결론이 정말 맞는 걸까? 어머니의 의지였을까…… 진짜 자살을 하려고 하셨을까…… 미안해. 이해하지? 직업병인 거. 물론 이해할 것도 같아. 그런 일 겪으면 그런 마음 생길 수도 있지. 오죽했으면 그랬을까 싶기도 하고. 그런데 희진, 생각하는 것과 그 생각을 행동으로 옮기는 건 완전히 다른 이야기잖아."

양 작가는 주스의 뚜껑을 돌려 따고 한 모금 마셨다. 음료가 목을 넘어가는 소리가 들렸다.

"감정이입 잘하지? 공감 능력도 좋고. 병원에 계신 엄마 입장도 생각해봤어? 억울하시지 않을까? 희진, 정의로운 작가잖아. 정의 구현 해야지. 그것도 다뤄볼까? 응?"

유희진은 주스의 뚜껑을 돌려 따고 한참 들고 있다가 러그가 깔린 바닥에 뿌렸다. 양 작가는 날카롭게 비명을 지르고 고개를 숙였다. 남은 음료를 양 작가의 뒤통수에 끼얹고 밖으로 나왔다.

3부

질문들

16

 바큇자국이 그대로 남은 질퍽한 진흙과 그 위에 쌓인 하얀 눈. 두 대의 차가 빠져나간 마당은 휑하고 어수선했다. 눈은 그쳤지만 캄캄한 눈구름이 폭설을 예고하고 있었다. 놓아준 나방이 멀리 날아가지 않고 트럭 오른쪽 사이드미러 위에 앉아 있었다 장선기는 묘한 무늬가 새겨진 한 쌍의 잿빛 날개를 물끄러미 보며 생각했다. 그 사람을 믿을 수 없다며 끝까지 불안해하는 기정의 모습. 두려움이 깃든 눈으로 자신을 보던 떨리는 유 작가의 눈동자. 기정에게는 걱정하지 말라 했고 유 작가에게는 마음대로 하라고 했다. 하지만 장선기에게는 그 어떤 확신도 없었다. 다만 더 이상 할 수 있는 것이 없었고 남은 시간도 많지 않았다. '그러고 보니 그날도 12월이었지. 머리 위로 눈

구름이 가득했고 폭설을 예고하는 진눈깨비가 흩날렸네.'
장선기는 떠오르는 기억을 억제하려 눈을 감고 한참 있다가 서서히 눈을 뜨며 한마디 뱉었다.
"지친다."

뜨거운 물이 조금씩 차올랐고 피어오르는 증기에 거울이 불투명해졌다. 장선기는 옷을 모두 벗고 거울 앞에 서서 희미한 실루엣으로 떠 있는 자신의 나체를 봤다. 왼쪽 늑골을 따라 가로로 길게 난 칼자국과 배꼽에서부터 명치까지 선명하게 이어지는 한 줄의 수술 자국. 왼쪽 목덜미에 새겨진 자상의 흔적. 볼록하게 솟은 분홍 빛깔의 부드러운 흉터. 안쪽으로 뒤틀려 그대로 굳어진 기형적인 발목. 장선기는 검지 끝으로 몸에 남은 흔적들을 부드럽게 쓸어봤다. 통증이 사라진 허허벌판에 남겨진 기억. 오래된 동산 한가운데에 우뚝 솟은 증오라는 이름의 앙상한 나무 한 그루. 욕조에 구부정하게 걸터앉아 발목을 적시며 서서히 차오르는 더운 물을 봤다. 하얗게 일었다가 금세 사라지는 물거품. 간에서 암덩어리를 뜯어내고 이듬해 폐로 전이된 악성종양까지 없앴다. 그리고 5년이 흘러 완치 판정을 받았을 때는 새로 태어난 것 같았다. 되살아난 것 같았고 여분의 삶을 선물로 받은 것 같았다. '나는 저주의 늪에서 빠져나왔어. 끔찍한 핏구덩이에 빠졌지만 내 힘으로 기어 나왔지. 병에 걸려 초라하게 죽어버린 아비와 달리 스스로 개 같은 운명을 벗어난 단독자야. 기적처럼 주어진 두 번째 삶. 이유가 있겠지. 사명감으로 열리는 무한한 미래. 의미를 따르는 삶. 정의가 무너진 이 세계에 단단한 돌을 놓겠어. 우는 아이의 눈물을 닦아내고 마음에 박힌 녹슨 못을 뽑아줄 거야. 흐르는 피는 멎고 상처는 회복되겠지.' 장선기의 시선은 물 위에 뜬 한 가닥 머리카락에 머물러 있었지만 기억과 감정은 오래전 그곳과 거기로 끌려가고 있었다.

*

엄마는 스스로 죽었다. 왜 죽었는지 이유를 묻는 자. 목에 난 자상에 집중하며 누가 너를 다치게 했는지 호기심을 품는 자. 왜 거기에 갇혀 있었는지, 누가 가둔 건지, 묻고 또 묻는 자들. 나는 침묵했다. 잘못된 답을 정답으로 믿는 경찰과 사실이 아닌 이야기를 기사로 쓰고 싶은 기자 앞에서 몇 번이고 고개를 저었다. 마음을 치유해준다는 상담사는 마음을 다치게 했고 정신을 살펴준다는 의사는 오해했다. 그들은 모두 나를 어리석은 아이로 대했다. 상황 파악을 못 하는 가련한 상처투성이로 생각했다. 끝까지 엄마를 두둔하는 내가 잘못됐다고 했다. 극심한 학대에 길들여져 인지부조화를 일으키는 것이라 했다. 지금에 와서 후회되는 건 그때 엄마를 모욕하는 이들의 말을 막지 못한 것. 입술을 짓이겨놨어야 했다. 다시는 함부로 지껄이지 못하게. 사람들은 엄마를 이렇게 정의했다. 사랑할 수 없는 아들을 학대했고 그 자괴감에 스스로 목숨을 끊은 무책임한 여자. 아니, 엄마는 나를 사랑했다. 나 대신 자기가 죽어야 할 정도로. 굽은 발목에서 또다시 통증이 번진다. 물속에 잠긴 발이 늙고 병든 물고기처럼 보인다. 아플 때마다 고개를 드는 의문과 질문. 몇 번이고 스스로 답했지만 수긍하지 못하던 나는 또다시 묻고 만다.

'엄마는 왜 죽어야 했나. 그 사람이 누구고 무엇이길래 엄마는 스스로를 이기지 못한 걸까. 나를 거기에 그렇게 내버려둔 채.'

뜨거운 증기가 가득한 공기를 천천히 깊게 마시고 후, 하는 소리를 내며 오래도록 숨을 내뱉기를 반복한다. 건조한 기도가 축축하게 적셔지며 폐가 부풀어 오르는 게 느껴진다. 기댈 것이 하나도 없던 나는 엄마의 뼛가루가 든 작은 유골함을 안고 멍하게 창밖을 봤다. 노란 가로등이 만들어낸 동그란 빛 속으로 함박눈이 쏟아지고 있었다. 깜깜한 밤과 어두운 풍경 속으로 소리 없이 내리는 눈. 점점 무겁고 차가워지는 대기. 춥다. 배고프다. 오늘이 지나면 이곳을 떠나야 한다. 갈 곳이 없다. 하지만 만나야 할 사람은 있다. 그릇에 따뜻한 물을 담아 가루가 된 엄마를 풀어 넣었다. 꿀물을 마시듯 천천히 마셨다. 잃어버리지 않을 것이다. 늘 함께 있을 것이다. 그 밤. 엄마의 일기장을 챙겨 집을 떠났다.

그 사람은 교문 앞에 서 있는 나를 보고 걸음을 멈췄다. 한눈에 누구인지 알아봤고 천천히 다가왔다. 그는 엄마가 죽은 것과 지금 내가 처한 곤란한 상황까지 다 알고 있었다. 그는 내가 자신을 찾아온 이유와 목적 같은 것은 물어보지 않고 해장국집으로 데려갔다. 굶주린 나는 고개를 푹 숙이고 허겁지겁 밥을 먹었다. 그는 턱에 팔을 괸 채 물끄러미 나를 바라보다 갈 곳이 있느냐 물었다. 나는 대답하지 않았는데 그는 알겠다고 했다. 그를 만나면 어떻게 해야 할까 많은 생각을 했다. 여러 상상 속엔 죽이는 것도 있었다. 하지만 막상 그 앞에 서니 나 자신이 너무 작고 약한 소년이라는 것을 깨달았다. 무엇보다 그는 이상한 매력이 있었다. 차분하고 위엄 있는 남자. 낮은 목소리와 속을 알 수 없는 다정한 눈빛을 지닌 좋은 어른. 그는 작지만 깨끗한 신축 원룸을 구해 잘 곳을 마련해줬고 휴대전화와 이어폰을 사줬으며 격주로 찾아와 먹을 것을 놓고 갔다. 염증이 생겨 붉게 부은 상처를 소독하고 거즈를 접어 반창고를 붙여주었다. 나중엔 흉터를 없애는 연고도 사다 주었다.

 엄마는 나를 그 사람의 아들이라 믿었고 그 사람은 내가 다른 사람의 아들이라 믿었다. 그 말이 맞다면 그가 나에게 잘해줘야 할 이유는 없다. 하지만 그는 나를 돌봐줬다. 그는 세 가지를 요구했다. 검정고시를 준비하고 반드시 합격할 것. 자기가 찾아오기 전에는 자신을 찾지 말 것. 밖에서 만나더라도 아는 척하지 말 것. 그는 한 달에 두 번 찾아왔다. 학습 진도를 체크했고 수학을 알려주기도 했다. 문제를 푸는 것보다 문제를 이해하는 것이 중요하다고 강조하며 문장과 단어를 천천히 읽고 의미별로 끊어 읽도록 지도했다. 그의 설명은 너무 쉽고 정확해서 그가 말하면 세상의 모든 문제를 다 이해할 수 있을 것 같았다. 인정한다. 나는 그가 싫지 않았다. 엄마를 괴롭게 한 사람인데, 그래서 결국 죽게 만든 사람인데도 왜 엄마가 그 사람을 좋아했는지 알 것 같았다. 가끔 그 사람이 맞은편에 앉아 방심한 모습으로 노트에 수학 공식을 써 내려가며 설명에 집중할 때가 있었다. 그의 목은 훤하게 열려 있고 피부 밑에 숨은 혈관이 툭툭 뛰는 게 보였다. 볼펜을 움켜쥔 손아귀 힘을 서서히 풀고 탁자 위에 볼펜을 내려놓는 마음이 복잡했다. 엄마는 내 안에 있다. 뼈와 살에 스며 있고 피에 섞여 지금 이 순간에도 흐르고 있으니까. 나는 엄마를 사랑하는 마음을 그 사람을 사랑했던 엄마의 마음이 강하게 억누르는 것을 느꼈다.

몇 개의 계절이 흘렀다. 꽃이 지고 열매가 열렸다. 잎이 물들고 작은 바람에도 후두둑 떨어졌다. 눈이 내렸고 그쳤다가 얼음이 얼고 녹고 이내 따뜻해졌다. 3월의 어느 날. 그 사람으로부터 자신의 죽음을 알리는 부고 문자가 왔다. 눈치는 채고 있었다. 눈에 띄게 체중이 줄고 안색이 어두워 어딘가 아프구나 생각했지만 이렇게 가버릴 줄은 몰랐다. 휴대전화를 바닥에 놓고 창문을 열어 바깥을 봤다. 밝고 맑은 오후. 바람이 불 때마다 벚꽃이 날리며 바람의 길을 보여줬다. 부고가 있기 한 달 전 수신된 메시지를 읽었다. '신발 사이즈 270. 맞지?' 그가 사준 하얀 운동화를 신고 밖으로 나갔다.

고 장근수. 그가 죽었다. 그래서 알게 된 몰랐던 사실들. 배우자가 있고 두 딸이 있다. 직업은 수학 교사. 복도 가득 늘어선 많은 화환이 그가 어떤 삶을 살았는지 한눈에 보여줬다. 잘 나온 영정 사진이 그의 죽음이 준비된 것이었다는 것을 알려줬다. 한 번도 보지 못한 나른한 미소로 편안하게 웃는 그 남자 앞에 서서 잠시 우두커니 있었다. 장례식은 처음이라 뭘 어떻게 해야 하는지도 몰랐다. 유족들이 먼저 다가와 허리를 깊게 숙여 인사했다. 늙은 여자. 젊은 여자. 어린 여자. 그들 중 젊은 여자가 말했다.

"아빠 제자니?"

그는 내 팔을 가볍게 잡고 학생들이 모여 있는 자리로 데려가 빈자리에 앉혔고 많이 먹고 가, 라고 말했다. 누군가가 그의 이름을 불렀고 그는 고개를 돌려 대답한 뒤 그쪽을 향해 총총히 걸어갔다. 그 이름과 상주의 이름이 같았다. 고등학생들은 시끄러웠다. 우는 것도 웃는 것도 요란했다. 육개장 앞에 고요히 앉아 생각에 잠겼다. 엄마는 남자를 만나 나를 낳았다. 그러나 그는 내가 다른 남자의 아이라 믿고 엄마와 나를 떠났다. 세월이 흘러 남자는 다른 여자를 만났고 딸을 얻었고 결혼도 했다. 엄마는 자신을 떠난 남자를 여전히 그리워했다. 왜 그런 오해를 했는지 안타까워했고 할 수만 있다면 풀고 싶어 했다. 나중엔 나를 걸림돌로 여겼다. 그와 함께할 수 없는 건 내가 있기 때문이고 혹 내가 사라지면 그 빈자리를 그가 채울 것이라 믿었다. 가끔 엄마는 내 얼굴을 사랑스럽게 바라보며 중얼거렸다.

"이렇게 꼭 닮았는데 왜 믿지 못하는 걸까?"

어떤 날엔 증오심이 깃든 눈으로 뚫어지게 노려봤다. 그 사람 것이 아닌 다른 얼굴이 밉다고 했다. 나는 엄마가 미워하는 그 얼굴이 좋았다. 엄마를 똑 닮은 쌍꺼풀 없는 눈과 유독 작은 귀. 언젠가는 이런 말도 했다.

"네가 태어나지 않았다면 그 사람, 다른 여자에게 가지 않았겠지?"

엄마는 곧바로 사과했다. 엄마가 미쳤다고 했다. 이런 엉망인 엄마라서 미안하다고 울었다. 물론 나는 상처받았다. 그렇게 말하는 엄마가 미웠고 너무하다고 생각했다. 하지만 그 순간에도 알았다. 그건 엄마의 문제가 아니다. 엄마의 마음과 정신을 파괴해버린 그 남자의 잘못인 것이다. 하지만 다 거짓이었다. 그는 이미 결혼을 했고 딸까지 있었다. 그 후에 엄마를 만나 아들을 얻었다. 남자는 여자와 아들을 버리고 다시 본처에게 돌아가 새로운 딸을 얻었다. 플라스틱 숟가락을 쥔 손가락이 떨려 국물을 뜰 수 없었다. 분노. 심장이 튀어나올 것 같은 강력한 힘.

안에서부터 솟구치는 것이 거세게 느껴졌다. 이건 나의 것이 아닌 내 안의 엄마의 감정일 것이다. 까만 옷을 입은 한 무리의 사람들이 장례식장으로 들어왔다. 그들은 장근수의 제자들이었다. 그들은 사진 앞에 두 번 절하고 상주들에게도 절을 했다. 그들은 테이블을 세 개를 차지하며 자신들의 성공한 삶을 말했고 그 뒤엔 선생님의 헌신과 가르침이 있었다고 했다. 그들의 말에 의하면 장근수는 좋은 사람이었고 훌륭한 어른이었으며 약한 자를 돕고 강한 자 앞에서는 허리를 숙이지 않는 호인이었다. 한 남자가 촉촉이 젖은 눈으로 친구들에게 말했다.

"선생님이 없었다면 지금의 나도 없었어. 교통사고로 부모님이 다 돌아가시고 내 무릎도 부서졌을때 공부고 뭐고 다 때려치우려고 했어. 그런데 선생님이 병원에 찾아오셔서 밀린 공부도 시켜줬고 절대 포기하지 말라고 용돈도 줬어. 그 보살핌이 없었다면 나는 대학도 가지 못했을 거야. 나중에 내가 의사가 되었을 때 자기 일처럼 기뻐해주셨지. 선생님은 분명 좋은 곳에 가셨을 거야."

장례식장을 떠나 아무 길이나 보이는 대로 걷고 또 걸었다. 걸어도 걸어도 마음에 불이 꺼지지 않았다.

'개씨발새끼. 처음부터 끝까지 전부 다 거짓인 새끼. 엄마를 능멸하고 나를 무시하고 가증스러운 가면을 쓰고 뻔뻔하게 살다가 췌장에 암이 생겨 서둘러 막 내린 개 같은 인생. 마지막 죽을 때가 되니까 후회도 되고 깔끔하게 매듭짓지 못한 것들이 신경 쓰였겠지. 엄마는 알아서 죽어버렸으니 상관없겠지만 남은 내가 거슬렸을 거야. 그런데 마침 눈앞에 나타났네? 적당히 잘해주고 적당히 달래면서 마지막까지 시끄러운 일 없도록 잘 관리하려 했겠지.'

아, 그 순간은 엄마조차 싫었다. 끔찍했다. 그 따위 남자에 눈멀고 마지막까지 덫에 걸려 있었다니. 모든 말을 다 믿고 한 번도 의심하지 않았다니. 어리석고 무지하고 멍청한 여자. 토해서 모조리 다 뱉어낼 수 있다면 마지막 한 방울까지 모두 게워냈을 것이다. 하지만 엄마는 나의 핏속에 있다. 뼈와 살에 스며 이미 내가 되었다. 그 개새끼가 편히 죽기 전에 내가 죽였어야 했다. 고통 없는 세계로 떠나기 전, 편안히 눈 감기 전, 숨 쉬는 모든 순간이 다 고통의 세계가 되도록 만들었어야 했다. 엄마를 품고 있는 내가 그렇게 했어야 했다. 그런데 이딴 신발이나 신고 흉터를 지운다고 연고나 처바르고 있었다니. 가방 앞 주머니에서 연고를 꺼내 바닥에 던지고 짓밟았다. 아이보리색 젤이 픽, 소리를 내며 튀어나왔다. 모든 것이 다 하찮고 볼품없다. 수치와 분노. 이런 기분을 겪느니 차라리 죽어버리는 것이 좋겠다. 보이는 모든 곳을 향해 뛰어들고 싶었다. 단단한 건물의 외벽. 높은 건물에서 내려다본 까마득한 땅. 출렁이는 강물. 빠르게 오고 가는 자동차들. 충동을 참기 위해 이를 악물고 주먹을 움켜쥐었다. 손톱이 손바닥을 파고들어 핏물이 맺혔다.

 사흘간 누워만 지냈다. 먹지 않고 마시지도 않았다. 관절 마디가 다 끊어져 꼼짝도 할 수 없는 마비된 생물. 자전과 공전을 멈춘 행성. 빛을 잃은 항성. 불이 꺼지고 연기마저 사라진 차가운 잿더미. 죽지 않으려 애써왔다. 다른 사람의 손에 죽는 건 상관없다. 하지만 내가 나를 죽이는 건 싫었다. 죽음이 두려운 것이 아니다. 죽어야 한다는 그 생각에 굴복하는 것이 싫었다. 세상에서 가장 불쌍한 새끼. 아비 어미 양쪽 다 원치 않은 저주받은 생명. 태어나지 않은 것이 차라리 좋았을 마이너스 인간. 분노와 슬픔을 넘은 존재론적인 허무와 힘없음. 그 끔찍한 체념으로 서서히 고개 숙이고 무릎 꿇을 수는 없었다. 무기력을 이기기 위해 전력을 다한 삶. 웅덩이와 구덩이를 기어서 빠져나오며 짓이겨진 열 개의 손가락. 차라리 다행이다. 엄마가 이 사실을 모르고 죽은 것이. 깊은 밤. 그보다 더 깊고 깊은 밤. 생각을 안고 죽은 듯 깨어 있었다. 가수면 상태에선 감정 속에 머리를 집어넣었다. 그리고 아침. 자리에서 일어났을 땐 생각은 더 이상 생각이 아니었다.

그 사람의 유골이 놓인 납골당에 찾아갔다. 유리창 너머 한 칸의 공간 속엔 남겨진 자들의 사랑과 추억이 가득 전시되어 있었다. 단란하고 안정적인 4인 가족 사진과 색색의 펜으로 써내려간 애틋한 롤링페이퍼. 거기엔 없었다. 엄마의 눈물. 내 피. 가난하고 서러웠던 우리의 어제와 오늘. 그래 놓고 뭐? 좋은 곳에 갔다고? 그럴 수 없지. 유리창을 깨고 유골함을 빼내 백팩에 넣었다. 등 뒤에서 누군가 소리를 질렀지만 뒤돌아보지 않고 달렸다. 사람도 자동차도 없는 비포장도로를 달려 마른 풀이 가득한 황무지 앞에 섰다. 방치된 하천 곳곳에 웅덩이가 고여 있었다. 짐승의 분뇨와 쓰레기로 썩어가는 까만 수면 위로 내 얼굴이 비춰 보였다. 유골함을 꺼내 뼛가루를 웅덩이에 뿌린 뒤 그 위로 침을 뱉고 또 뱉었다.

*

장선기는 두 손을 펼쳐 옹이 진 손바닥을 내려봤다. 이

손으로 펜을 쥐고 책을 펼쳤다. 이 손으로 온갖 것을 쥐고 당기며 돈을 벌었다. 이 손으로 흙을 파내고 바위를 들었다. 이 손으로 고아들을 먹이고 가르쳤다. 이 손으로 죽어 마땅할 자들을 죽였다. 이 손으로…… 그 사람의 목을 움켜쥐고 숨통을 끊었어야 했다. 물론 오래된 이야기다. 이제 더 이상 소년이 아니고 그렇게 약하지도 무르지도 않다. 마개를 뽑고 식은 물을 내려보낸다. 투명한 소용돌이 속에서 어지러이 휘도는 머리카락을 멍하게 바라보며 입술을 오므리고 힘겹게 심호흡을 한다. 숨을 쉬고 내뱉는 당연한 호흡 활동이 점점 어려워진다. 안다. 얼마 남지 않았다. 완치됐다고 믿었다. 그러나 두 번째 삶에서도 암은 다시 찾아왔다. 나는 곧 죽는다. 괜찮다. 죽음은 아무것도 아니다. 죽음 이후도 관심 없다. 그곳이 어디든 가고 싶지 않고 누구도 만나고 싶지 않다. 하지만 죽기 전. 내 손이 움켜쥐고 있는 하나의 운명. 그것만 부술 것이다. 최선의 방식으로.

17

 뭔가 달라졌다. 두 손으로 핸들을 잡고 앞만 보는 유희진의 옆모습을 바라보며 서지우는 생각에 잠겼다. 상황이 바뀌었다. 더 이상 같은 팀이 아니다. 그만두는 과정이 매끄럽지 않았다. 평소와 다를 것이고 어색하고 서먹할 수 있다. 하지만 그것만으로는 도저히 설명할 수 없는 어두운 빛이 유희진의 눈에 스며 있었다. 차분하다 못해 차가운 사람. 돌 같은 목소리로 좀처럼 감정의 동요를 느낄 수 없던 건조한 사람. 그런데 오늘은 아니다. 뭔가 이상하다. 잠깐 만날 수 있겠느냐는 말에 곤란하다, 답하려 했다. 하지만 이렇게 만나게 되었고 김민수 집까지 동행하게 된 이면엔 유희진의 음성에서 낯선 신호를 감지했기 때문이다. 불안하고 위험해 보였다. 어딘지 모르게 업된 느낌. 음성엔 흥분과 어두운 열기가 묻어 있었다. 신발도 지저분했다. 진흙을 밟은 듯 딱딱하게 굳은 흙이 곳곳에 붙어 있었지만 정작 유희진은 자기 신발 상태를 모르는 것 같았다. 그리고 어제 뜬금없이 횡성에서 장선기를 만나고 있다는 문자는 왜 보낸 걸까. 왜 그걸 말하느냐고 묻는 문자엔 왜 대답하지 않았을까. 걱정되면서도 의심이 들었던 건 변화의 이유가 분명 김민수, 그리고 어쩌면 최근 발생한 아동 학대 가해자들의 죽음과 실종에까지 연관되어 있을 것이라는 느낌 때문이었다. 사실이라면 근거와 증거를 찾아야 했다.

"별일 없어요? 며칠 사이에 선배 좀 힘들어 보이네요."

"괜찮아."

"어제 장선기 씨는 왜 만났어요? 영상 편집 다 끝났잖아요."

유희진은 바로 답하지 않고 한동안 앞만 봤다.

"별건 아니었고……. 개인적으로 궁금한 게 있어서."

궁금한 건 그게 아니었다. 횡성에서 장선기를 만나고 있다는 정보를 왜 자신에게 알려줬는지. 물어보지도 않았는데 왔던 느닷없는 문자였다. 무슨 말이냐는, 무슨 일이 있느냐는 질문에는 답이 없었고 나중엔 전화까지 걸었는데 받지 않았다. 그래 놓고 다음 날 아무 일도 없었다는 듯 연락해서 만나자고? 그리고 별건 아니었다고? 하나 마나 한 말로 핵심을 피해 빙빙 돌리는 것. 애매하게 의중을 떠보는 것. 생각만 해도 숨 막힌다. 서지우는 바로 말했다.

"선배 좀 이상한 거 알죠? 황 피디가 그렇게 잡을 때는 그만둔다더니 기획 단계에 있는 에피소드에 왜 이렇게 관심을 갖는 거예요? 그리고 김민수 집은 왜 가는 건데요."

"김민수 아니야."

서지우는 한숨을 내쉬었다. 김민수는 의심받을 만하다. 주성혁의 자살도 의심스러운 부분이 있고 주성혁의 마지막 행적과 직접적인 연관이 있다는 제보까지 들어왔다. 우린 수사기관이 아니니까, 딱 이 정도 선에서 의심을 품고 가설을 세워 접근하는 것은 충분히 가능한 일이라는 걸 누구보다 잘 아는 사람이 유희진이다. 그런데 왜 이렇게까지 무리를 하며 이상하게 구는 것일까.

"그럼 누구예요?"

"모르겠어. 하지만 김민수는 진짜 아니야. 나는 그걸 바로잡고 싶어."

서지우는 헝클어진 머리를 만졌다.

"아니, 가장 먼저 가장 많이 의심한 사람이 선배 아니었어요? 알리바이 있고, 과거 이력도 있고, 동기도 있고, 심지어 익명의 제보도 있잖아요."

"그러니까 더 이상해. 너무 딱딱 맞아. 익명의 제보. 그것 때문에 지우 씨는 확신을 갖게 된 거잖아. 더 의아한 건 김민수가 범인이라 치자. 왜 이렇게 급하게 프로그램을 만드는 건데?"

"황 피디는 시기가 중요하다고 했어요. 구속되고 바로 방송하면 좋겠다고요."

"방송하려고 구속시키는 건 아니고?"

방송하려고 구속시킨다고? 서지우는 잠시 생각에 잠겼다. 그럴 수 있다. 김민수를 취재하며 찾아낸 여러 증거와 의혹들을 황 피디는 경찰에게 넘겼고 구속할 수 있는 근거를 마련하도록 오산미 남편을 설득해 실종 신고를 하게 부추겼다. 하지만 그 과정 중에 부정한 방법을 사용하여 증거를 수집했거나 사실 관계를 훼손하지는 않았다. 유희진은 이 모든 과정을 김민수에게 누명 씌워 자극적인 방송을 만들려는 방송 관계자들의 부도덕한 행태처럼 말하고 있는데 그건 아니다. 그걸 조사하고 의혹을 추적했던 사람이 바로 유희진이었으니까. 유희진은 죄 없는 김민수를 구원하려는 것이 아니라 죄인을 처벌하는 어둠의 히어로의 앞길을 가로막고 싶지 않은 것 같았다.

"그러는 선배는 왜 아니라고 확신해요? 무슨 증거라도

있어요?"

유희진은 말을 하려다 말고 입을 꾹 다물었다.

그 집에 김민수는 없었다. 서지우는 팔짱을 끼고 대문 앞에 서서 유희진을 관찰했다. 집 주변과 내부도 몇 장면 찍었다. 유희진은 마당 한가운데 우두커니 서서 의아한 표정으로 주위를 두리번거렸다. 왼쪽 눈꺼풀이 간헐적으로 떨렸고 그때마다 얼룩을 지우듯 검지로 눈꺼풀을 비볐다. 계세요, 계세요, 몇 번이고 불렀지만 대답하는 사람은 없었다. 바닥에 엎드려 힘없이 눈동자를 움직이는 개조차 소리를 내지 않는 고요하고 허름한 집. 뭔가 이상해, 라고 중얼거리며 유희진은 불안하게 말했다.

"전엔 이렇게 정리되어 있지 않았어. 잡동사니가 널려 있었고 전단지가 담겨 있던 상자도 많았거든? 없네. 빨랫줄도 비어 있고 벌크로 쌓여 있던 생수도 없고. 너무 깨끗해. 이상할 정도로."

그사이에 집을 치웠을 수도 있고 어딘가로 짐을 옮겼을 수도 있지. 아니면 증거를 깨끗하게 없애고 도망갔을 수도 있지. 서지우는 그렇게 말하고 싶은 걸 참고 잠자코 있었다. 목 뒤에 닿는 시선을 느끼고 천천히 고개를 돌렸다. 작고 마른 할머니가 오목한 그릇을 손에 들고 등 뒤에

질문들 275

서 있었다. 서지우는 화들짝 놀라며 고개를 숙여 인사한 뒤 비켜섰다. 할머니는 일그러진 미소로 조용히 화답했고 느리게 걸어 개 앞에 쭈그려 앉았다. 개는 앞발로 상체를 일으켜 앉은 뒤 낑낑거리며 꼬리를 흔들었다. 할머니는 개가 사료를 먹는 모습을 흐뭇하게 바라봤다. 많이 웃어 만들어진 주름이 더 깊게 패었다. 유희진은 할머니 곁에 다가가 김민수 씨를 만나러 왔다고 했다. 할머니는 무슨 말인지 모르겠다는 표정으로 유희진의 얼굴을 멀뚱히 바라봤다.

"아드님이요. 어머님의 아들. 지금 어디 있어요?"

할머니의 눈이 잠깐 흔들렸다. 흐릿한 눈에서 순간 빛이 반짝였다가 이내 사라졌다. 할머니는 불안한 눈과 미안한 얼굴로 조심스럽게 말했다.

"우리가 만난 적이 있던가요? 제가 정신이 왔다 갔다 해서요. 생각이 날 때가 있고 안 날 때가 있어요. 뭔지 모르지만 미안해요."

할머니의 손이 다가와 유희진의 손을 잡았다. 손등이 둥글게 부어 있었고 손끝은 갈라져 까맣고 붉은 피딱지가 맺혀 있었다. 그는 창백한 표정으로 유희진의 눈을 보며 말했다.

"혹시 우리 아들이 잘못했다면 그래서 벌을 받아야 하

는 거라면 나를 벌하면 됩니다. 내가 그랬어요. 민수는 아무 잘못이 없답니다."

"무슨 잘못을 말하시는 거예요?"

"몰라요. 난. 아들이 누군지도."

서울로 향하는 길. 정체와 지체로 가다 서다를 반복하는 지루한 시간 동안 서지우는 유희진의 말을 들었다. 김민수가 어떤 삶을 살아왔는지, 김민수의 아버지는 왜 죽었고 어머니는 왜 저렇게 정신이 오락가락하게 됐는지, 알려줬다. 그 가족에게 드리운 불행의 원인은 잘못된 신앙과 신념을 심어준 목사였는데 그 목사가 바로 실종된 안인수라고 했다. 뿐만 아니라 안인수는 김민수의 가족에게 했듯 여러 가정을 파괴했고 아이들에게 나을 수 없는 상처를 입혔다고 했다. 서지우는 그 말이 놀라우면서도 그 일을 선배가 어떻게 알고 있는지 궁금했다. 정보의 출처를 물었다. 지금은 말할 수 없다고 했다. 핵심은 안인수가 생각보다 더 나쁜 사람이고 김민수는 피해자라는 것이다. 김민수가 기구한 삶을 살았다는 건 알겠다. 그러나 그만큼 그를 의심해야 할 이유는 더 커진 셈이다.

"선배, 요점이 뭐예요? 그러니까 안인수는 죽어 마땅한 나쁜 놈이라는 거예요? 아니면 김민수에게 그런 불행한

역사가 있으니 복수할 때까지 지켜줘야 한다는 건가요?"

"그런 게 아니야. 예전에 김민수가 안인수에게 벽돌을 던진 사건, 그것에 관한 설명일 뿐이야."

"지금은요? 그 설명이야말로 주성혁의 죽음과 안인수의 실종, 김민수의 의심스러운 정황을 이해하기 위한 딱 맞는 근거 아닌가요?"

유희진은 아무 말도 하지 않았다. 서지우는 아까부터 할까 말까 망설였던 그 질문을 하기로 결심했다.

"솔직히 말할게요. 전 선배가 김민수를 두둔하는 것처럼 보여요. 이유는? 사적 제재를 옹호하기 때문이겠죠. 황 피디가, 정확히 말하면 양 작가님이지만 아무튼 이상한 말을 했어요. 선배가 유독 아동 학대 사건에 신경을 많이 쓰는 건 사적인 감정 때문이라고요. 그리고…… 선배 어머니 이야기도 해줬어요. 물론 저는 그런 말 안 믿어요. 그런데 요즘 선배 보면 이상하긴 해요. 뭔가 정도를 넘었달까?"

"엄마 이야기? 자세히 좀 말해줘."

"저도 들은 거고. 믿지도 않아요."

"지우 씨, 괜찮으니까. 그냥 말해봐."

"양 작가님이 선배 어머님 사건 관련된 짧은 기사를 황 피디와 저에게 보여준 적이 있어요. 자살로 보기엔 의심스러운 정황이 있다, 정도의 짧은 언급인데 이걸 파고들었던 것 같아요. 그걸 황 피디에게 전했고."

"황 피디는 박기정에게 전했고?"

"박기정이요? 박기정도 알고 있어요?"

"아니야. 대충 알겠어. 그런데 지금은 그런 걸 다 설명할 시간이 없어. 맞아. 자기 말대로 나 좀 이상한 것 같아. 나도 내가 이상하니까. 하지만 범죄자를 감싸는 건 아니야. 하지 않은 일을 한 것 같다고 몰아가면 나중에 그 사람은 자기가 하지 않았다는 것을 밝혀낼 방법이 없어. 최소한 나는 그런 짓은 못 하게 하는 거야."

"그럼 그 이야기만 해줘요. 어제 그 문자 뭐예요? '서 작가. 나 지금 장선기와 횡성에 있어.' 장선기 이야기는…… 좋아요. 하기 싫으면 하지 마세요. 서 작가, 라고 한 것만 해명해봐요. 선배는 한 번도 저를 그렇게 부른 적 없잖아요."

유희진은 아무 말도 하지 않고 앞차의 브레이크등만 봤다.

"미안해. 지금은 말 못 해. 하지만 내가 지우 씨 의지하고 있었다는 것만 생각해줘."

"진짜로. 그거예요? 선배도 연루되어 있어요? 장선기 씨와?"

유희진은 작은 소리로 웃으며 콘솔박스를 열어 청포도

맛 사탕을 두 개 꺼냈다.

"하나만 까줘. 자기도 하나 먹고."

서지우는 유희진이 대답하지 않을 것을 알고 체념하며 사탕 껍질을 깠다. 채근해봤자 괜히 힘만 빠지고 지치기만 할 게 뻔했다. 둘은 잠시 사탕을 빨며 가만히 있었다. 조금씩 정체가 풀려가며 속도도 나기 시작했다. 황 피디에게 전화가 왔다. 서지우는 액정화면에 뜬 발신자 정보를 유희진에게 보여준 뒤 전화를 받았다. 서지우는 네, 네, 네, 라고 말했고 조금 뒤 한 번 더 네, 라고 말하고 전화를 끊었다. 그리고 한참 휴대전화를 손에 쥐고 가만히 있었다. 분위기가 달라진 걸 감지한 유희진이 의아한 얼굴로 서지우를 봤다. 서지우는 말했다.

"김민수 구속됐어요."

서지우는 방송국 로비 의자에 앉아 황 피디를 기다렸다. 금방 내려온다고 했는데 한 시간째 나타나지 않고 있다. 차라리 이렇게 늦는다고 했으면 뭐라도 하고 있었을 텐데 무의미하게 시간을 뭉개고 있으려니 짜증이 났다. 황 피디 때문만은 아니다. 유희진과 헤어진 이후 마음이 복잡하고 계속 기분이 가라앉았다. 유희진은 말했다.

"만약 김민수가 아니라면, 우리는 책임이 없을까? 좋은 의도로 정의를 구현하려 했으니 결과가 어떠하든 다 정당화될 수 있는 거야? 아니잖아. 그래서 사적 제재도 안 되는 거잖아. 김민수가 정말 그랬을 수도 있어. 하지만 아닐 수도 있지. 증거가 필요해. 방송을 이런 방식으로 예단하고 결과를 정해놓고 몰아가서는 안 돼."

후, 한숨을 내쉬며 빨대를 빨았다. 얼음이 녹은 아메리카노는 싱거웠고 끝맛은 기분 나쁘게 썼다. 황 피디는 휴대전화를 오른쪽 귀에 붙이고 느리게 걸어왔다. 맞은편 의자에 앉아 왼손을 들어 잠깐 기다려달라는 수신호를 보내고도 통화는 15분 넘게 이어졌다. 비슷한 콘셉트의 경쟁 프로그램의 피디를 험담하는 것이 주요한 내용이었다. 자극적인 것만 추구한다. 시청률에 목을 매고 광고 받을 생각밖에 안 한다. 윤리 의식이라고는 눈을 씻고 찾아봐도 없다. 틀린 말은 아닌데 그 말을 황 피디가 하는 게 우습다. 〈진실의 탐구〉 자체가 그 프로그램을 벤치마킹한 거고 심지어 유튜브 만들어서 활동하는 것까지 똑같이 따라 하면서 부끄럽지도 않나. 서지우는 마음의 소리가 표정으로 보일까 봐 애써 표정 관리를 했다. 황 피디는 다음 주에 바로 에피소드 업로드하자며 '어둠의 히어로'라는 제목까지 생각했다고 말했다. 경찰 쪽이랑 연계해서 수사 과정 디테일하게 확보해서 김민수 구속과 함께 사적 제재의 양면을 최대한 부각시켜보겠다는 계획이었다.

"HTC에서는 김민수와 관련한 언급은 부담스럽다니까 직접적인 취재는 못 하겠어. 대표가 소개해준 변호사 있거든. 상식적으로 이해하기 어려운 처벌을 받은 사건들하고 언론에 노출 안 된 사적 제재 사례도 많다니까 최대한 빨리 미팅 잡고."

"이거 괜찮을까요? 괜히 사적 제재 문제 애매하게 다루면 시끄러워질 것 같은데. 전에도 가해자 옹호한다고 게시판 난리 났던 거 피디님 신경 많이 쓰셨잖아요."

"가해자를 옹호하든 피해자를 옹호하든 비난조차 이용해야 할 상황이야. 이슈 자체가 안 되니까. 경고 들어왔어. 문 닫을지도 모른다고."

"스크립트는 양 작가님이 다 쓰신대요? 유 선배도 없는데…… 서브 작가 없이 힘들 것 같은데."

"걱정 마. 양 작가님이 아는 후배 있다니까. 데일리 쪽에서 오래했고 감 좋대. 아무튼 그것보다 김민수 집 한번 가봐야 할 것 같은데. 내일 시간 될까? 다른 건 필요 없고 집이랑 주변 사람들 인터뷰만 조금 따면 될 것 같은데."

"전에 다녀온 적 있어요. 영상도 몇 개 있고."

응? 황 피디는 묘한 미소를 띠며 서지우를 똑바로 쳐다봤다.

"언제? 왜?"

"유 작가님 만났는데……. 마침 간다고 하길래. 같이 갔었어요."

"말하지 않았어? 유 작가랑 거리 두라고. 말했던 것 같은데."

서지우는 설명을 하려고 했는데 황 피디가 말을 중간에 끊었다.

"이번 일 연루되어 있을지도 모른다고. 김민수도 지금 아슬아슬한데 〈진탐〉 관계자까지 범죄에 엮이면 되겠어?"

"누가요?"

"누군지는 다 알고 있잖아."

"그렇게 생각한 근거는요."

서지우가 정색하고 하는 말에 황 피디는 표정에서 미소를 싹 지웠다.

"아니. 타임라인을 따져봤거든? 김민수와 공범일 수도 있겠더라고. 처음부터는 아닌 것 같고 뭔가 마음이 바뀐 것 같아. 잘 봐봐. 갑자기 이 일 맡았잖아. 그동안 계속 요청했는데 다 씹었거든. 그 시작이 언제냐면 안인수 출소한 이후야. 그리고 계속 안인수 실종 추적했고. 그리고 유 작가. 사법 제도에 불만 많았잖아. 그리고 지금은? 누가 봐도 의심스러운 김민수를 감싸고 돌잖아."

"이 생각, 피디님 생각 아니죠? 양 작가님이 알려준 거죠?"

"아니? 내 생각인데? 양 작가님도 같은 생각이고."

자기 생각이라고? 말도 안 되는 말이다. 처음에 선배와 내가 김민수 이상하다고 취재해보자고 했을 때 반대했던 사람이 자기면서. 그런 상상과 가설에는 구체적이고 명확한 근거가 필요하다며 일축했으면서. 서지우는 화가 났다. 하지만 말을 삼켰다.

"성급해요. 김민수 특정한 것도 그렇고 유 작가님 이렇게 몰아가는 것도 그렇고."

"지금은 성급한 판단이 필요합니다. 피크 놓치면 다 꽝이니까."

묻고 싶은 것도 따지고 싶은 것도 있었지만 말할 수 없는 것들뿐이었다. 혼자 생각하고 혼자 판단하고 혼자 결정해야 할 일이었다. 서지우는 건조한 목소리로 네, 했다. 황 피디는 주변을 살핀 뒤 목소리를 낮게 깔며 말했다.

"유 작가 아동 학대 관련 사건만 보면 눈 도는 거 알지? 안인수 인터뷰할 때도 그랬다니까. 내가 옆에 없었으면."

황 피디는 오른손으로 자신의 왼쪽 가슴을 쓰다듬었다.

"뭔 일 났을 거야."

알겠어요, 라고 작게 말하고 서지우는 자리에서 일어났

다. 황 피디는 재빨리 서지우의 손목을 잡은 뒤 한참 동안 서지우의 얼굴을 빤히 쳐다봤다.

"서 작가님, 술 좀 끊자."

서지우는 황 피디를 쏘아보며 팔을 비틀어 벗어난 뒤 방송국 로비를 빠져나갔다.

18

장선기에게 문자를 보냈다.
- 만나겠어요.

집에 들러 필요한 물건을 챙겨 백팩에 넣고 은총원에 들러 엄마를 만났다. 침대에 걸터앉아 엄마의 이마를 쓰다듬고 잠시 가만히 있었다. 아이를 재우듯 허밍으로 음을 흥얼거리다 작은 소리로 노래를 불렀다. '주 예수께 조용히 나가 네 마음을 쏟아놓라. 늘 은밀히 보시는 주님 큰 은혜를 베푸시리.' 유희진은 엄마의 이마에 자신의 이마를 대고 10초쯤 가만히 있다가 엄마의 귓가에 작게 속삭였다. 물어보고 싶지 않지만 물어봐야만 하는 질문들. 엄마는 눈을 깜빡였다. 유희진은 말없이 엄마의 눈을 응시했다. 엄마는 빠르게 눈을 깜빡였다. 유희진은 헝클어진 엄마의 머리카락을 손가락으로 빗어 정돈하고 자리에서 일어났다.

시동을 걸기 전 운전석에 머리를 기대고 앉아 눈을 감았다. 양 작가의 말이 희미한 연기처럼 떠올랐다. '엄마의 입장. 엄마의 마음. 생각해봤어?' 자신보다 그걸 많이 생각한 사람이 있을까? 자신보다 그걸 궁금해한 사람이 있을까? 알고 싶다. 그날 엄마의 마음을. 어쩌면 엄마도 알고 싶을지 모른다. 그날의 내 마음을.

*

"더는 안돼."

내 마음이 내게 명령했다. 차갑고 건조한 목소리였다. 뻔한 엄마의 연극. 죽겠다, 는 지겨운 협박. 디는 듣고 싶지 않았다. 더는 참고 싶지 않았다. 그날도 엄마는 창틀에 앉아 죽어야겠다고 말했다. 그리고 실제로 몸을 움직이며 나를 궁지에 몰았다. 내가 울고 빌고 미안하다고 말하고 용서해달라고 구걸하면 그제야 엄마는 선심 쓰듯 창틀에서 내려오곤 했다. 처음에는 엄마의 어깨를 붙잡으려 했다. 그러지 마. 제발. 팔목을 잡아 끌어당기려 했다.

하지만 어깨를 붙잡고 당기려 할 때 몸이 거부했다. 당기지 않고 밀었다. 실수가 아니었다. 전심으로 밀었다. 연체동물처럼 흐느적거리던 엄마는 순간 눈빛이 달라지며 오른손으로 내 팔목을 움켜쥐고 왼손은 창틀을 붙잡았다. 나는 밀고 또 밀었다. 엄마는 저항했다. 으으 소리를 내며 떨어지지 않으려 몸부림쳤다. 엉덩이가 창밖으로 빠졌고 여차하면 추락할 수밖에 없는 자세였는데도 엄마는 떨어지지 않았다. 중심이 견고했고 삶에 대한 집착이 대단했다. 징그럽고 끔찍했다. 나는 소리쳤다. '죽어. 제발. 죽어.' 엄마는 그 밤. 죽지 않았다. 새벽. 엄마가 내 방에 들어왔다. 한 손엔 도자기로 만든 머그컵을 들고 방 한가운데 서서 침대에 누운 나를 내려보고 있었다. 나는 엄마가 그 순간 나를 죽일 수도 있겠구나 생각했다. 차라리 그랬으면 좋겠다고 생각했다. 엄마는 그렇게 있다가 방을 나갔다. 그러고 난 다음 아침 엄마는 건물 화단에서 발견됐다. 두개골과 경추가 다 부서진 의식불명 상태로.

*

"나는 그때 엄마를 죽였다. 한 것과 하려고 한 것은 차이가 없다. 이유가 같다면 결과와 상관없이 똑같다. 나는 엄마를 죽이고 싶어 했고 실제로 엄마를 죽였다. 그러나 엄마가 죽지 않아서 다행이라고 생각한다. 계속 사과할 수 있어서. 미안하다고 말할 수 있어서."

유희진은 이 말을 실제로 내뱉었고 자신도 모르게 손으로 입을 가렸다. 스스로도 그 말에 놀라고 말았다. 그런 말을 하게 되리라고는 생각해본 적 없었다. 자신의 생각이 아닌, 누군가가 자신의 몸에 잘못된 명령어를 입력한 것 같았다. 유희진은 시동을 걸었고 출발하기 전 서지우에게 문자를 남긴 뒤 곧장 횡성으로 향했다.

머그컵에 담긴 커피에서 좋은 향이 났다. 분쇄된 원두에 조금씩 물을 부어 커피를 내리는 장선기를 보며 유희진은 생각했다. 덫에서 발을 빼내지 못하면 죽는다는 것을 아는 동물처럼 빠져나갈 구멍을 찾으려 했다. 하지만 안다. 이건 그렇게 허술하게 설치된 덫이 아니다. 힘과 요령으론 빠져나갈 수 없다. 다르게 생각해야 한다. 유희진은 집 안에 흐르는 미세한 분위기를 깨기 위해 질문을 했다.

"엄마, 왜 만났어요?"

"제가 아니라 기정이가 만났죠."

"장선기 씨와 무관하다고 생각하지 않아요. 말해줘요."

"왜 만났을까요."

"질문을 질문으로 받지 마세요. 말장난하고 싶지 않으니까."

장선기는 어떤 대꾸도 하지 않고 계속 커피만 내렸다. 뜨거운 감정이 자신을 사각으로 몰고 있다고 느낀 유희진은 마른 입술을 혀로 적시며 허리에 힘을 주고 등을 꼿꼿이 폈다. 장선기는 드리퍼를 들어 내려둘 곳을 찾다가 접시에 놓고 서버를 들어 컵에 커피를 부었.

"이해해보고 싶어 살펴본 것뿐. 약점을 잡을 목적은 아니었습니다. 석연치 않은 부분이 없지 않지만 뭐, 복잡한 사정이 있었겠죠. 아무튼 어머님의 추락사고, 작가님과 무관하다는 건 알고 있어요."

장선기는 묘한 표정을 지으며 사람 일은 아무도 모르는 거라고, 어떤 일이든 그럴 수 있는 거라고, 중얼거리며 인생사 겉으론 비슷해 보이지만 한 꺼풀만 벗겨보면 천차만별이라고 했다. 유희진은 말없이 장선기가 하는 말을 다 들었다. 종종 고개를 끄덕이기도 했지만 어느 것에도 긍정하지는 않았다. 잘 알지도 못하면서 자기가 무슨 대단한 통찰력이라도 있는 것처럼 구는 사람들을 증오했지만 이상하게 그의 말은 싫지 않았다. 정말로 알고 있는 것 같았고 어떤 일이든 다 이해해줄 것 같았다. 불쑥 속의 말을 토해내고 싶은 것을 억지로 삼키며 유희진은 화제를 돌렸다.

"실종자들, 죽였나요?"

장선기는 유희진을 빤히 봤다. 다 안다는 눈길. 이 순간을 흥미로워하는 눈빛이었다. 유희진은 장선기의 눈에서 무엇을 느껴야 할지 전혀 예상하지 못했다.

"사형에 적합한 자들은 심판했습니다. 쉽진 않았죠. 그런 이들이 워낙 많아서."

장선기는 농담인지 진담인지 헷갈리게 목소리에 농을 섞어 말을 이었다.

"멀쩡한 나이에 자연스럽게 죽은 걸로 보이려면 선택지가 별로 없습니다. 심장 마비를 유도하는 염화칼륨을 쓰거나 실수로 떨어지게 만들거나 아니면 물에 빠지는 것처럼……. 뭐, 그런 거."

장선기는 몇 개의 사례를 소개하면서 살해 방식을 친천히 말했다. 워낙 차분하고 평이해서 환자에게 복용법을 설명하고 있는 것 같았다.

"복수인가요?"

복수. 장선기는 유희진의 말을 되뇌며 생각에 잠겼다. 그리고 고개를 저었다.

"비슷한 걸 해본 적이 있었죠. 고대하던 순간이었는데

조금도 기쁘지 않았어요. 증오는 사라지지 않고 마음 벽에 조용히 맺혀 있더군요. 제가 하려는 건 재판에 가깝습니다."

"제게 원하는 건 뭐죠?"

"어떤 이에게 죽음은 벌이 아닙니다. 고통을 가했다면 고통을 받아야 합니다. 느끼지 못하는 건 의미가 없어요. 죽음을 무서워하지 않는 이에게는, 고통을 원하는 이에게는, 그러니까 안인수 같은 자에게는 다른 방식의 재판이 필요해요. 그는 고문을 고행으로, 죽음을 순교로, 믿고 있거든요. 그가 원하는 대로 해줄 순 없어요. 그자는 절망하고 후회하고 나중엔 두려워해야 합니다. 그런데 제 능력으로는 어떻게 해야 할지 방법을 모르겠습니다."

유희진이 말을 하려고 했는데 장선기는 손을 들어 말을 막았다.

"'토기장이와 그릇' 편에서 인상에 남았던 건 질문들이었습니다. 그냥 만들어진 질문이 아니었어요. 오래된 의혹 속에 긴 시간 누적되고 퇴적된 마음이었죠. 질문이 시청자들을 향한다고 생각했는데 자격 없는 부모를 향하고 있었고 사법제도를 겨냥하고 있었지만 사실은 신을 향하고 있더군요. 그게 좋았어요. 작가님이 흔들리는 것 같았지만 그는 그날 흔들리고 있었어요. 작가님께 원하는 건 대화입니다. 그자가 믿고 있는 것이 얼마나 잘못된 것인지 알게 해주세요."

대화라고? 납치당한 입장에서 그렇게 받아들일까? 신문이라고 생각하겠지. 결국 범죄를 저지르면서 의미 있는 일을 한다는 듯 진지하게 말하는 모습이 어이없다. 유희진은 하, 하고 소리를 내며 웃었다.

"납치 및 감금. 저보고 중범죄에 가담하라는 거군요."

"아닙니다. 작가님은 그냥 대화만 하면 됩니다. 이 만남 자체는 어떤 식으로도 알려지지 않을 겁니다. 그리고."

장선기는 커피를 한 모금 마시고 한동안 입에 머금고 있다가 천천히 목으로 넘겼다.

"원하지 않으시면 돌아가셔도 좋습니다."

안인수는 어떻게 되나요, 라고 물어보려다 이미 대답을 들었다는 것을 깨달았다. 유희진은 두 손을 모으고 고개를 숙인 채 작은 목소리로 말했다.

"왜 이런 사람이 되었죠? 어려운 아이들을 돕는 선한 사람인 줄 알았어요."

장선기는 선한 사람, 이라고 말하고 상한 음식이라도 삼킨 듯 미간을 모았다.

"말하자면 복잡합니다. 기분 나쁜 일도 떠올려야 하고요. 다른 사람들처럼 시간과 경험이 지금의 나를 형성했겠죠. 선하지 않습니다. 나는 사람이 싫습니다. 사람들도 나를 싫어하고요. 제 행동엔 거창한 의미가 없어요. 그냥 신경이 쓰이는 아이를 발견하면 약간의 도움을 던져주며 살았던 것뿐이죠."

"지금이라도."

장선기는 유희진의 말을 자르고 단호하게 말했다.

"이게 이상한 짓인지 압니다. 나쁜 짓인 줄도 알고요. 이해해주길 바라는 것은 아닙니다. 어떻게 살지는 정했습니다. 제겐 시간이 많지 않아요. 소장에 암이 생겼고 나중엔 췌장 말단에도 생겼죠. 치료해보려고 했지만 간까지 전이됐더군요. 고약한 자리라 치료도 안 됩니다. 차라리 잘 되었어요. 이 짓을 언제까지 할 수는 없는 노릇이니 멈출 때가 됐죠. 그 전에 세상이 바뀌는 걸 보고 싶었는데…… 작가님 같은 분들이 앞으로 더 애써주시길 바랄 뿐입니다."

장선기는 컵을 탁자에 놓고 천천히 일어났다.

"자, 준비되셨으면 안인수가 있는 곳으로 이동해볼까요?"

유희진은 서서히 고개를 들어 장선기를 봤다. 마음을 다잡자. 흩어진 생각을 하나로 모아야 해. 차가운 물처럼 정신을 맑게 하자. 이게 말이 되는지 단계마다 자문하고 의아한 부분은 체크하자. 시선을 높게 올려 위에서 아래를 내려다보자. 한 면이 전체를 채우지 않으려면 전체를 상상해야 해. 유희진은 고개를 끄덕였다. 신발을 신고 현관을 나설 때 장선기는 왼쪽으로 기울어지며 벽에 손을 짚었다. 지쳐 보였다. 애써 웃었지만 미소는 부자연스러웠다. 유희진은 힘을 다해 그를 밀어 넘어뜨리는 상상을 했지만 잠자코 뒤를 따랐다.

유희진은 마당 한가운데 서서 집 주위와 풍경을 봤다. 뾰족한 침엽수가 가득한 깊은 숲 어딘가에서 새 소리가 들렸다. 능선 위의 풍력 터빈의 크고 무거운 날개가 느리게 돌고 있었다. 차를 향해 걷는 장선기의 뒷모습. 무거운 걸음걸이. 그는 짐칸의 고리에 달려 있는 긴 줄을 익숙한 손놀림으로 매듭짓고 운전석 앞에 서서 말했다.

"타세요."

그의 말이 한 움큼의 입김에 싸여 허공에 휘돌다 사라졌다. 유희진은 더 이상 생각하지 않기로 결심했고, 실제로 생각을 그만뒀다. 감정도 느낌도 서서히 사라졌다. 장선기는 안전띠를 착용한 뒤 유희진에게 검은색 안대를 내밀었다.

"죄송하지만 이걸 써주셔야겠습니다."

유희진은 안대를 건네받아 허벅지 위에 올려놓고 가만히 있다가 안대를 썼다. 시동이 걸렸고 차는 움직였다. 캄캄한 어둠 속에서 유희진은 모든 감각을 활성화시켰다. 안대의 촉감. 차 안의 냄새. 바깥에서 들려오는 소리. 타이어가 무언가를 밟을 때 느껴지는 모든 종류의 충격과 흔들림과 울렁거림을 사진을 찍듯 타이핑하듯 기억에 새겨넣었다. 자동차의 속력이 높아지는 것과 줄어드는 것. 장선기가 액셀을 밟다가 브레이크를 밟고 다시 엑셀을 밟는 리드미컬한 움직임을 상상했다. 커브를 돌고 다시 커브를 돌 때 차가 S자를 그리며 구불구불한 길을 통과하고 있다는 상상을 했다. 흔들림이 줄어들고 바퀴 소음이 안정적으로 변했다. 비포장도로를 벗어나 포장도로로 진입한 것이다. 차는 잠깐 정차했다가 다시 출발한다. 간극을 계산하고 상상한다. 신호등일까. 장애물이 나타난 걸까. 다른 자동차를 먼저 보냈을까. 유희진은 청각을 날카롭게 세워 더듬이처럼 주변을 감지했다. 그 순간 장선기의 목소리가 들렸다.

"심심하시죠? 적적하지 않게 이야기 하나 해드릴까요?"

유희진은 소리가 나는 쪽으로 고개를 돌려 캄캄한 운전석을 봤다.

"진짜 일어난 일은 아니고요. 지어낸 이야기인데 이 모든 말을 진짜라고 생각하고 들어주시면 감사하겠습니다."

차는 어디선가에 멈춰 섰고 조금 뒤 유턴했다. 유희진의 몸이 오른쪽으로 쏠렸다가 제자리로 돌아왔다.

오해 속에 살아왔던 소년이 있었습니다. 세상은 그를 부모에게 버림받은 불쌍한 애로 규정했죠. 사나운 팔자다. 기구한 운명이네. 소년은 그 말을 이해할 수 없었습니다. 엄마가 날 거기에 버렸다고? 아니. 반대야. 버릴 수 없어 거기에 둔 거야. 사랑받지 못했다고? 엄마는 나를 사랑했어. 자식을 죽일 수 없어 자신이 죽어야 했을 만큼. 엄마가 어떤 사람인지도 모르면서. 사랑이 무엇인지도 모르면서. 소년은 입 밖으로 꺼낼 수 없던 그 말을 속으로 삼키고 삼켰습니다. 구역질이 날 때도 있었지만 참고 참았죠. 소년은 종종 그곳의 밤을 떠올립니다. 숨 쉴 때마다 허공에 하얀 입김이 떠오르던 겨울의 창고. 손과 발이 묶인 채 엄마를 기다렸던 아침. 밤. 그리고 새벽. 경찰은 감금당했다 했습니다. 아닙니다. 마음만 먹으면 열고 나올 수 있을 정도로 허약한 창고였죠. 결박당했다 했습니다. 아닙니다. 팔과 다리를 묶은 건 줄넘기였고 조금만 흔들면 풀릴 정도로 매듭은 엉성했어요. 학대도 아닙니다. 엄마가 가끔 때리긴 했지만 약하고 슬픈 손은 어느 곳도 아프게 하지 못했죠. 부러진 발목도 엄마의 탓이 아닙니다. 구덩이를 못 보고 조심성 없이 발을 내디딘 소년의 잘못입니다. 복숭아뼈 주위가 붉게 변하는 것을 보고 겁이 났지만 시간이 흐를수록 괜찮아졌습니다. 나중엔 통증조차 느껴지지 않았죠. 소년이 거기에 있었던 이유는 그냥 그렇게 있길 엄마가 원해서였죠. 거기에 있는 것이 좋았다는 건 아닙니다. 괴롭지 않았다면 거짓말이겠죠. 춥고 배고팠고 어쩌면 이대로 죽을지도 모른다고 생각했으니까요. 하지만 상관없었습니다. 그런 것쯤은. 걱정되는 건 언제나 엄마였어요. 소년은 창고에 홀로 남아 침대에 누워 울고 있을 엄마를 생각합니다. 왜 그랬을까. 왜 그래야만 했을까. 이유가 있겠지. 이유가 있을 거야. 엄마의 마음을 헤아릴수록 소년은 마음이 아팠어요. 간밤 엄마는 문밖에서 무릎을 꿇고 앉아 소리 내어 울었습니다. 깨진 나무 문 사이로 보였던 엄마의 발목은 하얗게 각질이 일어났고 추위에 언 손가락은 붉게 부어 있었죠. 소년은 이마로 문을 부딪치며 애원했어요. 울지 말라고. 엄마 잘못 아니고 내 잘못이라고. 엄마는 울음을 그쳤습니다. 소름 끼치게 고요하던 몇 분이 지나고 엄마는 말했어요. 내가 널 어떻게 했으면 좋겠니.

섬뜩한 느낌에 유희진은 운전석을 향해 고개를 돌렸다. 보이는 건 아무것도 없었지만 장선기의 표정이 보였다. 평온하게 말했지만 음성에 실린 긴장이 그대로 유희진에게 전해졌다. 장선기가 엄마, 라고 말할 때 목소리에 깃든 어린이의 얼굴을 본 것 같았다. 화가 난 채 울고 있는. 슬프지만 웃고 있는. 소년의 이야기라고 들려주고 있지만 자기 이야기처럼 하고 있는 이상한 화법이었다.

 답답함에 눈이 떠졌을 때 엄마의 떨리는 눈동자를 발견했습니다. 엄마는 소년의 목을 조르고 있었죠. 강하게 움켜쥐었지만 악력이 약한 손가락은 부들부들 떨리고 있었습니다. 소년은 바닥에 떨어져 있는 과도를 발견하고 알았죠. 엄마가 이 칼로 자신을 찌르려고 했다는 것을. 그럴 수 없어서 목을 조르고 있고 그것도 안 돼서 이렇게 떨고 있다는 것을요. 소년은 기침을 했습니다. 숨이 막혀서가 아니라 감정 깊은 곳에서 터져나오는 설명할 수 없는 벅참을 이길 수가 없었어요. 엄마는 소년을 죽여야 했지만 그러기엔 소년을 너무 사랑했던 겁니다. 나중에 장년이 되었을 때도 이 감정은 미스터리로 남게 됩니다. 그 순간의 감정은 왜 기쁨이었던 걸까. 죽음의 문턱을 밟고 있는데 무섭지 않았습니다. 엄마가 밉지도 서운하지도 않은 완전한 사랑의 감정. 소년은 엄마의 손을 풀고 그 손에 과도를 쥐어줍니다. 엄마의 손을 자신의 손으로 감싸고 온 힘을 다해 끌어당겼습니다. 엄마는 비명을 지르고 소년의 힘과 다른 방향으로 힘을 줍니다. 칼끝은 과녁을 벗어났고 왼쪽 목에 깊지만 치명적이지 않은 상처를 남기게 됩니다. 엄마는 칼을 집어 던지고 피로 범벅된 소년의 목을 감싸쥔 채 웁니다. 눈물과 피에 젖어가며 소년은 생각합니다. 이대로 죽었으면 좋겠다. 다 끝났으면 좋겠다. 엄마와 소년은 껴안은 채 새벽 내내 누워 있었습니다. 해가 뜨기 전 엄마는 민소매를 벗어 소년의 목에 두르고 예쁘게 매듭을 만들었습니다. 겉옷은 소년의 몸을 덮어주었죠. 엄마는 속옷만 입은 채 창고를 빠져나갔어요. 다음 날 소란스러운 소리에 소년은 눈을 떴습니다. 창고의 문을 열고 밖으로 나갔을 때 경찰들이 계단에 서 있었죠. 엄마가 죽었다는 슬픔보다 소년의 마음을 먼저 채운 건 분노였습니다. 돕겠다는 사람들이 하나같이 엄마를 오해했거든요. 소년을 위로한답시고 엄마를 욕하는 사람도 있었습니다. 더러운 첩짓을 하고 사니까 이렇게 되는 거라고. 엄마는 널 사랑하지 않았지만 세상은 너를 사랑할 거라고. 사랑하지 않았다고요? 그건 사랑이었습니다. 엄마와 나 사이에 있던 그건, 사랑이었어요. '아니야. 사랑은 결코 그런 것이 아니란다.' 소년은 그렇게 말하는 이들을 증오했습니다.

차는 시동이 걸린 채 멈춰 있었다. 시간이 얼마나 흘렀을까. 장선기의 집에서 얼마만큼 떨어진 장소일까. 유희진은 한쪽 귀로 장선기의 말을 듣고 다른 쪽 귀로는 주변의 소리를 들었다. 아무리 귀를 세워 수집해도 특별한 소리나 특이한 냄새는 없었다. 대신 장선기의 호흡이 달라졌다는 것을 알았다. 격정적인 감정 이후 힘없이 내쉬는 호흡처럼 그의 상태는 처음과 미세하게 달랐다.

소년은 잠들기 전 무릎을 꿇고 기도했습니다. 하나님. 제발 엄마를 지옥에 데리고 가지 마세요. 엄마는 어쩔 수 없었어요. 하나님이 엄마였어도 그랬을 거예요. 엄마는 잘못이 없어요. 대신 제 아버지를 드릴게요. 지옥에 가야 할 사람은 그 사람이거든요. 소년은 본 적 없는 아버지를 상상합니다. 어머니를 파괴시킨 존재. 무관심하고 무책임한 사람. 그런 사람을 어머니는 매일 생각했고 소년의 얼굴에서 아버지를 찾아내 그리워하고 미워하고 웃고 울었죠. 소년은 아버지를 닮았다던 눈과 코를 칼로 찌르고 베어내는 상상을 수도 없이 했고 몇 번은 실제로 그렇게 하고 싶은 충동을 참기 위해 왼손으로 오른 손목을 붙잡고 있어야 했을 정도였죠. 하지만 소년은 참아냈습니다. 그리고 조금씩 성장했죠. 엄마의 죽음은 소년을 체계적으로 분해했습니다. 스스로를 다시 조립했을 땐 다른 사람이 되어 있었죠. 운명. 팔자. 과거. 더럽게 꼬여 남은 날들도 멀쩡할 수 없는 인생. 그 견고한 벽. 소년은 어떻게 그 벽을 깨고 앞으로 나아갈 수 있을까요? 벽은 깨지지 않았습니다. 그럴 필요가 없었죠. 소년은 자랐고 커졌습니다. 벽 너머를 볼 수 있었고 그 벽을 넘을 수도 있었죠.

시동이 꺼졌고 장선기는 말했다.
"도착했습니다."

19

 유희진은 장선기에 손에 이끌려 앞으로 나아갔다. 장선기는 치과의사가 환자에게 치료 과정을 하나씩 안내하듯 친절하게 설명했다. 흙길입니다. 문을 열고 들어왔습니다. 자갈이 깔려 있고요. 오르막을 조금만 오르면 됩니다. 걱정하지 마세요. 거의 다 왔습니다. 어둠 속에서 내디디는 발걸음이 두려움과 공포의 한복판으로 이끄는 것 같았다. 머리와 마음으로는 장선기를 믿고 싶은 마음이 컸으나 본능이 강력한 위험신호를 보내고 있었다. 손에 땀이 났고 심장이 빨리 뛰는 것이 쿵쿵 귓가에 들릴 정도였다. 첫 번째 문을 열고 안으로 들어갔을 때 훈기를 느꼈다. 따뜻함은 아니지만 차가운 기운은 없는 공기. 약간 축축했고 오래된 나무 냄새가 났다. 두 번째 문을 열고 들어갔을 때는 확실히 따뜻했다. 난방시설이 가동되고 있었고 바닥도 평평하게 정리됐다. 장선기는 유희진을 의자에 앉혔다. 그리고 말했다.

"이제 벗기겠습니다."

안인수는 팔 한쪽을 침대 밑으로 떨어뜨린 채 축 늘어져 있었다. 그는 느리게 눈을 뜨고 눈동자만 움직여 자기 방에 낯선 인물이 방문했다는 것을 알아채고 천천히 몸을 일으켜 매트리스 끝에 걸터앉았다. 전에 비해 몹시 늙고 수척한 모습이었다. 얼굴은 노랬고 움푹 팬 눈 밑은 검었다. 관자놀이엔 하얀 버짐이 피고, 안경테에 눌린 하얀 머리는 가늘었고 기름져 있었다. 입술 가장자리가 갈라져 있었고 뺨과 턱에 피가 굳은 딱지가 있었다. 유희진은 주변을 살폈다. 땅굴 같았다. 암석을 깨고 흙을 파내 만든 작은 원룸 정도 크기의 공간. 따뜻했지만 공기에 축축한 물기가 느껴졌다. 신선한 흙과 식물이 만들어내는 특유의 냄새가 코끝을 자극했다. 병원에서 사용할 것 같은 침대가 있고 물이 채워진 빨간 양동이와 뚜껑이 닫힌 파란 양동이가 놓여 있었다. 유희진은 자신과 안인수 사이를 가로막는 것이 아무것도 없다는 것에 두려움을 느꼈지만 안인수의 발목에 걸려 있는 족쇄를 발견하고 일시적으로 마음을 놓았다. 철문에 등을 기대고 서 있던 장선기가 말했다.

"저온창고로 사용하고 있는 토굴입니다. 환기 시설과 수도 시설도 갖추고 있어요. 감옥 같은 곳이 아닙니다."

유희진은 장선기에게 당장 따져 묻고 싶은 것이 많았지만 안인수의 기침 소리에 의자 팔걸이를 꽉 붙잡았다.

"독사 같은 새끼. 죽일 거면 그냥 죽여. 이상한 짓 하지 말고."

안인수는 구부정한 자세로 앉아 고개를 돌려 장선기를 흘깃 쳐다보며 비아냥거리다가 유희진을 발견한 뒤 허리를 쭉 펴고 앉았다. 그의 탁한 눈동자에서 빛이 반짝였다. 안인수는 헝클어진 머리를 손가락으로 빗고 손에 살짝 침을 묻혀 정리했다.

"가만. 이게 누구시지. 예상치 못한 손님이 찾아왔군요. 이거 혹시 방송인가요?"

안인수는 연극적으로 주변을 두리번거리다 터져 나오는 웃음을 참으려고 손으로 입을 가렸다. 몸을 움직일 때 바닥에 깔린 쇠사슬 소리가 둔탁하게 울렸다.

"그때 요상하게 물어보던 그 작가님이네. 방송에서 날 아주 악마 취급했던데. 잘 봤습니다. 그렇지 않아도 가끔 생각이 났었는데……. 순교하기 전 이런 호사를 다 누리네요."

 손님. 순교. 호사라는 단어와 그 단어를 흘리는 말투. 유희진은 안인수의 말을 듣고 마음이 차가워지는 것을 느꼈다. 동시에 흐릿한 정신이 또렷해졌고 저 앞에 앉은 자가 누구인지 어떤 사람인지 명확하게 인지했다.

 "순교는 신의 뜻과 신앙을 지키기 위해 목숨을 버린 행위를 말하는데 당신의 경우는 해당되지 않습니다. 죽게 된다면 그냥 개죽음일 뿐이에요. 거기엔 어떤 의미도 없습니다."

 유희진은 경직된 몸을 풀고 자세를 곧게 편 뒤 안인수를 봤다. 안인수도 구부정한 몸을 펴고 표정에서 장난기도 지웠다.

 "이거, 작가님. 입이 거치시네요. 어쩐지 욥의 친구들이 생각나는군요. 소용없을 텐데. 세상이 어떻게 할 수 있는 사람이 아닙니다. 나는."

 "당신은 욥이 아니에요. 신은 당신을 사랑하지도, 자랑스러워하지도 않죠. 당신이 처한 이 상황은 신과 무관해요."

 안인수는 미소로 화답했다. 미소라고 해봤자 비틀린 입술과 양쪽 입가를 억지로 당긴 듯한 가면 같은 표정이었지만. 그는 벽에 뒷머리를 기대고 잠자코 있었다. 유희진은 그가 두려웠지만 눈을 똑바로 뜨고 찬찬히 살폈다. 그리고 상기했다. 그가 행한 짓. 그가 했던 말. 그가 사람들에게 저지른 모든 일. 흥분하지 말자. 차가워지지도 말자. 유희진은 손바닥에 밴 땀을 바지에 닦아냈다.

"무슨 의도로 나를 만나러 왔는지 모르겠지만 범죄자 취급하면 곤란해요. 보세요. 범죄자는 내가 아니죠. 당신들이지. 납치하고 협박하고 고문하잖아요. 애초에 나는 세상 법에 속한 사람이 아니지만 그 법 앞에서도 나는 잘못이 없어요. 죗값을 다 치렀습니다."

안인수는 눈동자만 움직여 유희진을 살폈다.

"보니까 딱 알겠네요. 화풀이하고 싶군요. 윤리니 도덕이니 정의니 들먹이며 나를 비난하고 훈계하면 자신이 뭐 대단한 사람이라도 되는 것처럼. 그런 거 느끼고 싶나요? 나랑 놀고 싶어요? 맘대로 하세요. 대신 끝나면 빨리 죽여줬으면 좋겠네요. 이런 대거리하는 것도 성가시니까."

유희진은 느꼈다. 자기 안에 들끓는 서로 다른 기질의 무서운 욕망이 고개를 들고 있었다. 저자를 주저앉히고 싶다. 힘이든 말이든 어떻게든 굴복시키고 싶다. 개처럼 기며 후회하는 모습을 보고 싶다. 그때도 그랬다. 그는 자신의 판단만을 믿는 사람이었다. 당신은 이렇군요. 저렇군요. 이런 사람이군요. 저런 사람은 아니군요. 틀린 말은 아니지만 범주가 넓은 말이었다. 누구라도 포박할 수 있는 말. 과거를 맞추고 운명을 점치는 이들의 수법이란 늘 이런 식이었다.

"한 가지만 짚고 싶어요. 당신 딸 주은이와 하은이, 그리고 다른 아이들. 그 아이들의 부모까지. 삶을 망가뜨렸는데 죄책감은 전혀 없나요?"

"이걸 얼마나 더 설명해야 하는지 모르겠네. 죄책감이 아니고 소명입니다. 천한 그릇을. 더러운 그릇을. 부서진 그릇을. 정결케."

유희진은 안인수의 말을 끊었다.

"당신의 딸들은 부서져 있지 않았어요. 학대로 부서진 거지. 목사라는 자가 어떻게 그런 짓을 할 수가 있죠? 사람을 사랑하는 거. 그게 당신 일 아닌가요?"

안인수는 끙, 소리를 내며 일어섰다. 인상을 찌푸리고 두 팔을 쭉 펴고 스트레칭을 했다.

"우리 애들이 불쌍했나 보군요. 차마 볼 수 없었어요? 사람이 사람 불쌍히 여기는 거. 그게 사랑인가? 그래요? 그걸 왜 이렇게 높게 쳐주는지 모르겠네. 그러니까 측은지심이 왜 없냐? 이거잖아요."

안인수는 한발 앞으로 다가오려다 족쇄를 당기는 쇠사슬을 의식해 다시 자리에 앉았다. 물을 한 모금 마셨고 거칠게 기침했다.

"그 어진 마음이라는 게 참 알량한 것이. 제나라에 한 왕이 있었어요. 어느 날 제사에 쓰일 소를 우연히 봤는데 그 소가 부들부들 떨고 있는 거야. 그걸 보고 차마 해칠 수 없었던 거지. 그래서 소를 죽이지 말고 대신 양을 죽이라고 명령했어요. 신하가 그 모습을 보고 그런 마음으로 백성을 생각하면 좋은 왕이 될 거라고 했다는 겁니다. 이게 측은지심입니다. 그게 뭐야. 불쌍한 소를 살렸지만 죄 없는 양은 죽었잖아. 어진 마음이란, 인간적인 마음이란, 고작 이런 겁니다. 소를 봤으니까 소를 구한 것. 대신 애꿎은 양이 죽게 되는 것은 모른 척하는 거. 작가 양반은 내 딸이 불쌍했고 동정한 겁니다. 그래봤자 희생자와 피해자는 사라지지 않아요. 누군가 그 자리를 대신하는 것뿐. 말해봐요. 그 일 하면서 얼마나 많은 사람을 구했나요. 그래서 세상이 바뀌었나요? 그 대단한 프로그램을 보고 인간들이 좀 달라졌어요? 당신은? 달라졌어요?"

아, 위선자들은 지겹네. 안인수는 혼잣말을 하며 안경을 벗고 손가락으로 눈가를 문질렀다.

"인간이 인간에게 속은 가장 큰 거짓말이 뭔지 알아요? '한 사람의 생명이 천하보다 귀하다.' 알죠? 이 말이 얼마나 개소리인지. 그런 인간도 있겠지만 고기 한 근보

질문들 309

다 못한 목숨값을 갖는 인간도 있는 게 현실입니다. 진짜로 문제를 해결하려면 제사를 없애야지. 하지만 사람은 그럴 수 없어. 불안하니까. 두려우니까. 죄가 많으니까. 자기가 죽기는 싫고 대신 죽여야 할 희생양이 필요한 거야. 그리고 뭐? 사랑? 진짜 사랑이 뭔지 알아요? 죽을 필요가 없는 흠, 없는 존재로 바꿔주는 겁니다. 동정 따위 필요 없는 순전한 사람으로 바꿔주는 거. 제사가 필요 없는, 존재 자체를 바꿔주는 거. 내가 우리 애들한테 또 교인들에게 행한 것이 바로 그겁니다. 인간의 허울뿐인 사랑이 아닌 신의 뜻에 부합한 진짜 사랑."

안인수는 사랑, 이라는 단어를 껌을 씹듯 중얼거렸다. 그의 음성엔 아무것도 없었다. 감정도 의도도 느껴지지 않았다. 이랬다. 저랬다. 그래서 그렇게 됐다. 책을 읽듯 음성의 고저 없이 건조했다. 그의 눈빛에서 인간이라면 가져야 할 연민이나 부끄러움 같은 감정을 보지 못했다. 불안이 고조됐다. 기침이 나오려고 했다. 유희진은 입술을 다물고 무의식적으로 숨을 참았다.

"당신이 존경하는 그 신이 제사를 원하지 않으면 됩니다."

"신은 제사를 원치 않아요. 인간이 죄를 짓지 않는다면 제사 따위 필요 없겠죠. 제사는 신을 위한 게 아닙니다.

인간을 위한 거지."

내내 평온하던 안인수의 말투가 신경질적으로 변했다. 유희진은 한발 더 들어갔다.

"당신은요? 당신은 제사가 필요 없는 깨끗한 인간인가요?"

안인수는 바로 답하지 않고 입술을 꾹 다물었다. 유희진은 다시 물었다.

"목사라면 자기는 죄 없다고 말할 수 없겠죠. 죄 많은 당신이 무슨 권리로, 무슨 능력으로, 다른 사람의 본질을 바꾸겠다는 거죠? 그거야말로 교만 아닌가요?"

"죄인이지. 죄인 중에 죄인이지. 하지만 거듭났어요. 아, 설명하기도 귀찮네. 변증론자들. 지겹습니다. 결국 인간의 생각. 벌레 같은 논리로는 그 뜻을 이해할 수 없습니다. 신앙이 필요해요. 신학이 아니라."

안인수는 억지 하품을 하며 위악적인 미소를 지었다. 침대에 모로 누워 한쪽 팔에 머리를 대고 지겹다는 눈짓으로 유희진과 그 너머에서 이 모습을 지켜보는 장선기를 봤다.

"이런 말이 무슨 소용 있겠어요. 너희들 같은 말쟁이들하고 입씨름할 생각 없네요. 개 같은 짓 그만하고 죽이세요. 쉬고 싶으니까."

단단한 벽에 가두고 튀어나오지 못하게 힘으로 누르고 있던 마음이 붉게 물들며 증기를 뿜고 있다. 비웃는 저 입술을 발로 걷어차고 싶다. 머리카락을 움켜쥐고 초라한 씨앗처럼 깡마른 저 얼굴을 바닥에 내팽개치고 싶다. 유희진은 고개를 돌려 장선기를 봤다. 그는 무표정한 얼굴로 바닥을 보고 있었다. 안인수는 가래를 끌어모아 바닥에 뱉었다.

"죽기 전에 한마디만 할까요? 나는 하나님의 뜻을 전하고 행하는 선지자로 살고 있지만 하나님의 뜻을 좋아하는 건 아닙니다. 본질이 악한 놈들. 피 자체가 더러운 놈들. 못나게 지음받은 새끼들. 좌우 구분도 못하는 애새끼들. 인생 자체가 답 없는 짐승 같은 인간들. 하나님은 왜 그런 병신들까지 구원하시겠다고 하는지 모르겠어요. 나였으면 그냥 다 물로 쓸어버릴 텐데. 불로 다 태워버릴 텐데. 있잖아요. 나도 이 짓을 하고 싶어서 하는 게 아닙니다. 그냥 다 멸망하게 내버려두고 싶은데 어떻게든 고쳐보겠다고 살려보겠다고 힘쓰고 애쓰고 살았던 세월이었어요. 어차피 우리는 다시 만나게 됩니다. 너희들은 영원히 꺼지지 않는 불 속에 들어갈 거고 나는 그걸 지켜보게 될 거고. 씨발새끼들. 그때도 니들이 그런 표정을 짓나 봅시다."

유희진은 장선기에게 말했다.

"잠깐만. 잠깐. 여기서 나가고 싶어요."

장선기는 문을 열었다. 유희진은 갑자기 찾아온 공황에 숨 쉬는 것이 어려웠지만 내색을 하지 않기 위해 흔들림 없이 천천히 걸어 열린 문 사이를 통과했다. 등 뒤로 문이 닫혔고 유희진은 주저앉으며 넘어졌다. 무릎에서 짙은 피가 흘렀다. 장선기는 급히 휴지를 건넸고 유희진은 휴지를 무릎에 대고 앉아 있었다. 두려움과 분노. 증오와 소름이 뒤섞인 감정에 피가 끓는 것 같고 피거품에 뇌가 녹는 것 같았다. 장선기가 유희진의 어깨를 부축하려 했지만 유희진은 그의 손을 쳐냈다. 장선기가 말했다.

"공황인 것 같은데 약을 좀 드릴까요?"

"괜찮아요. 생각할 시간이 필요했어요. 조금만 숨 고를게요."

그때였다. 바깥 문이 열렸고 박기정이 들어왔다. 그는 장선기와 유희진을 번갈아 쳐다봤다. 이 상황을 이해하려는 듯 눈을 가늘게 떴다.

"여기 계셨네요. 작가님도 계시네."

장선기는 박기정을 향해 몇 걸음 걸어가 유희진과 박기정 사이에 섰다.

"무슨 일이야? 연락도 없이."

박기정은 세팅된 앞머리를 검지와 엄지로 비벼대며 묘한 표정을 지었다. 웃고 싶은데 마음처럼 잘 안 되는 것 같았다.

"했습니다. 선생님께서 전화를 안 받으신 거죠. 작가님에 관해 논의할 게 있었는데 마침 여기 딱 계시네."

유희진은 두 남자가 마주 서서 대화하는 모습을 봤다. 긴장감이 흘렀고 말 한마디 한마디에 불편한 감정이 실려 있었다. 며칠 전 장선기의 집에서 느꼈던 분위기와는 확연히 달랐다. 장선기의 표정과 말에 곧바로 반응하던 박기정이 아니었다. 반항하는 불량한 아들처럼 반문하고 대들었다. 유희진은 감정을 추스르면서 동시에 사태 파악을 했다. 바깥 문이 열렸을 때 해 질 녘 검붉은 하늘과 능선이 보였다. 희미하게 느껴지는 불 냄새와 약초 냄새는 장선기의 집 근처에서도 느껴졌었다. 창고나 컨테이너 같은 별도의 공간은 아니고 장선기의 말처럼 땅을 파고 돌을 깎아 만든 토굴처럼 보였다. 장선기는 박기정에게 이 상황을 말하지 않은 것 같다. 그 때문에 박기정은 화가 난 듯 보였다. 이유가 뭘까? 의견이 달라서일까? 박기정은 말했었다. '나는 작가님을 믿지 않습니다.' 그 말은 장선기는 유희진을 믿고 있다는 건데. 둘은 무엇을 믿고 무엇을 믿지 못한다는 걸까. 여기까지 생각이 이르렀을 때 유희진은 마음을 다잡았다. 짐작하고 예상할 시간이 없다.

"안인수와의 만남이 끝나면 저는 어떻게 되나요?"

장선기와 박기정 모두 당황한 표정으로 서로의 얼굴을 봤다. 장선기가 말했다.

"말씀드렸듯이 작가님은 집에 돌아가시면 됩니다."

"절 믿으세요?"

"믿고 안 믿고의 문제가 아닙니다. 어떤 상황이든 결과는 바뀌지 않을 겁니다."

"결과요? 안인수를 말하는 건가요? 죽일 건가요?"

"그건 제가 알아서 하겠습니다."

"기정 씨는요? 같은 생각인가요?"

박기정이 무슨 말을 하려고 했을 때 장선기가 박기정의 손목을 잡았다. 말없이 고개를 저었다. 박기정은 얼굴이 붉어졌다. 당황했다거나 무서워서가 아니었다. 분노를 참아내는 표정이었다.

"기정이는 이 일과 상관없습니다. 이건 제 일이고 이 친구가 개입하는 일은 없을 겁니다."

"죽을 겁니다."

박기정이 유희진의 눈을 똑바로 바라보며 말했다. '죽을 겁니다'라고 말했는데 유희진의 귀엔 '죽일 겁니다'로 들렸다. 안인수를 두고 하는 말이라는 것을 알고 있었지

질문들 315

만 주어가 자신이 될 수도 있을 거라는 생각에 유희진은 섬뜩함을 느꼈다. 장선기가 주먹으로 박기정의 뒷머리를 내리쳤다. 퍽, 소리가 날 정도로 강하게 때렸는데 박기정은 고개만 살짝 숙일 뿐 꼼짝도 하지 않았다. 장선기는 박기정의 목을 잡고 밀었다. 박기정은 뒷걸음치며 물러섰고 벽에 등을 기대고 섰다. 장선기는 낮은 목소리로 말했다.

"버릇없이 굴지 마. 여기 있지 말고. 알겠어?"

박기정은 힘겹게 숨을 뱉으며 네, 라고 답했다. 박기정은 장선기의 명령대로 문을 열고 밖으로 나갔다. 나가기 전 유희진과 눈을 마주치며 광대처럼 괴상한 표정을 지었다.

호흡이 안정됐고 숨도 돌아왔다. 유희진은 박기정이 나간 바깥 문과 안인수가 있는 안쪽 문을 번갈아 쳐다봤다. 장선기는 방금 전 소란에 관해 유희진에게 사과했다.

"머리가 커져서 말을 안 듣네요. 자기 고집이 생겨 골치가 아파요. 불안해하고 초조해하는데 어떻게 진정시켜야 할지 모르겠어요."

장선기의 표정은 어두웠다.

"아무튼 좋지 않은 모습을 보여드려 죄송합니다."

유희진은 괜찮다고 말하며 무릎을 세워 일어났다.

"안인수의 결과 말고 장선기 씨와 박기정 씨의 결과에 관해 생각해본 적 있나요?"

"글쎄요. 생각해본 적은 없지만 사필귀정이겠죠. 지금 당장은 안인수 저자에 대한 적절한 처벌만 생각하고 싶습니다. 그 이후는 어떻게 되든 상관없어요. 그리고 기정이는 아닙니다. 그 애는 이 일과 무관해요."

문을 열기 전 유희진은 물었다.

"차에서 해준 이야기. 그 소년. 나중에 어떤 어른이 되었나요?"

그 질문을 받고 장선기는 아무 말도 하지 못했다. 유희진은 대답을 듣겠다는 듯 장선기의 눈을 계속 바라봤다. 장선기는 머뭇거리며 입술을 움직였다.

"엄마가 스스로 죽고 아버지는 그렇게 편하게 죽어버린 후 소년은 공허함에 빠졌습니다. 상상해본 적도 없는 까만 구멍 같은 것이 여기 한가운데 뚫린 것 같았죠."

장선기는 검지로 자신의 명치를 꾹 눌렀다.

"구멍은 점점 커졌습니다. 나중엔 안과 밖이 뒤집혀 소년이 빨려 들어가고 말았죠. 그리고 그는 완전히 다른 사람이 되었습니다. 열심히 살고 공부도 많이 했습니다만 구멍은 메워지지 않았죠. 그 뒤의 일은 상상에 맡기겠습니다. 일어난 그대로 절대로 말할 수 없거든요. 말해서도 안 되고요."

유희진은 알겠다는 듯 고개를 끄덕인 뒤 문을 밀고 안으로 들어갔다.

20

"미안하지만 나의 하나님은 그런 신이 아닙니다. 모두를 구원할 수 있지만 모두를 구원하시지는 않아요. 자기 백성의 창조자이면서 동시에 이방인의 창조자입니다. 하지만 자기 백성의 승리를 위해 이방인을 파괴시키죠. 신은 모두를 사랑하시지는 않아요. 저주받은 인생이 있고, 깨뜨리기 위해 만든 토기도 있습니다. 인간의 관점에서 보면, 피조물의 관점에서 보면, 너무하죠. 자기가 만들어놓고 자기가 실패해놓고 왜 그 모양이냐고 탓하는 나쁜 부모 같죠. 하지만 그것이 신성입니다. 우리는 결코 이해할 수 없는. 알아요. 이런 내 생각이 일반적인 관점에서는 이해하기 어렵다는 것을요. 다른 교회와 다른 목사들조차 내가 잘못됐다며 신의 뜻을 제대로 알지 못하고 떠들어대는데 어찌 보면 당연한 무지입니다. 방송 봤습니다. 작가님. 토기장이 비유가 싫으시죠? 마음은 이해하나 받아들이셔야 합니다. 그릇을 중심으로 생각하는 것 자체가 인본주의니까 적합하지 않습니다. 성자 토마스 아퀴나스라는 이름을 들어보셨는지 모르겠네요. 그는 책에서 이렇게 말합니다. '천국에 발을 들인 행복한 자들은 영벌받는 자들의 고통을 보게 될 것이다. 그래서 점점 더 강렬해지는 기쁨을 느낄 것이다.' 작가님은 그리고 저 개새끼는 나를 지옥에 보낼 거라고 믿고 있겠지요? 내 고통과 치욕을 보면서 즐거움을 느끼겠지요? 하지만 곧 자리는 바뀔 겁니다. 내가 천국에 이를 때 너희들의 고통을 똑똑히 바라보며 기쁘게 웃을 테니까."

유희진은 그가 하는 말을 듣지 않고 봤다. 무대에 선 배우처럼 자기 감정과 자기 말에 취해 홀로 떠드는 모습을. 느끼한 표정으로 대단한 메시지를 선포하는 줄 아는 정신 나간 목사. 신과 자기에 대한 이해가 부족한 추한 성자의 설교를 차분하게 다 들었다. 안인수는 유희진의 눈에서 묘한 느낌을 받았다. 자신을 무시하고 한심하게 여기는 것 같았다. 자신에게 분노하고 적개심을 보일 때가 차라리 나았다. 유희진이 말했다.

"천국이 그런 곳이라면, 남의 고통을 통해 쾌락을 느끼는 곳이라면, 그것을 만들고 허락한 것이 신이라면, 거기가 과연 천국일까요? 좋아요. 됐어요. 이제 그런 설교 그만하셔도 됩니다."

유희진은 바닥에 놓았던 백팩을 들어 지퍼를 열었다. 선물상자의 리본을 풀듯 느리고 조심스러운 움직임이었다. 유희진의 손에 들린 까만 물건을 보자마자 안인수는 일어섰다. 그건 자신의 이름으로 쓴 성경. 인수기였다. 유희진은 이렇다 저렇다 말하지 않고 심드렁한 표정으로 두꺼운 책을 열어 여기저기 뒤적였다. 꾹꾹 눌러쓴 볼펜의 필압으로 인해 종이는 물에 젖었다 마른 것처럼 우글거렸고 종이를 덧댄 인조가죽은 곳곳이 갈라져서 부스러기가 떨어지고 있었다. 내내 평온을 가장하던 안인수는 흥분을 감추지 못했다. 손대지 말라고 했다가 읽지 말라고 했나가 돌려달라고 했다가 개같은 년아 좆같은 년아 욕설을 내뱉었다. 유희진은 아무 소리도 들리지 않는다는 듯 어떤 반응도 하지 않았다. '인수기?' 제목을 소리 내어 읽고 차갑게 미소 지었다. 유희진은 붉어진 얼굴로 분노에 떠는 목사를 보며 말했다.

"솔직히 부끄럽죠?"

안인수는 숨을 몰아쉬며 유희진을 노려봤다. 유희진은 말했다.

"다 읽어봤어요. 인상적이더군요. 성경은 하나님의 영감으로 쓰인다고 하던데. 그랬나요? 하나님이 아이디어를 줬어요? 귓가에 속삭여줬나요? 아니면 십계명처럼 돌판에 새겨줬나요?"

"씨발년아. 좋은 말 할 때 내려놔. 그 더러운 주둥이 찢어버리기 전에."

"찢어봐."

유희진은 인수기를 손에 들고 한 걸음 다가섰다. 안인수는 주먹을 움켜쥐고 유희진에게 달려들었지만 잡아채는 족쇄에 발목이 꺾여 바닥에 쓰러졌다. 이 모습을 지켜보던 장선기가 다가오려다 유희진이 눈으로 괜찮다는 신호를 보내자 가만히 있었다. 유희진은 바닥에 엎드려 자신을 올려보는 안인수에게 말했다.

"읽어봤어요. 저도 집사님 딸이에요. 교회도 다녔고 냉랭하지만 신앙심도 있다고 생각합니다. 그런데 어이가 없더군요. 이단 관련된 이슈가 생길 때마다 자문을 구하는 기독교 신학자들에게 물어보기도 했어요. 이단이라고 하기에도 너무 허술해서 그냥 망상에 빠진 사람이 환청을 듣고 쓴 것 같다고 하더군요. 성경이라면 하나님의 영감으로 쓰였을 텐데 문장이나 내용을 보면 새로울 것이 하나도 없었어요. 인수기라면 인수라는 사람에게만 특별하게 알려주는 신의 계시나 말씀이 있어야 하는 거 아닐까요? 일단 베이스 자체가 구약에만 머물러 있고 호세아서와 요나서를 짬뽕한 것 같은 내용에 무슨 이 세계는 망할 거다, 사람은 멸망할 거다, 저주만 퍼붓고 있더군요. 가끔 읽을 만한 문장이 보였는데 그것 역시 시편을 교묘하게, 아니, 교묘하지도 않아요. 그냥 대놓고 베낀 수준이지."

"네가 뭘 알아? 너 같은 것이 뭘 아냐고?"

안인수는 안구가 튀어나올 정도로 눈을 부라리며 소리쳤다.

"잘 알 필요도 없던데요? 초등학생이 봐도 이건 그냥 짜깁기예요. 인수기는 무슨."

유희진은 한참 소리 내어 웃다가 다시 말을 이었다.

"맞춤법도 다 틀리고 제대로 옮기지도 못해서 같은 문장을 두 번 세 번 쓴 것도 많던데. 졸다가 썼는지 글자 위에 글자가 적힌 것도 있고. 목사님께서 여기에서 어떤 거룩한 영성을 느끼는지 모르겠지만 나이 든 권사님들이 소일거리로 연습장에 필사하는 성경이 훨씬 가치가 있을 것 같네요. 목사님. 혹시 진짜로 이걸 새로운 성경이라고 믿고 있는 건 아니죠? 누구에게 보여준 적도 없죠? 그랬겠죠. 무슨 말을 들을지 본인이 가장 잘 알고 있으니까."

유희진은 인수기를 집어던졌다. 안인수는 자기가 쓴 성

경이 툭, 소리를 내며 바닥에 떨어지는 모습을 멍하니 바라봤다.

"인수기를 처음 읽은 독자로서 감상을 말해드릴게요. 당신은 선지자가 아닙니다. 당신은 믿는 자들 사이에서도 배제된 가짜 신도일 뿐 목사도 뭣도 아니에요. 자기 판단도 없고 특별한 계시조차 없이 그저 세상을 심판해주세요. 왜 사람들은 이 모양 이 꼴인가요. 투덜대는 피해망상 노인. 영적인 능력도 지적인 능력도 없이 그냥 징징거리기만 하는 미성숙한 아이. 그 이상 그 이하도 아닙니다. 그 잘난 토기장이 비유로 말해볼까요? 우선 당신은 토기장이가 아닙니다. 귀한 그릇도 물론 아닙니다. 부서지고 더럽고 천한 그릇이죠. 당신은 선택받지 않았어요. 당신이야말로 쓸모없고 버려지고 부서져야 할 질그릇……입니다. 천국에 가면 가장 먼저 녹게 될 거예요. 무가치하니까."

안인수는 애써 침착한 척을 하며 목소리를 가다듬었다. 하지만 떨리는 손을 감추지 못했다.

"만일 하나님이 우리를 위하시면 누가 우리를 대적하리요. 그런 말을 한다고 해도 나는 흔들리지 않습니다. 하나님의 사람은 간교한 혀에 놀아나지 않습니다. 원래 선지자의 말은 패역한 자들에게 들리지 않는 법이니까."

유희진은 차분하게 말했다.

"아니요. 당신은 선지자가 아니에요."

"됐어. 사람의 말은 더 이상 듣고 싶지 않아. 이제 그만 지껄이고 나를 죽여, 죽이라고!"

안인수는 목소리가 갈라질 정도로 소리를 질러댔다.

"걱정하지 마세요. 죽음이 두려워 허세 떠는 거 알고 있습니다. 나는 당신이 원하는 것은 아무것도 주지 않을 겁니다. 죽음일지라도요."

유희진은 가방에서 라이터를 꺼냈다. 바닥에 떨어진 인수기를 검지와 엄지로 집어 들고 불을 붙였다. 안인수는 눈앞에서 타오르는 불꽃과 피어나는 연기를 보고 주먹으로 매트리스를 쳐대며 몸서리쳤다. 유희진은 불타는 책을 발로 차 안인수 쪽으로 보냈다. 안인수는 화들짝 놀라며 불길이 몸에 닿을까 몸을 피했다. 유희진은 그 모습을 물끄러미 바라봤다. 안인수는 한 바가지 물을 떠서 책에 끼얹었다. 불은 꺼졌지만 검게 타버린 책장은 절반 이상 사라졌다. 유희진은 가방에서 두 권의 책을 더 꺼내 불을 붙였다. 안인수는 눈앞에서 타오르는 두 개의 불꽃을 바라보며 흥분했다. 두 팔로 머리를 감싸며 비명을 지르던 안인수는 유희진에게 물컵을 던졌다. 컵은 유희진을 맞히지 않고 벽에 부딪쳐 바닥에 뒹굴었다. 유희진은 안인수에게 빠르게 다가갔다. 갑작스럽게 거리를 좁혀오는 유희진에 놀란 안인수는 뒷걸음질 치다 매트리스에 걸터앉았다. 유희진은 안인수의 뺨을 강하게 쳤다. 그의 안경이 벗겨져 바닥에 떨어졌다.

"미친 새끼. 지옥에나 떨어져."

운전석에 앉고 안전띠를 둘렀다. 유희진은 안전띠를 두 손으로 붙잡았다. 결빙됐다가 갑자기 녹아 흘러내린 폭포수처럼 온몸에 오한이 들었다. 장선기는 유희진이 떠는 모습을 보고 뒷좌석에서 모포를 꺼내 유희진의 어깨에 둘렀다. 장선기는 유희진에게 씌우려던 안대를 대시보드에 올리고 말했다.

"도와주셔서 감사해요. 이제 돌아가셔도 됩니다."

유희진은 창문으로 주변을 둘러봤다. 멀지 않은 곳에 장선기의 집이 보였고 주차된 자신의 차도 보였다. 차는 근처를 빙빙 돌았던 것이다. 유희진은 치아가 부딪쳐 딱딱 소리가 날 만큼 떨면서도 헛웃음이 났다. 안전띠를 붙잡고 있는 손바닥이 욱신거렸다. 안인수의 몸에 손댈 생각은 없었다. 충동적이었지만 너무도 자연스러웠다. 만약 손에 칼이 있었다면 휘두를 수도 있었을 것이다. 그 떨림과 그 떨림을 감싸는 차가움에 스스로가 두려웠다. 유희진은 말했다.

"이제 알아서 하세요. 저자를 어떻게 할지 더는 묻지 않겠어요."

장선기는 말없이 고개를 끄덕였다. 그리고, 유희진은 뜸들이고 머뭇거리다 작은 소리로 말했다.

"함께 일하는 작가에게 만약 오늘 연락이 되지 않으면 장선기 씨 집에 가보라고 문자를 보냈어요. 아무 일도 아니었다고 말하겠지만 의심받게 될 거예요."

장선기는 고개를 숙여 자신의 손을 한참 바라보더니 고개를 끄덕였다. 주머니에서 까만 USB를 꺼내 유희진에게 건넸다.

"여기. 그동안 제가 했던 일들에 관한 것이 다 들어 있어요. 궁금하셨던 것들이 다 해소될 겁니다."

유희진은 이걸 왜 나에게 주느냐고 묻는 듯한 눈으로 장선기를 봤다.

"이미 말씀드렸지만 제겐 남은 시간이 없어요. 정리가 필요한 때가 온 거죠. 다만."

장선기는 숨을 길게 내뱉고 멍하게 핸들을 봤다. 그의 얼굴에 두려움과 슬픔이 스쳐 지나갔다.

"기정이가 신경 쓰이네요. 자료에 기정이와 관련된 부분은 없습니다. 기정이가 저를 도운 것은 사실이지만 심판하고 처벌하고 직접적인 행동을 한 사람은 저 하나예요. 이제 와서 아쉬운 것도 서운한 것도 없는데 염려가 되네요. 내가 죽은 이후에 저 부주의하고 무모한 애는 문제를 일으킬 거고 끝은 좋지 않겠죠. 그 애는 제 뜻을 잇겠다고 하는데 철저히 그것만큼은 막아왔고 제가 죽어서도 그건 막을 겁니다. 기정이는 아직 손에 피를 묻힌 적이 없어서 씻을 필요도 없어요. 죽기 전에 이 일에 완전히 손 떼고 마음도 떼게 만들 겁니다. 그러니 기정이와 관련된 부분은 잊어주세요. 부탁드립니다."

장선기는 고개를 숙였다. 유희진은 대답하지 않았지만 장선기는 시동을 걸기 위해 열쇠를 돌렸다. 시동이 걸리지 않았다. 장선기는 의아한 표정으로 몇 번이고 열쇠를 돌렸다. 차는 고요했다. 장선기는 비상등 스위치를 눌러봤다. 불빛도 없었고 소리도 나지 않았다. 눈을 가늘게 뜨고 이 상황을 분석했다. 굳게 변한 그의 표정에 유희진의 마음이 서늘해졌다. 장선기는 보닛을 여는 스위치를 누르고 차문을 연 뒤 보닛을 열어 엔진룸을 살펴봤다. 유희진은 안전띠를 풀고 차에서 내려 장선기에게 다가갔다. 장선기가 말했다.

"배터리가 없네요."

그때였다. 박기정이 다가왔다.

"선생님, 차가 고장 났나요? 이걸 어쩌나. 날이 추운데."

장선기는 유희진 곁에 다가가 섰고 손을 내밀어 더 이상 가까이 오지 말라는 신호를 박기정에게 보냈다. 박기정은 힐끗 장선기의 손을 보더니 걸음을 멈췄다.

"걱정 마세요. 작가님은 제 차로 안전하게 모셔다 드리겠습니다."

장선기는 두 손으로 박기정의 어깨를 붙잡고 말했다.

"기정아. 됐어. 이건 내가 알아서 할게."

"그런 말씀 하지 마세요. 선생님 아프신데 이런 일까지 맡길 수는 없습니다."

유희진은 주변을 살폈다. 장선기의 집까지는 대략 400미터. 최선을 다해 달려도 건장한 이십대 남자에게 금방 따라 잡힐 거다. 도착해도 문제다. 자동차 키는 장선기에게 맡긴 상태고 돌려받지 못했다. 토굴 뒤편 숲으로 향하는 오솔길이 있다. 바로 앞 황량한 벌판을 150미터쯤 달리면 길이 나올 것이다. 하지만 주변에 다른 집이 없고 오고 가는 차도 없으며 당연히 사람도 없다. 도움을 받을 방법이 없다. 박기정은 장선기의 뜻을 따를 생각이 없는 것 같았다. 장선기의 손에 붙들린 채로 힘으로 장선기를 이기며 유희진을 향해 조금씩 걸어왔다.

"제발. 기정아."

장선기는 오른손으로 박기정의 멱살을 잡고 왼손으론

허리를 두르며 힘으로 제압하려 했다. 허사였다. 박기정은 꿈쩍도 하지 않았다. 목표물을 정하고 서서히 다가오는 포식자처럼 유희진의 눈동자에 시선을 고정했다. 유희진은 몸을 돌려 숲을 향해 뛰었다.

전력 질주. 최대한 멀어지며 예측할 수 없는 방향으로 움직이기. 유희진은 죽음의 위협 속에서도 냉수 한 컵을 들이켜듯 송곳 같은 집중력으로 앞을 향해 달렸다. 그동안 계속 달려왔다. 쉬지 않고 7킬로미터도 가능하다. 숲속에서 속도는 중요하지 않다. 멈추지 않는 것이 중요하다. 두려움에 질리지 않는 것. 거짓 공포에 굴하지 않는 것. 유희진은 뒤를 돌아봤다. 박기정의 모습은 보이지 않았다. 길을 벗어나 나무와 나무 사이로 들어갔다. 낙엽이 쌓여 바닥이 짐작되지 않는다. 푹푹 발은 잠겼고 보이지 않는 나뭇가지와 튀어나온 뿌리가 발목을 잡아챘다. 넘어지고 구르기도 했지만 계속 나아갔다. 숨과 함께 하얗게 피어나는 하얀 입김. 심장은 터질 듯 뛰었고 종아리는 욱신거렸다. 나무 몸통을 밀고 부러진 나뭇가지를 잡아 날카로운 침엽수 낙엽을 헤치고 얼음처럼 차가운 돌멩이와 바위를 손과 발로 짚고 기어가는 동안 손바닥은 찢어지고 팔목엔 핏물이 맺혔다. 그림자 속을 헤매는 그림자. 숲에 어둠이 내리면 나무와 동물과 사물과 풍경은 모두 어둠이 된다. 그때까지 최대한 멀리 달아나자. 멀어지는 것보다 중요한 건 보이지 않는 것. 어디선가 박기정이 자신을 바라보고 있는 것 같았다. 그는 사냥꾼이었다. 유희진은 자신이 지금 그의 렌즈 십자선 안에 있다는 것을 알았다. 그는 방아쇠에 손가락을 느슨하게 걸고 힘을 줬다 뺐다 하고 있을 것이다. "작가님, 작가님." 메아리처럼 숲을 울려대는 박기정의 함성. 여유 있게 희롱하며 먹잇감을 쫓는 배부른 맹수 한 마리. 근력으로는 절대로 따라잡을 수 없는 복잡한 패턴으로 움직여야 했다. 자신조차 움직임의 의도를 알 수 없도록. 그 순간. 무언가가 나타났고 유희진의 어깨를 붙잡았다. 박기정이었다. 그는 유희진의 머리카락을 왼손으로 잡아채며 말했다.

"작가님, 왜 이렇게 빨라요."

유희진은 두 손을 뒤로 넘겨 박기정의 팔목을 잡고 꼬집었다. 머리를 흔들며 소리를 질렀다. 박기정은 오른손으로 유희진의 왼쪽 허벅지를 강하게 가격했다. 유희진은 외마디 비명을 지르며 그대로 바닥에 주저앉았다. 박기정은 이마에 맺힌 땀을 손등으로 닦아내며 호흡을 골랐다.

"다짜고짜 이렇게 도망가면 제가 당황스럽지 않겠어요? 그냥 대화로 풀 수 있는 문제를 꼭 이렇게까지…… 짜증

나게."

 유희진은 바닥에 웅크리고 누워 눈을 감았다. 낙엽이 입술을 찌르고 혓바닥에 흙이 닿았다. 박기정은 유희진의 모습을 말없이 지켜봤다. 거친 호흡이 잠잠해질 때까지. 경계심으로 뾰족하게 솟아오른 육체에 힘이 완전히 빠질 때까지. 절망과 체념으로 표정에서 삶의 의지가 완전히 사라질 때까지.

 박기정은 밑동만 남은 그루터기에 앉았다. 휴대전화를 꺼내 액정에 반사된 자신의 얼굴을 보며 흘러내린 머리를 정리했다. 유희진은 그 옆에 가만히 누워 있었다. 허벅지에서 찌르는 듯한 통증이 느껴졌고 턱의 떨림을 멈출 수 없어 앞니와 아랫니가 서로 부딪쳤다. 박기정은 말했다.

 "무서워하지 마세요. 무서워하니까 정말 제가 무서운 사람이 된 것 같잖아요."

 박기정은 휴대전화 카메라를 열어 누워 있는 유희진을 찍었다. 찰칵 소리에 유희진은 눈을 뜨고 고개를 들었다. 박기정이 부드럽게 웃고 있었다. 유희진은 일어나려 했다. 박기정이 유희진의 어깨를 살짝 밟고 눌렀다.

 "가만히 계세요. 또 힘 쓰고 싶지 않습니다."

 유희진은 어깨를 틀어 발을 떼어내고 몸을 일으켜 앉

앉았다. 박기정은 한숨을 길게 내쉬었다.

"정말 말을 너무 안 듣네요."

"장선기 씨에게 들었어요. 기정 씨는 이 일과 무관하다고요."

박기정은 유희진의 얼굴을 말없이 바라보다가 자신의 얼굴을 손으로 털어내는 시늉을 했다. 유희진은 자신의 얼굴에 뭔가 묻었음을 깨닫고 뺨에 붙은 낙엽과 입술에 묻은 흙을 털어냈다. 해가 지고 있었다. 숲은 점점 어두워지고 박기정의 얼굴도 표정도 점점 까맣게 물들어갔다.

"우선 사과드리고 싶습니다. 선생님께서 믿어주신 작가님인데 무례를 범했습니다. 선생님의 부탁, 어려웠을 텐데 들어주셔서 감사하다는 말도 전하고 싶어요. 그런데 죄송하게 됐습니다. 저는 선생님과 생각이 같지 않습니다."

박기정은 청동조형물처럼 딱딱하고 고압적인 자세로 앉아 느리고 작게 말했다. 장선기가 자신에게 어떤 존재인지, 얼마나 그를 따르고 존경했는지, 자신에게 있어 그는 목표이자 율법 그 자체였다고 했다. 그러나 그는 병들었다고 했다. 태산같이 큰 존재였던 그가 약해지고 허물어지는 모습을 지켜보는 것은 괴로웠다고 했다. 항상 선생님의 뜻을 잇고 싶었는데 정작 그 순간이 왔을 때 선생님은 자신의 신념과 방식을 다 폐기하고 어떤 것도 물려

주지 않으려 하는 것이 싫었다고 했다. 선생님이 후회하는 것, 스스로를 의심하는 것, 자기를 걱정한다는 핑계로 어떤 것도 허락하지 않은 것이 견딜 수 없다 했다.

"선생님은 모르고 있습니다. 제가 이렇게 자랐다는 것을. 저는 이제 어린애가 아니고 힘도 선생님보다 강합니다. 선생님은 무뎌졌지만 저는 날카롭죠."

"장선기 씨는 기정 씨가 다른 삶을 살기를 원하고 있어요. 한 번 발을 들이면 절대로 돌이킬 수 없는 삶. 그곳으로 가길 원하지 않아요."

박기정은 아무 말도 하지 않았다. 숲은 점점 어두워졌고 하늘은 까만 밤과 푸른 밤이 뒤섞이고 있었다. 능선 너머 붉게 물든 석양이 사라지면 이제 곧 빛 하나 없는 완전한 어둠 속으로 빠질 것이다. 그 전에 뭔가를 해야 한다. 유희진은 생각하고 또 생각했다. 하지만 아무리 머리를 굴려도 뾰족한 수가 나오지 않았다.

"그렇게 말씀하시죠. 하지만 그렇게 원하시는 건 아니에요. 저를 믿지 못하셔서 그래요. 기회도 주지 않으면서 제가 잘할 수 없을 거라고……. 선생님이 늘 옳은 건 아니에요. 할 수 있다는 것을 보여드리면 됩니다. 선생님이 위험해지는 상황이 오면 선생님 뜻이 아니어도 저는 선생님을 지킬 것입니다."

도대체 뭘 하겠다는 건지, 물어보려다가 유희진은 숨이 막혔다. 그 말이 무엇을 뜻하는지 알 것 같았다. 박기정의 목소리와 태도, 캄캄한 수면 아래 숨은 굳은 표정이 그것을 명확하게 말하고 있었다. 그는 지금 여기서 나를 죽일 것이다. 유희진은 낙엽 밑에 숨은 손을 움직여 땅을 파고 주변을 더듬었다. 허사였다. 무기로 쓸 것은 아무것도 없다. 겨우 작은 돌 하나 움켜쥐었을 뿐이다. 유희진은 그동안 살해당한 피해자들의 사연과 사진을 무수히 봤다. 가해자를 잡기 위해 무엇이 필요한지도 누구보다 잘 알고 있었다. 이걸로 저 젊은 남자를 쓰러뜨릴 수는 없을 것이다. 하지만 절대 그냥 당할 생각은 없다. 뼈를 부술 순 없겠지. 피부는 찢을 것이다. 내 피가 낙엽과 차가운 땅을 적시겠지만 여기에 네 피도 몇 방울 떨어질 것이다. 죽어서 니는 너를 잡을 수 없겠지만 나중에라도 너는 반드시 잡히게 될 것이다. 박기정은 자리에서 일어났다. 유희진은 손바닥이 찢어질 정도로 강하게 돌을 움켜쥐었다. 다가오는 순간 어디든 가격할 것이다. 그때였다. 쉭, 새가 날아가는 소리가 들렸다. 이윽고 박기정이 윽 소리를 내며 등 뒤를 돌아봤다. 오른쪽 어깻죽지에 깃털이 달린 날카로운 바늘이 꽂혀 있었다. 박기정은 어깨를 감싸 쥐고 나무 옆에 선 긴 그림자를 보며 멍하게 서 있었다. 그리고 푹, 소리를 내며 낙엽 위로 쓰러졌다.

"이해받길 원하지 않아요. 불행하면 다 용서받아야 하나요? 아닙니다. 제가 심판한 자들도 다 불행한 자들이었어요. 할 수 있는 것이 없는 자는, 힘이 없는 자는, 비명을 지를 수밖에 없다는 것. 그 말만 하고 싶습니다. 언젠가 어떤 날 이 일에 관해 작가님이 한두 줄 써줄지도 몰라서 해보는 말입니다. 압니다. 이런 생각과 마음이 얼마나 왜곡된 것인지. 자기 아이를 학대하는 부모를 증오하고 심지어 심판하기까지 했지만 기저에 깔린 제 마음은 엄마에게 화풀이하는 것이었어요. 죽은 엄마가 자기 아들이 엉망으로 사는 모습을 보면서 마음이 찢어지길. 그래서 내게 미안한 마음을 갖길. 하지만 저는 결국 실패했다는 것을, 처음부터 불가능한 것이었다는 것을 깨달았습니다. 아무리 노력해도 결코 되지 않았어요. 엄마를 미워하는 것. 미워하기는커녕 사랑은 커져만 갔습니다. 엄마는 내게 생명을 줬고 삶을 마련해줬고 마지막까지 나를 포기하지 않았어요. 자기 자신은 포기했어도⋯⋯ 나를 사랑했습니다. 저는 괜찮아요. 하지만 우리 엄마를 나쁜 사람으로 그리지 말아주세요."

해가 지면 숲은 암흑 속에 빠질 것이라 생각했다. 까만 물속에 잠긴 사원처럼 서로가 서로를 볼 수 없고 누구도 무엇도 발견될 수 없을 거라 생각했다. 아니었다. 캄캄한 숲 여기저기 희미한 빛이 떠다니고 있었다. 해는 완전히 졌지만 하늘은 여전히 푸르렀고 뾰족한 나무 꼭대기엔 연기 같은 빛이 흐르고 있었다. 유희진은 아무 대꾸도 없이 장선기의 말을 듣기만 했다. 장선기는 깊은 잠에 빠진 박기정의 머리를 아이처럼 쓰다듬었다.

"기정이 손에 절대로 피 묻는 일이 없도록 마지막까지 제가 반드시."

산 밑에서 시끄러운 소리가 들렸다. 경찰차가 도착한 듯 경광등 불빛이 보였고 크게 누군가를 부르는 소리도 들렸다. 유희진은 그 목소리가 서지우라는 것을 알았다. 장선기는 더 이상 말하지 않았다. 대신 유희진에게 랜턴을 내밀었다.

"불빛이 보이는 쪽으로 걸어가면 길이 보일 겁니다. 왼쪽으로 가세요. 제 집으로 향하는 방향입니다."

장선기 씨는 어디로 가실 건가요? 묻고 싶었지만 묻지 않았다. 어떤 대답도 듣고 싶지 않았다.

21

 신림동 고시촌. 허름한 옷을 입은 중년의 배우가 할머니 분장을 하고 종이상자가 든 유모차를 밀고 앞으로 걸어가고 있다. 그 옆을 검은 모자를 쓴 남자 스태프가 스쳐 지나간다. 스태프는 들고 있던 종이 쇼핑백에서 빵을 꺼내고 빈 쇼핑백을 유모차에 던져넣는다. 할머니가 잠시 서서 남자의 뒷모습을 바라보고 다시 앞으로 걸어간다. 카메라는 할머니의 뒷모습을 잡고 로 앵글로 오르막길을 높은 산처럼 보이게 만든다. 고단한 독거노인의 삶. 척박한 주거시설. 해는 지고 캄캄해지는 밤하늘에 검푸른 구름 뒤로 초승달이 걸려 있다.

 "컷."

 서지우는 영상을 확인한 뒤 재연 배우의 가발과 옷을

정리했다. 촬영팀과 스태프들에게 에너지 드링크를 돌리고 에프디와 아차산에서 있을 그다음 일정을 조율했다. 유희진은 커피를 들고 그 모습을 멀리서 지켜봤다. 그날. 산에서 내려온 유희진을 가장 먼저 발견한 건 서지우였다. 서지우는 유희진을 보자마자 코트를 벗어 몸을 감쌌다. 온몸이 흙투성이였고 피 묻은 손을 떨고 있었고 얼굴엔 상처가 많았으며 눈은 텅 비어 있었다. 유희진은 실성한 사람처럼 서지우에게 말했다. 자기가 안인수를 만났다고. 그는 살아 있다고. 그 순간 경찰이 토굴을 발견했고 안인수가 죽었다는 사실을 알려왔다. 서지우는 봤다. 안인수가 죽었다는 말을 들었을 때 놀라던 유희진의 얼굴을. 서지우는 유희진을 차에 태우고 안에서 문을 잠갔다. 호흡과 함께 부서져 나오는 말을 막고 우선 물을 마시게 했다. 얼굴에 묻은 흙을 털어내고 손바닥과 손등의 상처에 맺힌 피를 닦아냈다. 유희진은 정신을 차렸고 주변을 살펴봤다. 두 명의 경찰이 토굴 상황을 확인했고 긴급히 지원을 요청했다. 유희진은 자신이 안인수와 대화를 했다고 했다. 과정 중 겁에 질렸고 토굴을 벗어나 무작정 도망갔다고 했다. 그랬는데 안인수가 죽었다는 것을 믿을 수 없다고 했다.

"선배, 여기에 왔지만 안인수는 만나지 않은 거예요. 내 생각엔 장선기가 함정을 판 것 같아. 답답하더라도 참아야 해. 알겠어요? 장선기를 찾으면 그때 이야기하고 바로 잡아도 되니까."

"팀에 다시 들어올래요?"

에너지 드링크를 받아들고 유희진은 웃으면서 고개를 저었다. 서지우는 목소리를 낮추고 속도를 올려 빠르게 스태프들과 배우에 대한 험담을 늘어놓았고 황 피디의 무례함과 양 작가의 이해할 수 없음에 대해 일러바쳤다. 김민수 특집이 엎어졌고 희대의 살인자로 회자되는 장선기가 직전의 프로그램 '끊기지 않은 고리' 편에서 인터뷰를 했다는 사실 등으로 〈진탐〉과 황 피디가 고초를 겪었는데 막상 언론의 관심이 집중되는 것이 마냥 싫지 않았던 황 피디는 도리어 활력이 생겼다는 이상한 해피엔딩이었다.

"이게 다 선배 때문이라는 것을 알면 황 피디 눈 뒤집힐 텐데. 아무튼 덕분에 당분간 아동 학대 쪽은 기획 불가입니다."

"미안해. 여러모로."

"됐어요. 그런데 웬일이에요?"

혹여나, 서지우는 주변에 누가 있는지 두리번거린 뒤 속삭였다.

"이상한 말할 생각하지 마세요. 괜히 양심 선언이니, 고백이니, 그러면 저까지 꼬이니까."

유희진은 느리게 고개를 끄덕였다.

"그냥 뭐 좀 물어보려고. 안인수. 사인이 뭐야?"

"그 이야기 하지 말자고요."

"아니. 진짜 몇 개만 물어보고 갈게. 자기가 생각하는 그런 거 아니야. 믿어줘."

서지우는 아, 소리를 내며 한숨을 내쉬었다.

"연기로 인한 질식사. 장선기가 토굴에 불을 지른 것 같은데 화상을 입은 건 아니에요. 환기 장치의 전원이 꺼져 있는 걸 보니 밀폐된 공간에서 죽이려고 했나 봐요."

"장선기 행방은?"

"아직요. 빼박 증거들은 다 나왔고. 잡히기만 하면 되는데 지금으로선 오리무중."

"단독이야?"

"지금까지 나온 증거로 봤을 땐 공범이 있을 것 같진 않은데……. 뭐야. 단독 아니에요?"

"나야 모르지."

"그러니까 괜히 오해 살 만한 일은 하면 안 돼요. 이런 거 물어보고 다니지도 말고요. 그런데 정말 충격이긴 해요. 그동안 우리가 실종됐다고 이상하다고 했던 사람들

명단이 다 있더라고요. 수사를 더 해보면 분명히 더 나올 거예요. 선배…… 진짜 별일 없었죠?"

"없어. 그런 거."

서지우는 유희진과 거리를 좁히며 소리를 죽여 말했다.

"있어도 없어야 돼요. 여기에 진짜로 엮이면 안 돼요. 장선기 잡히면 선배한테 물어볼 게 많아요. 그때까지만 기다리고 있어요."

아, 소리를 내며 서지우는 고개를 절레절레 흔들었다.

"그나저나 진짜 선배 미친 거 알죠? 거기가 어디라고 도대체 뭘 믿고 나한테 문자 하나 던져놓고 혼자 가요?"

서지우의 말을 끊고 유희진이 말했다.

"미안해. 알았어. 앞으론 진짜 조심할게. 고마워. 지우 씨."

둘은 악수했다. 서지우는 유희진의 손을 꽉 한 번 잡았다 놓은 뒤 스태프를 향해 달려갔다.

은총원 로비 소파에 앉은 유희진은 벽에 붙은 히포크라테스 선서를 봤다. 듣기만 듣고 한 번도 제대로 읽어본 적 없는 문장을 눈으로 읽다가 몇 문장을 입술에 올려 중얼거렸다.

"나의 환자의 건강과 생명을 첫째로 생각하겠노라. 나의 환자가 알려준 모든 내정의 비밀을 지키겠노라. 비록 위협을 당할지라도 나의 지식을 인도에 어긋나게 쓰지 않겠노라."

문득 떠오른 한마디의 말. '비밀은 사람을 보호합니다.' 그러나 결국 좁고 어두운 사각에 몰고 가두는 것 역시 비밀이라고 했다. 벗어날 유일한 방법은 밝혀지는 것뿐. 장선기 그는 어디에 있을까? 살아는 있을까?

엄마가 보는 창문을 유희진도 봤다. 눈이 내리고 있었다. 바람 한 점 없이 수직으로 느리고 느리게 내리는 눈송이. 유희진은 창문을 열고 손을 뻗어 눈송이를 손바닥에 받아 엄마의 눈앞으로 가져갔다. 엄마의 시선이 미세하게 움직이며 먼 창문에서 가까운 눈송이에 초점을 맞췄다.

"엄마. 답답하지. 창문에 걸터앉아 밖을 내다보고 싶지?"

엄마는 눈을 깜빡였다.

"엄마 아직도 그대로야? 지금도 그냥 죽었으면 좋겠어?"

엄마는 눈을 깜빡였다. 유희진은 엄마 눈을 오래도록 바라봤다. 유희진은 엄마 옆에 걸터앉아 창밖을 봤다. 폭설이었다. 바람도 없이 소리도 없이 무겁게 푹푹 쏟아지는 눈. 유희진은 엄마에게 말했다. 최근에 겪은 일들에 관해. 죽을 뻔했던 일. 죽이고 싶었던 일. 증오가 너무 커서 몇 번이고 호흡이 뒤집어지고 스트레스가 심할 때마다 머리를 뽑고 싶어 손이 저렸던 일. 장선기에 관해서 말했다. 그가 해준 이야기. 그의 아버지에 관해. 그의 슬픔과 그의 분노 그리고 그의 끔찍한 범죄에 관해. 그의 엄마에 관해. 끔찍한 감금과 학대에 관해. 그리고 그가 느끼는 사랑이라는 감정에 관해. 나로서는 이해할 수 없는 지긋지긋한 마음에 관해. 엄마는 눈을 한 번 감고 한동안 가만히 있었다. 눈꺼풀 속에서 동그란 안구가 천천히 일렁이는 것이 보였다. 그리고 다시 눈을 뜬 엄마는 빠르게 눈을 깜빡였다. 말하고 싶을 때마다 보내는 신호. 그러나 그 말을 들을 때마다 유희진은 견딜 수 없었다. 늘 같은 말만 했다. 늘 똑같은 한마디의 그 말. 유희진은 체념하는 마음으로 협탁 서랍을 열어 반으로 접어놓은 종이를 펼쳤다. 자음과 모음이 적힌 글자판이었다. 유희진은 손가락으로 글자를 하나씩 짚어 엄마의 말을 조합했다. 항상 엄마는 ㅈ에서 눈을 깜빡였다. 이번엔 아니었다. ㄴ에 눈을 깜빡였다. 다음엔 ㅓ 그다음엔 ㅈ 그리고 ㅏ 그다음엔 ㄹ. 유희진은 천천히 글자를 손으로 짚으며 엄마의 말을 조합했다. 말이 완성됐을 때 유희진은 엄마를 물끄러미 바라봤다. 그리고 엄마의 말을 대신 말했다.

"너 잘못이 아니야."

유희진은 말했다.

"고맙네. 그렇게 말해줘서."

눈이 너무 많이 오네. 조금만 있다가 갈게. 유희진은 혼잣말을 중얼거리며 엄마 옆에 누웠다. 눈이 뻑뻑하고 뜨거웠다. 눈꺼풀이 무겁고 말할 수 없이 피곤했다. 유희진은 느리게 눈을 껌벅이다가 눈꺼풀을 닫고 가만히 있었다. 어둠 그리고 고요. 졸음이 밀려왔다.

작가의 말

 어려웠다. 사람을 사람으로 만드는 것도, 사람 아닌 것으로 만드는 것도, 사랑이라는 것이. 뜨거운 사랑. 얼어붙은 마음을 녹이지만 피부에 흉터를 남기는 것. 사랑은 오래 참고 온유하나 사랑하는 자는 성급하고 포악하다. 악수하고 포옹하는 손으로 때리고 밀어내는, 사람과 사랑의 세계. 다들 어떻게 견디고 어떻게 살아내는지, 슬퍼도 웃는 아이와 기뻐도 우는 어른에게 묻고 싶었다. 모든 것을 참지만 어떤 것도 믿지 못하는, 모든 것을 바라면서 어떤 것도 견디지 못하는, 불가해한 용광로 속으로 손을 집어넣고 싶었다.

 모든 전쟁은 정의의 이름으로, 모든 폭력은 사랑의 이름으로 행해진다는 것이 이상하다. 사랑하기 때문에, 라는 이유는 그만 듣고 싶다.

써가는 동안 마음이 여기에서 저기로 움직였다. 달아올랐다가 식었고 충만했다가 텅 비어 허전함을 느꼈다. 사랑이 차올랐다가 사라진 자리. 그 무게와 부피만큼 움푹 팬 기억을 오래도록 바라봤다. 처음엔 정리된 나의 대답을 들려주려 했지만 나중엔 너에게 묻고 있었다. 사람이 무엇이냐고. 사랑이 무엇이냐고.

토기는 토기장이를 사랑한다. 그 마음을 사물처럼 여기지 않는 토기장이가 되기를 바란다. 기도일 수도 있고, 항변일 수도 있고, 일기와 편지일 수도 있고, 어쩌면 아무 짝에도 쓸모없는 혼잣말일 수도 있는 이 길고 긴 중얼거림이 어떤 이에게는 대답이 되길 바라는 마음이다.

2025년 여름 앞에서

정용준

너에게 묻는다

ⓒ정용준, 2025

초판 1쇄 발행 2025년 6월 11일
초판 2쇄 발행 2025년 9월 23일

펴낸곳 (주)안온북스
펴낸이 서효인·이정미
출판등록 2021년 1월 5일 제2021-000003호
주소 서울시 마포구 월드컵로14길 28 301호
전화 02-6941-1856(7)
홈페이지 www.anonbooks.net
인스타그램 @anonbooks_publishing
디자인 이경란 제작 제이오
ISBN 979-11-92638-64-5 (03810)

이 책의 내용을 재사용하려면 반드시 사전에 저작권자와
(주)안온북스의 서면 동의를 받아야 합니다.
인쇄, 제작 및 유통 과정에서의 파본 도서는
구입처에서 교환해드립니다.